잉여롭게
쓸데없게

| 일러두기 |

- 본서에 표기된 고유명사와 외래어 및 은어와 신어 가운데 일부는 현행「로마자 표기법」이나「외래어 표기법」과 달리 당시 표현대로 표기했습니다.
- 본서에 포함된 참고용 QR코드의 링크는 업로더에 의해 변경될 수 있습니다.

츤데레 작가의 본격 추억 보정 에세이

잉여롭게
쓸데없게

임성순

행;북

같은 또래들이 추억할 만한 문화에 대한 글을 써 달라는 부탁을 받았을 땐 정말이지, 뜨악했다. 그건 히키코모리^{은둔형 외톨이}에게 우정에 대한 글을 적어 달라는 것과 비슷한 일이기 때문이다. 이를테면, 나는 친구들과는 노래방에 가서 마이크를 잡지 않는다. 꼭 필요할 때, 즉 업무상 불러야 할 순간을 위한 레퍼토리—그렇다. 한국 사회에서는 특히나 사회 초년생 때에는 노래방에서 부를 레퍼토리가 필요하다—를 제외하곤 노래방에서 부를 수 있는 곡은 거의 없기 때문이다. 노래방 곡목집에는 원하는 노래들이 있지도 않지만, 고르고 골라 번호를 누르면 흔히 표현하는 '갑분싸^{갑자기 분위기 싸해짐}'가 벌어진다. 물론 노래를 잘 부른다면 뭘 부르든 환호를 받겠지만, 유감스럽게도 큰 목청을 제외하곤 내세울 것 없는 노래 실력을 가지고 있다. 그러니 그저 입 닥치고 탬버린만 흔드는 수밖에.

그렇다고 사람들이 좋아하는 노래들이 수준 낮다거나 형편없다는 소릴 하는 게 아니다. 그저 동시대를 살았음에도 나는 지극히 개인적이고 뚜렷한 취향이 있었고, 그것들을 듣느라 다른 음악을 들을 시간이 없었을 뿐이다. 덕분에 당대 명곡이라고 손꼽히던 노래들을 최근에야 듣고서 '오오, 이런 좋은 노래가 있었구나'라고 혼자 감탄하는 일이 종종 있다. 뭐, 유행에 매우 늦된 인간인 셈이다.

이처럼 시대의 유행과 아이콘에 무지한 인간으로서 이런 글을 쓰는 게 무슨 의미가 있나 싶기도 하다. 편집자가 최근 복고 문화에 열광하는 이유 같은 걸 서두에 써 달라는 메모를 보내왔다. 하지만 현실은 기억에서 잊힌 오래전 가수를 소환해서 추억의 노래를 부르는 TV 프로그램을 봐도 멀뚱멀뚱할 뿐이며, 「응답하라」 시리즈는 두세 회 정도 보고 말았다. 「응답하라」 시리즈가 웰메이드 드라마임에는 분명하지만, 집에 있는 TV가 공중파만 나오는 상황에서 군이 챙겨 볼 정도로 나를 부지런하게 만들지는 못했다. 팬덤^{fandom} 문화로 대변되는 드라마 속 그 시절의 코드들 역시 크게 와 닿지 않았던 것은 내가 늘 마이너한 문화의 언저리만 맴돌았기 때문이리라.

1980~90년대의 대중문화가 어떤 의미가 있는지 자랑하고 싶어 하는 또래나 형님들을 술자리에서 종종 보기도 한다. 그들의 주장은 대체로 두 가지로 압축된다. 아날로그와 디지털이 전환되는 시대였기에 문화적 르네상스였으며, 앨범이 백만 장씩 팔리고 책이 종종 밀리언셀러가 되는 등 대중문화가 돈에 의해 좌지우지

되지 않는 순수한 시대였다는 것이다. 아날로그에서 디지털로의 전환은 분명 의미 있다. 하지만 디지털로 대변되는 보다 쉬운 문화 상품의 생산과 유통이 변화의 필요조건이지, 충분조건이라 생각하지 않는다. 그렇게 따지자면 통기타와 TV의 보급이 시작된 1970년대 대중문화에도, 미국의 대중문화가 우리나라에 영향을 끼치면서 변화하기 시작한 1960년대에도 나름 이전 시대와 다른 변별점이 존재한다. 실제로 그 시절의 대중문화들을 돌이켜 보면 확실히 촌스럽긴 해도 나름 매력적인 요소들이 존재한다.

뿐만 아니라 무언가가 백만 장씩 팔린다는 것은 순수함과 거리가 먼, 훨씬 더 돈에 의해 좌우되던 시대라는 의미다. 물론 당시 엔터테인먼트나 문화 사업이 지금처럼 시스템이 고도화되거나 전문성 있는 기획력이 도드라졌던 건 아니다. 하지만 주요 음반사나 출판사에서 줄 세우기를 하면 차트는 그대로 줄을 섰고, 아직 전산화되지 않은 덕에 사재기를 통한 조작은 지금보다 훨씬 잘 먹히던 시절이었다. 연예 산업에 조폭이 연루되어 있는 경우가 적지 않다는 건 당시 공공연한 비밀이었다. 그렇게 검은돈이 오가는 상황이 다반사였음에도 당대는 실력만이 모든 걸 좌우하는 순수한 시절이었다는 생각은 그저 순진할 따름이다.

어디까지나 경험에 따른 편견이겠지만, "그때가 좋았지"라고 말하는 상당수는 이제는 새로운 책이나 음악을 접하지 않는, 어쩌면 더는 문화생활을 하지 않는 사람들인 경우가 많다. 하긴 마흔

남짓의 나이가 되면 문화생활보다 더 중요한 일이 많긴 하다. 이를테면 아이의 진학이나 급히 처리해야 할 회사 업무, 또는 부모님의 건강이나 재테크 같은 것들로 인해 책 한 권 여유롭게 읽거나 노래 한 곡, 영화 한 편 즐겁게 감상하기란 쉽지 않다. 직업이 되지 않는 한 우리나라에서의 문화생활이란 중산층 이상이나 향유 가능한 사치인 것이다. 따라서 대체로 과거에 대한 그들의 향수는 실제로 그것이 좋았는지의 여부를 떠나 그것이 가능했던 젊음과 여유에 대한 그리움일지도 모른다. 그래선지 과거에 대한 찬사를 들을 때면 왠지 한없이 부끄럽다는 생각이 들기도 한다.

이제부터 과거에 대한 추억팔이를 해야 하는 입장에서 지금 뭐하는 건지 아마 편집자와 출판사 사장님은 초조할 것이다. 그렇다. 글을 쓰는 나는 정작 아무 생각이 없다. 대부분의 문화생활이 실은 쓸데없는 짓이기 때문이다. 작가가 될 거라느니, 영화를 만들겠다느니 할 때 가장 많이 들었던 말이 그런 쓸데없는 짓을 왜 하느냐는 것이었다.

옳은 말이다.

소설이나 영화나 음악보다 중요한 일은 세상에 많고 많다. 기능적인 역할이 없다는 건 아니지만, 그 중요성을 다른 직업군들과 비교한다면 아마 뒤에서 찾는 편이 빠를 것이다. 그렇기 때문에 정말로 이상한 일이다. 10~30대 사이의 수많은 젊은이들은 그 쓸데없는 일에 열광하고 사랑한다. 뿐만 아니라 이 문화들 가운데 어떤 것에 대한 호불호로 자신을 표현하거나 나타낼 수 있다고 믿는다. 심지어 그것에 자신의 삶을 투영하고 울고 웃을 뿐 아니라 감동을 받기까지 한다.

플라톤은 시인—당시 시인들은 지금으로 치자면 시를 노래하는 가수이자 연설가이며, 비극을 쓰는 극작가이자 그것을 무대에 올리는 연출이었다—으로 대변되는 예술가들을 공화국에서 추방해야 한다고 주장했다. 그들은 자연과 진리의 불완전한 모방자이며, 사람들을 희로애락의 감정에 매몰되게 만들어 진리의 추구를 방해한다고 믿었다. 아무렴, 달리 똑똑한 양반이 아닌 것이다.

그러니까 이 책은 추방되어야 마땅한 한 인간이 어떻게 진리 추구와 거리가 먼 쓸데없는 잉여의 삶을 살았는지에 대한 글인 셈이다. 모르겠다. 책의 끝에 우리를 둘러싼 이 잉여의 문화들이 삶에서 얼마나 소중한 것이었는지 재발견하게 되는 기적 같은 일이 벌어질 것… 같진 않다. 기적은 좀처럼 일어나지 않으니까. 아마 이 글이 할 수 있는 최선은 그 쓸데없는 것들을 하나하나 소환해서 불완전하게나마 재구성하는 정도일 것이다. 그런 쓸데없는 일을 왜 하느냐고?

"그게 내 직업이니까."

허상과 허풍으로 가득한 구라를 푸는 직업이 작가의 일이다. 다만 직업윤리상 그때가 좋았으며, 아름다운 시절이 어쩌구저쩌구로 시작되는 거짓말을 하고 싶지 않다. 물론 그렇게 말하는 사람들의 기억에도 그때가 정말 좋게 느껴졌을 것이기에 의도적인 거짓이라고 생각하지 않는다. 그것은 '추억 보정'이라 불리는 과거에 대한 미화를 덧씌운 SNS의 셀카 같은 것이다. 물론 보정을 뺀다 해도 그것은 아주 소중했으며, 동시에 매우 쓸데없었다. 어찌 보면 쓸데없이 소중했다. 이제 와 쓸데없어진 것이 새삼스럽지 않다는 말이다.

쓸데없이 소중한 것은 정말 소중한 것이다. 쓸데없다는 걸 고상하게 한자어로 바꾸면 잉여剩餘라 부를 수 있다. 잉여의 생산물이 처음 등장하면서 인간 사회에는 경제가 생겼다. 그리고 잉여의 생산물에 기대어 미를 추구하는 부류가 생겨났는데, 이것을 예술이라고 불렀다. 따라서 '얼마나 많은 잉여를 지닐 수 있는가'는 인간 역사에서 오랫동안 발전의 지표였다. 어쩌면 그 때문에 여전히 많은 사람들이 이 쓸데없는 것으로 자신을 표현할 수 있다고 믿는지도 모르겠다.

이런 구구절절한 설명이 정말 필요할까?
필요 없다.
하지만 쓸데없는 짓이 내 전공이니까.

| 차례 |

Lost stars

#책받침 #품 마크 #에어울프 #마징가 #왕조현 #브룩 쉴즈 #검열필

© champ76

내가 국민학생 때—그렇다. 자그마치 국민학생 시절이다—는 너도나도 스타가 나오는 책받침을 샀다. 오늘날 책받침 여신으로 불리는 당대 최고의 여성 스타부터 홍콩이나 미국의 배우들이 환하게 웃고 있는 사진까지 대부분의 책받침에 스타 하나쯤은 떡하니 박혀 있었다. 지금이라면 초상권 침해로 소환장을 받을 일이다. 그러나 당시 그런 법들은 유명무실해서 문방구 빨랫줄에는 신상 책받침이 주렁주렁 매달려 있었고, 거기에는 당대 가장 핫한 스타들이 있었다.

엄마가 책받침을 사 주는—동산에 꽃이 피어 있고 사슴이 뛰노는 따위의 그림이 그려져 있는— 몇몇 아이들을 빼고 스타 책받침이 없는 아이는 오직 나뿐이었다. 사실 책받침 값이 너무 싸서 가난한 집 아이들조차 홍콩 스타 책받침 같은 건 하나쯤 있었다. 내가 책받침이 없었던 이유는 간단하다. 책받침을 쓸 일이 없었기 때문이다. 그러니까 책받침이 필요했던 건, 당시만 해도 품질이 별로인 종이 위에 역시 품질이 별로인 필기구로 글씨를 꾹꾹 눌러 쓰면 십중팔구 구멍이 났기 때문이다.

그런데 나는 필기를 하지 않았으므로 책받침 같은 건 필요 없었다. 그 시절에 나는 글씨를 쓰는 것조차 싫어했고, 숙제도 하지 않았으므로 선생님께 매일 맞고 벌을 섰다. 굳이 핑계를 대자면 난 왼손잡이였다. 1980년대에 왼손잡이가 글씨 쓰기를 배우는 일은 매우 우울한 일이었다. 일상적인 폭력과 따라잡을 수 없는 판서 속도는 학업과 담쌓게 했다. 당시 대부분의 학교에서 수업이란 선생님이 칠판에 빼곡하게 글을 적은 후 설명하고, 칠판을 지운후 다시 쓰는 게 전부였으니까. 물론 책받침을 안 샀던 건 필기를 하지 않기 때문만은 아니었다. 나만큼이나 학업을 게을리했던 친구나 비싼 일제 필기구로 낭창낭창한 글씨를 써서 굳이 책받침을 쓰지 않아도 됐던 친구 역시 책받침이 있었다.

주로 한국과 일본에서 사용되던 책받침은 플라스틱 재질이었으며, 초등학생들의 책받침에는 구구단이 적혀 있는 경우가 많았다.
@ wikipedia

그렇다. 책받침이란 당시 또래 아이들이 할 수 있는 몇 안 되는 취향의 표현이었다. 책가방 같은 것들은 한 번 사면 별일 없는 한 못 쓸 때까지 메고 다녔으므로 주로 친척이나 부모님의 선택에 의해 결정됐다. 그리고 대부분의 경우 결정의 기준은 가격이었다. 아이의 의견 따위는 애초에 고려 대상에 포함되지도 못했다. 신발이나 옷은 패션보다는 일종의 유산에 가까웠다. 아동복을 따로 살 정도로 여유 있는 살림살이를 자랑하는 집이 많지 않아서 옷은 당연히 손위 형제자매나 동네 형 또는 언니에게 물려받았고, 다 해질 때까지 내리 물림으로 전해졌다. 따라서 옷은 멋과는 거리가 먼 혈족 증명 같은 것이었다. 그 집 큰애가 입은 겨울 점퍼는 다음 겨울이면 둘째가, 그 다음 해에는 막내가 입는 경우가 다반사였다. 성별은 고려 대상이 아니었으므로 자연스러운 유니섹스 패션이 연출되곤 했다. 물론 드물게 생일 같은 기념일에 어른들로부터 새 옷을 받는 일도 있었다. 하지만 그때조차 구매에 반영되는 1순위는 아이의 취향이 아니라 얼마나 오래 입을 수 있는가였다. 1학년 교실에 가면 맞지도 않는 치수 큰 옷을 무슨 슬럼가의 래퍼마냥 입고 있는 어린이들이 가득하던 시절이었다. 아마 같은 시기에 한국에서 소유주의 취향이 반영된 옷을 입을 수 있는 국민학교는 사립인 '숭의'와 '리라' 정도였지만, 두 학교 공히 교복을 입었다. 시대적으로 자신이 입을 옷에 대한 아이들의 자기결정권이라는 개념이 사실상 존재하지 않았다. 실제로 당시 꽤나 고가를 자랑했던 부르뎅 아동복을 보면 광고의 대상이 아이들이 아니라 부모라는 걸 알 수 있다. 결국 아이들이 자기 취향을 반영해 살 수 있는 것은 고작해야 노트와 책받침뿐이었다.

　유감스럽게도 노트 역시 봐줄 만한 꼴은 아니었다. 공책 표지는 동심을 함양하겠다는 목적의식이 두드러지다 못해 두드러기가 날 정도였으니까. 사슴과 토끼가 뛰어놀거나 꽃밭에 요정이 떠 있는, 귀엽다 못해 유치하기까지 한 그림들이 공책 표지의 전부였다. 얼마나 유치했던지 남자아이들은 3학년만 되어도 국민학생용 공책을 가지고 다니는 걸 부끄러워했다. 중고등학생용 노트와 가격 차이가 많은 탓에 울며 겨자 먹기로 들고 다닐 수밖에 없었다. 이 유치함은 군부 독재 시대였던 당시 국가가 꾸미는 모종의 음모가 분명해 보였다. 문방구에서 파는 공책들은 죄다 정부에서 찍어주는 품 마크가 붙어 있었는데, 표지의 유치함이 품 마크 획득의 중요한 기준임에 틀림없었다. 농담 같지만 농담이 아닌 게 수년 후 민주 정권이 들어서게 되었고, 1997년 이후로는 학생들의 공책에서 품 마크가 사라졌다. 그때부터 개성적인 표지를 입힌 노트들이 세상에 나오기 시작했고, 텔레비전에서는 노트 표지가 아이들의 동심을 멍들게 한다는 뉴스가 나오기도 했다. 믿어지지 않겠지만 정말 그랬다.

　세상에, 공책 표지 때문에 멍드는 동심이라니!

플라스틱 사출기에 4도 인쇄기 하나만 있으면 만들 수 있는 책받침의 세계는 당시 아이들의 취향을 즉각적으로 반영할 수 있는 거의 유일한 창구였다. 「출동! 에어울프Airwolf」부터 「전격 Z작전Knight Rider」「6백만 불의 사나이The Six Million Dollar Man」 같은 책받침을 들고 다니는 친구들은 미드미국 드라마를 좋아하거나 미국병 환자였다. 그 무렵만 해도 미국병은 또래 아이들이라면 한 번쯤 걸릴 만한 질환이었다. 그 나라는 소시지보다 맛있는 스팸과 신의 과일 바나나, 그리고 오렌지가 지천에 널려 있다는 약속의 땅이었

문방구에서 파는 공책들은 죄다 정부에서 찍어 주는 품 마크가 붙어 있었는데, 표지의 유치함이 품 마크 획득의 중요한 기준임에 틀림없었다.

아이들의 취향과 욕망은 꽃동산과 사슴 그리고 토끼로 억압받았고, 노트에는 품 마크가 찍혀 있었으며, '어린이는 나라의 기둥'이라는 표어가 사방에 붙어 있었다.
ⓒ hang-book

다. 미국은 일요일 아침이면 방영하던 「디즈니 만화동산」에 나오는 캐릭터들이 실제로 살고 있다는 디즈니랜드가 있는 곳이었으니까. 책받침에는 「가디언즈 오브 갤럭시 VOL. 2 Guardians of the Galaxy Vol. 2」 덕에 다시 1980년대의 아이콘으로 주목 받는 데이비드 해셀호프 David Hasselhoff의 사진이나 신드롬이라 부를 법한 충격과 공포를 안겨 주었던 「V 브이」의 줄리엣과 다이아나의 사진이 사랑을 받았다. 「V」에서 몸에 착 달라붙는 살색 타이즈를 입은 채 고문당하는 줄리엣이나 쥐를 통째로 잡아 삼키는 다이아나는 공히 다른 의미에서 남자 아이들에게 충격적인 인상을 남겼으니까.

「울트라맨 ウルトラマン」이나 「마징가 Z マジンガーZ」 「그랜다이져 UFOロボ グレンダイザー」 같은 일본 만화와 특촬물 특수촬영물의 준말을 사랑하는 덕후 오

플라스틱 사출기에 4도 인쇄기 하나만 있으면 만들 수 있는 책받침의 세계는 당시 아이들의 취향을 즉각적으로 반영할 수 있는 거의 유일한 창구였다.
© champ76

'타루'의 한국식 표현 '오덕후'의 준말 유망주들도 있었다. 「마징가 Z」에서 「그랜다이져」로 이어지는 「마징가」 시리즈는 그나마 중간까지 국내 방영을 했으니 그 인기를 납득할 수 있었지만—모 독재자의 방송 통폐합과 왜색 만화 방영 금지로 「그레이트 마징가ᵍ레이트마징가ー」와 「그랜다이져」는 제대로 방송되지 못했다—. 책받침에는 당시에 우리나라에서 방영하지도 않았던 일본 만화나 특촬물도 심심치 않게 나왔다. 이제 와 생각해 보면 완구 시장과 연계된 일종의 판매 전략이지 않았을까 조심스럽게 추정해 본다. 우리나라 완구의 태반은 당시 일본 완구의 불법 복제품이었다. 당연히 그 완구의 원작에 해당되는 만화나 애니메이션을 들여올 수 없었으므로 완구 상자에 있는 그림이나 만화의 장면이 그려진 책받침 정도가 아이들이 소비할 수 있는 콘텐츠였다. 나중에 일본 애니메이션과 특촬물 세계관의 교범인 「대백과 시리즈」가 등장하기 전까지 덕후 유망주들에겐 감질나지만 일본 문화의 유일한 창구 역시 책받침이었던 셈이다.

그리고 홍콩 배우들이 있었다. 인지도 면에서는 명절마다 찾아오는 그분이 최고였지만, 친근한 외모 탓인지 유독 책받침계에서는 인기가 없었다. 유덕화劉德華, 장학우張學友, 곽부성郭富城, 여명黎明으로 이어지는 사대천왕이 여학생들의 전폭적인 지지를 받았고, 장국영張國榮은 남녀에게 공히 사랑받았다. 여배우로는 왕조현王祖賢과 오천련吳倩蓮이 책받침계에서는 단연 톱을 달리고 있었고, 메인

21

스트림은 아니지만 임청하^{林青霞}를 지지하는 열혈 팬들도 있었다.

책받침과 관련해 가장 미스터리한 부분은 다름 아닌 3대 여신이었다. 브룩 쉴즈^{Brooke Shields}, 피비 케이츠^{Phoebe Cates}, 소피 마르소^{Sophie Marceau}로 꼽히는 책받침 여신 3인방의 영화는 어린이들이 관람할 수 없었다. 셋 중 가장 노출이 적고 건전한 소피 마르소의 「라붐^{La Boum}」조차도 '중학생 이상 관람가'였고, 「블루 라군^{The Blue Lagoon}」이나 「파라다이스^{Paradise}」까지 가면…. 그런데도 어째선지 그들의 책받침은 문방구에 걸려 있었고, 불타게 잘 팔렸다. 물론 「파라다이스」는 잘린 컷이 너무 많은 탓에 줄거리를 이해할 수 없는 버전으로 편집되어 공중파에서 방송된 적이 있긴 하다. 하지만 군이 따지자면 피비 케이츠는 개중 가장 인기가 없었다. 나를 빼놓고 당시 3대 여신들에게 열광했던 친구들은 대부분 미성년자 관람 불가였던 그들의 영화를 진정 본 것일까? 정말이지, 이해할 수 없다.

그렇게 다품종 소량 생산을 했음에도 불구하고 모든 어린이들의 욕구를 충족시켜 주기에는 부족했다. 그로 인해 문방구에는 그들을 위한 커스텀 메이드 시장이 생겨났다. 잡지의 화보 사진 같은 것을 적당히 오려서 편집하고 A4 사이즈에 맞춰 문구점에 가져가면 코팅을 해서 책받침으로 쓸 수 있게 만들어 주었던 것이다. 미술 기법으로 말하자면 누구나 한 번쯤 들어본 콜라주였고, 고상하게 포스트모더니즘 스타일로 말하면 일종의 파스티셰였다. 후일 팬덤으로 자라날 이 포스트모더니스트들은 각종 잡지에서 뜯어낸 컬러 페이지들을 모아 가위로 정성스럽게 윤곽선 따기를 했다. 그렇게 아이들은 자신만의 작품을 만들어 코팅을 했다. 아시다시피 팬덤이란 결코 만족하는 일이 없는 법이어서 책받침으로 시작된 자작 열풍은 자연스럽게 필통으로까지 이어졌다.

국민학교에 갓 입학한 순간만 해도 온갖 기능들이 내장된 일제 만능 변신 필통이 아이들의 워너비 아이템이었지만, 어디까지나 저학년 아이들의 이야기였다. 가위질을 똑바로 할 정도의 나이만 되면 커스텀 필통 제작자들이 하나둘 자연스럽게 반에서 데뷔하기 시작했다. 자작 책받침 제작으로 윤곽선 따기를 마스터한 이들은 하드보드지로 뼈대를 만들어 스타의 사진을 붙인 후 아세테이트지로 겉면을 두른 DIY 필통을 만들기 시작하는 것이다. 누군가가 일단 만들기 시작하면 팬덤 유망주들은 열광적으로 필통 제작에 뛰어들었다.

당시 이 자작에서 가장 어려운 부분은 소스가 되는 사진을 구하는 일이었다. 스타들의 얼굴이 들어 있는 사진을 문구점에서 100원에 팔곤 했지만, 가격이 너무 비쌌다 ─아이스바가 50원 하던 시절이었다─. 3X5 사이즈의 미디엄 클로즈업으로 고정된 사진의 양식 역시 훌륭한 콜라주를 하기에는 지나치게 획일적이었다. 따라서 이 팬덤 유망주들은 굶주린 승냥이마냥 버려진 잡지와 브로마이드를 찾아 어슬렁거렸다. 몇몇은 이런 열정을 감당하지 못한 나머지 서점에서 파는 멀쩡한 잡지에서 자신이 사랑하는 스타의 사진이 나온 페이지를 찢어가는 모험까지 감행하곤 했다. 그리고 그 덕에 서점 주인에게 잡혀 부모님이 호출되는 일도 심심치 않게 벌어지곤 했다. 어쨌든 이들의 열정으로 인해 학기 초가 되면 교실 쓰레기통엔 윤곽선이 따인 잡지 페이지들로 가득했다.

당시의 문화 여건상 스타에 대한 정보는 잡지의 인터뷰 기사 정도가 고작이었다. 인터넷은 당연히 없었고, 팬카페도 없던 시절이었다. 그럼에도 이들은 자신의 욕구를 대리만족시킬 만한 독자적인 콘텐츠를 재생산하고 있었다. 훨씬 나중에 등장하게 될 응원 플래카드와 팬픽의 징조가 이미 필통 제작에서 싹트고 있었던 것이다. 캐릭터를 코드화 한 후 재창조해 소비한다는 측면에서 농담이 아니라 진지하게 이들이야말로 포스트모더니스트였다.

나는 그들의 열정이 부럽기만 했다. 그러니까 본질적으로 어떤 스타도 책받침으로 가지고 다니고 싶어 할 만큼 좋아해 본 적이 없다. 1983년 친구가 안양종합운동장 착공식 축하 공연장에 찾아온 가수 조용필에게서 받은 사인을 자랑할 때 그 친구의 책상 주위에 모여 사인을 구경하는 다른 친구들을 나는 뒤에서 신기하게 바라봤다. 그저 이름이 적힌 종이를 자랑하고 그걸 부러워하고 있다는 사실에 놀라면서 말이다. 이 심드렁함은 꽤 오래 유지되어 제대로 좋아하는 스타 하나 없이 마흔을 넘겨 버렸다.

그렇다고 해서 호불호가 없고 감정도 없는 목석 같은 인간은 아니다. 나도 좋아하는 스타가 있고 관심 있는 아이돌도 있으며, 선호하는 가수가 있다. 다만 좋아하는 스타가 발연기를 해도 끝까지 볼 정도의 인내력은 없고, 관심 있는 아이돌이라 해도 그들의 뮤직비디오를 끝까지 볼 정도로 오글거림도 참지 못하며, 특정 스타의 공연을 쫓아다닐 정도로 부지런하지 못할 뿐이다.

물론 나도 책받침을 가지고 다니던 계절이 있었다. 여름방학을 며칠 앞두고 각종 학원들―주산이나 암산, 웅변, 컴퓨터 학원 등―이 교문에서 책받침을 나눠 주었다. 학원 광고와 강사 이름, 전화번호가 가득한 그 책받침을 잊지 않고 챙겨뒀다가 긴긴 여름에 부채 대용으로 사용했다. 그러다 날이 선선해지면 책받침에서 동그라미를 파내어 볼펜 끝으로 책받침 조각을 날려 슛을 하는 축구 게임용 축구공이 되었다. 그렇다고 좋아하는 축구팀이 있는 것도 아니고, 좋아하는 스타플레이어도 없었다. 다만 볼펜 끝으로 책받침 조각을 날리는 축구 게임을 종종 했을 뿐이다.

돌이켜 보면 이상한 시절이었다. 저녁 5시가 되면 하던 일을 모두 멈추고 국기에 대한 경례를 해야 했다. 아파트 관리 사무소에

·

서는 8시가 되면 어린이들은 집에 들어가라는 방송을 했으며, 9시가 되면 텔레비전에서는 "이제 어린이는 잠자리에 들 시간입니다. 활기찬 내일을 위해 일찍 자고 일찍 일어나는 착한 어린이가 됩시다"라고 뉴스 방영 직전 시그널이 나왔다. 동심이란 이름으로 아이들의 취향과 욕망은 꽃동산과 사슴 그리고 토끼로 억압받았고, 그것이 너무나 당연하게 받아들여지던 시절이었다. 모든 만화책에는 '검열필' 도장이 찍혀 있었고 노트에는 품 마크가 찍혀 있었으며, '어린이는 나라의 기둥'이라는 표어가 사방에 붙어 있었다. 불법 복제한 일본 장난감들이 넘쳐나고 공중파에서도 일본 애니메이션을 방영하고 있었지만, 공식적으로는 일본 문화가 금지되었던 이상한 시기였다. 어른 또는 정권에 의해 아이들은 욕망도 없는 순수한 존재이자, 나라의 자원으로 대상화되던 모순적인 시대였다.

그 모든 금지와 몰취향에도 불구하고 아이들은 자신을 표현할 책받침을 찾아내고 만들었다. 돌이켜 보면 참 쓸데없는 짓이었지만, 그렇기에 진정 대단했다.

문방구 빨랫줄에는 신상 책받침이 주렁주렁 매달려 있었고, 거기에는 당대 가장 핫한 스타
들이 있었다.
© agape0410

1989년 여름, 어느 평범한 오타쿠의 하루

#뉴타입 #복제 비디오 #형음악실 #게임팩 #디스크 스테이션 #반포치킨

© champ76

얼마 전 한 고등학교에 특강을 하러 갔다. 특강이 끝나고 한 학생이 물었다.

"작가님은 오타쿠세요?"

아마 내가 쓴 소설 때문에 던진 질문이리라. 각주가 엄청나게 많은 『문근영은 위험해』라는 소설은 이른바 서브컬처에 상당 부분을 할애하고 있다. 그 덕에 독자들에게 나는 종종 오타쿠로 오해받기도 한다.

"미안하지만, 오타쿠는 아닙니다."

학생은 실망한 표정이었다. 스스로를 에반게리온エヴァンゲリオン 덕후라 칭하던 그 소녀는―세상에! 에반게리온 사골은 20년째 우러나오고 있는데, 아직도 덕후를 양산 중이다― 덕후도 작가가 될 수 있다는 일종의 전범을 보고 싶었는지 모르겠다. 적어도 나는 그 예가 될 수 없었다. 나는 덕후가 아니니까. 그렇다고 내가 덕후를 싫어하거나 경멸하는 것은 아니다. 오히려 그들의 열정을 부러워하는 쪽이다.

이 질문은 그때가 처음이 아니었다. 인터뷰했던 팟캐스트 방송에서 진행자가 똑같은 질문을 한 적이 있다.

"아닙니다. 취재를 한 거예요."

진행자는 실망했다는 표정으로 고개를 끄덕였다.

"아…, 그러시군요. 어쩐지 속은 기분입니다."

정말이지, 속일 생각은 없었다.

어떤 잡지에서 원고 청탁을 받은 적도 있다.

"덕심^{덕후의 마음}이나 팬심에 대한 기획 기사를 준비 중입니다."

나는 잠시 말을 잇지 못했다. 공교롭게도 그 전화를 받은 곳이 오다이바^{お台場}의 다이버시티 도쿄 플라자 앞 실물 크기의 건담 상 앞이었으니까. 보통 그곳에 서 있다면 높은 확률로 건담 덕후가 아닐까?

"이런 말 하긴 죄송한데, 저는 그 원고를 쓰기엔 부적절한 거 같습니다."

거대한 건담의 눈에서 노란 불이 들어왔다.

뻥치지 말라고? 덕후가 아니면 뭣하러 그 앞에 있었냐고? 내가 정말 덕후라면 그곳의 건담베이스에서 절대 빈손으로 나오지 못 했으리라. 내가 건담을 보러 간 이유는 인근에 있는 천체 투영관 플라네타륨의 상영 시간이 될 때까지 시간을 때울 장소가 필요했기 때문이다. 차를 좋아했다면 근처 토요타 자동차 전시장에 갔겠지만, 차보다는 건담이었을 뿐이다.

전화를 받은 곳이 오다이바의 다이버시티 도쿄 플라자 앞 실물 크기의 건담 상 앞이었으니까. 보통 그곳에 서 있다면 높은 확률로 건담 덕후가 아닐까?
© hang-book

내가 덕후가 되지 못한 이유를 설명할 수도 있다. 하지만 그것은 방송이나 특강에서 답하거나 국제전화로 이야기하기엔 너무 긴 이야기다. 정말이다. 아재들이 흔히 술 마시고 하는 말처럼 책한 권 분량의 이야기니까. 이를테면 처음 오타쿠가 될 기회를 걷어찬 일에 대해서 설명하기 위해서는 1989년으로 거슬러 올라가야 한다. 믿어지지 않겠지만, 그 시절에도 오타쿠는 있었다.

그 친구의 연락을 받은 것은 토요일 오후였다. 기말고사가 끝났고, 다음 주면 방학이 시작될 예정이었다. 친구는 말했다.

"내일 서울 가자."

"또?"

"응."

"그래."

당시 안양에 살았던 내게 서울이란 세계의 북방한계선이었다. 중학생에게는 세계의 끝이었던 셈이다. 우리가 매달 북방한계선으로 떠났던 외출은 오타쿠의, 오타쿠에 의한, 오타쿠를 위한 일종의 위대한 순례였다.

내 친구는, 그러니까 오덕이었다. 아직 오덕이란 단어가 국내에 회자되기도 전인 1989년, 그는 벌써부터 오타쿠의 삶을 살아가고 있었다. 어찌 보면 시대를 앞선 선구적 인물이었던 셈이다.

여름의 햇살은 따가웠고, 서울로 가는 길은 멀었다. 1호선 지하철 천장에는 선풍기가 돌아갔고, 일요일답게 특유의 나른한 공기가 전철 안을 가득 채우고 있었다. 서로 매일 보는 사이인 데다 익숙한 순례였으므로 우리는 대화조차 주고받지 않았다. 전철 밖 풍경은 단조로웠고, 전철은 느리게 흔들렸다. 그렇게 1호선 시트에 앉아 졸다 깨다를 반복한 후 우리가 내린 곳은 종각역이었다.

종각에 온 이유는 하나였다. 그곳 교보문고에선 오덕 '오타쿠'의 한국식 표현 '오덕후'의 준말을 위한 교과서라 할 만한 잡지 『뉴타입 ニュータイプ』을 팔고 있었으니까. 카도카와 角川書店라는 일본 출판사에서 펴내던 『뉴타입』은 이른바 3대 애니메이션 잡지 중 가장 늦게 나왔지만, 우리나라에선 어째선지 애니메이션 잡지의 대표격으로 자리 잡았다. 극히 개인적인 추정이지만, 앞쪽 컬러 페이지 절반이 그림 위주의 구성이라 다른 잡지에 비해 언어의 압박이 덜했기 때문은 아닐까? 『뉴타입』은 별도로 마련되어 있던 외국 서적 코너의 일본어 잡지 매대에 비닐로 밀봉된 채 늘 전시되어 있었다. 『논노*NONNO*』와 『로드쇼*ロードショー*』일본어판 사이에 꽂힌 『뉴타입』을 집어든 친구는 귀한 보물마냥 가슴에 품었고, 그 자세 그대로 계산대까지 직진했다.

　『논노』로 말하자면 당시 젊은 패션 피플에게는 일종의 교범 같

일본어판 『로드쇼』는 번역 기사로 가득했던 국내 잡지들과는 달리 일본을 방문한 할리우드 스타들이나 감독들의 인터뷰를 볼 수 있다는 이유로 일어 능력자 영화광들에게 사랑받았다. @yahoo.co.jp

은 책이었고, 일본어판『로드쇼』는 번역 기사로 가득했던 국내 잡지들과는 달리―그럼에도 책받침과 필통의 좋은 소스로 사랑받았다― 일본을 방문한 할리우드 스타들이나 감독들의 인터뷰를 볼 수 있다는 이유로 일어 능력자 영화광들에게 사랑받았다. 대체로 쓸데없는 일을 위한 정보의 질과 양이 달랐으므로 먹고 살려면 영어를, 놀려면 일본어를 배워야 한다는 자조적인 소리가 나오던 시절이었다.

계산을 마치면 우리는 교보문고에 붙어 있는 웬디스Wendy's로 들어갔다. 친구가 웬디스를 택한 이유는 단 하나였다. 근처 매장 중 가장 인기 없는 패스트푸드점이었으니까.

내가 세트 메뉴 쟁반을 들고 오는 동안 친구는 의자에 앉아 조심스럽게 잡지의 밀봉을 뜯고 기사를 확인했다. 곧 나올, 혹은 막 일본에서 개봉한 애니메이션의 캐릭터들을 일일이 확인하는 동안 내가 할 일은 한 마리의 소처럼 마요네즈 가득한 웬디스 버거를 천천히 씹는 것이었다. 이렇게 버거를 되새김질하고 있으면 친구는 인도의 위대한 구루처럼 보였고, 나는 순례자를 따라온 소처럼 느껴졌다. 매장의 소음도, 식어가는 버거도 친구의 독서를 방해하진 못했다. 프라이드 포테이토에 콜라를 찍어 양 갈래 머리를 한 테이블 세팅지의 소녀 웬디스 얼굴에 의미 없는 낙서를 끄적이고 있으면 친구는 다시 성스러운 의식을 치르는 것처럼 원래 비닐

봉투에 『뉴타입』을 돌려보냈다. 그렇다. 단순히 재포장하는 정도가 아니라 일종의 귀환이었다. 뜯었던 흔적을 찾을 수 없을 정도로 그 작업은 정교하고 신중한, 말 그대로 의식이었다.

순례자의 다음 목적지는 회현지하도상가였다. 그곳에는 LD의 성지 형음악실과 상아레코드가 있었으니까. 마이클 잭슨 공연 실황이 나오는 쇼윈도의 텔레비전 옆에는 레코드판 크기의 CD처럼 생긴 물건이 번쩍이고 있었다. 그것이 바로 당시만 해도 획기적인 화질의 영상 매체였던 레이저 디스크라는 물건이었다. 회현지하도상가는 수입상이었다. 인근 남대문로지하상가가 PX에서 나온 물품과 각종 수입 물품을 팔고 있었다면, 이곳은 정상적인 경로로는 결코 볼 수 없는 영상물과 음악을—꽤나 많은 음악들이 당시 매서운 검열의 칼날을 피해 가지 못했다— 구할 수 있는 곳이었다. 이를테면 콘텐츠의 '미제 아줌마'였던 셈이다.

덥수룩한 머리의 아저씨들이 CD나 LP를 고르고 있는 사이를 비집고 들어간 친구는 배낭 속에서 선경의 SKC 비디오테이프를 꺼냈다. 그러면 형음악실 아저씨는 우리에게 노래방 책 같은 것을 내밀었다. 복제할 수 있는 애니메이션과 영상물 리스트였다. NHK 다큐멘터리 「대황하」와 「실크로드」로 시작되는, 다소 맥락 없어 보이는 긴 리스트에는 애니메이션 섹션이 따로 있었다. 봐도 알 수 없는 제목들이었지만, 친구는 마치 보석을 고르는 것처럼 긴 리스트를 꼼꼼히 살폈다. 길이에 상관없이 가격은 똑같이 만 원이었으므로 친구는 항상 가져온 비디오테이프로 복사할 수 있는 가장 긴 만화영화를 골랐다. 돌이켜 보면 『뉴타입』을 가장 먼저 사 본 것도 복사할 애니메이션을 고르는 식전 의식 같은 것이었는지 모르겠다.

"LP*로 해주세요."

그러면 아저씨는 답했다.

"두 시간 뒤에."

테이프를 찾으려면 두 시간 후에 돌아와야 했지만, 걱정할 필요가 없었다. 용산이 있었으니까. 용산역에서 전자랜드로 향하는 긴 길에서는 각종 게임숍에서 좌판을 펼쳐 놓고 게임팩을 교환해

용산역에서 전자랜드로 향하는 긴 길에서는 각종 게임숍에서 좌판을 펼쳐 놓고 게임팩을 교환해 주었다.
@ ruliweb

* 비디오카세트의 표준 규격인 VHS의 회전 속도를 조절해 녹화 분량을 늘리는 방법. SP 120분짜리 테이프를 LP로 녹화하면 240분 분량으로 담을 수 있다.

주었다. 전시되어 있는 TV에서는 「파이널 판타지Final Fantasy」가 끊임없이 돌아가고 있었고, 여름이면 아스팔트의 열기가 브라운관 TV만큼이나 후끈 달아올랐다. 도라에몽ドラえもん 주머니 같은 친구의 배낭에서 이번엔 주황색과 진녹색의 게임팩이 나왔다. 그리고 또다시 선택의 시간이 있었다. 서두를 이유는 없었다. 어차피 회현지하도상가로 돌아갈 시간은 정해져 있었으니까.

달아오른 아스팔트 위에서 땀을 삐질삐질 흘리며 팩을 고르고 나면 교환할 차례였다. 교환하기로 한 게임팩이 제대로 돌아가는지 게임기에 연결해서 돌려본 후에 잔금을 치르면 거래는 끝났다. 선택의 기준은 같았다. 마음에 들지 않아도 다음 교환까지는 한 달 기간이니 가능하면 오래 플레이할 수 있는 게임이었다. 그것이 당시 서울 밖에 살던, 천연기념물만큼이나 희귀했던 오타쿠의 지혜였다. 물론 마지막으로 그 달의 『패미통ファミ通』*을 잊지 않았다. 게임을 하는 오타쿠라면 누구나 구매하는 교양서였다.

그날은 시간이 조금 남아서 전자랜드로 향했다. 5층까지 올라가면 프라모델 매장에 VR 게임기까지 각종 신천지가 펼쳐졌지만, 우리의 목적지는 1층 캐논 매장이었다. 스티브 잡스가 애플을 나

---

* 카도카와에서 발행하는 주간 게임 잡지. 거의 모든 게임의 신작 리뷰나 게임 소개의 원형을 만들었다 해도 이견이 없을 만큼 공신력 높은 잡지였으나, 2000년대 이후 스스로가 지켜오던 원칙을 깨면서 현재는 그 위상이 서구의 게임 웹진들만 못하다는 소리를 듣는 지경에 이르렀다.

스티브 잡스가 애플을 나와서 만든 넥스트의 실물이 있었다. 검정색 큐브형 몸체에 내장된 광디스크와 검은 레이저 프린터까지 세트로 갖춘 그 컴퓨터에는 무려 천만 원이란 가격표가 붙어 있었다.
@ wikipedia

1988년 스티브 잡스가
만든 넥스트 큐브

와서 만든 넥스트^{NeXT}의 실물이 있었다. 검정색 큐브형 몸체에 내장된 광디스크와 검은 레이저 프린터까지 세트로 갖춘 그 컴퓨터에는 무려 천만 원이란 가격표가 붙어 있었다. 춘장보다 짙고 칠흑같이 검은 그 컴퓨터를 살 돈이면 당시 700원이던 짜장면을 만 그릇이나 사고도 300만 원이 남는다. 그 비현실적인 가격이 무색할 정도로 넥스트는 마치 미래 세계에서 온 물건 같았다. 친구와 나는 회현지하도상가로 돌아가기 전까지 그 오파츠$^{Oopats, 시대에 어울리지 않는 사물}$라 불릴 법한 컴퓨터를 군침을 삼키면서 바라보았다. 가격만 봐도 알 수 있겠지만 넥스트는 결국 망했다. 하드웨어를 포기하고 소프트웨어 업체로 변신을 꾀했으나 결국 실패하고 애플에 인수되어 「맥 OS X」운영체제의 기반이 된다. 그러나 망하기 전에 인터넷 역사에 길이 남을 업적 하나를 세우는데, 이듬해 크리스마스에 유럽입자물리연

구소에서 최초의 월드와이드웹 서버가 등장한다. 그게 바로 이 넥스트였다.

우리가 보러 간 건 단순한 컴퓨터가 아니라 오늘날의 인터넷 세상을 낳게 될 산모였던 것이다.

회현지하도상가에서 복제된 테이프를 받고 나오면 마지막으로 들른 곳이 있었다. 3호선을 타고 향하는 곳은 고속터미널이었다. 서울고속버스터미널 상가부터 반포아파트 상가까지 당시 그곳에는 일본 게임, 컴퓨터, 음악 CD, 피규어를 파는 가게들이 산발적으로 흩어져 있었다. 친구는 마치 애니메이션의 주인공을 직접 만난 것 같은 표정으로 새로 나온 피규어들을 일일이 확인했고, 주인아저씨와 30분씩 알 수 없는 이야기를 주고받았다. 주인아저씨만이 아니었다. 처음 보는 다른 손님들과 함께 이름도 입에 붙지 않는 이상한 이름의 캐릭터에 대해 내가 보기엔 쓸데없어 보이는 주인공의 성격이나 특징 같은 이야기를 지치지 않고 떠들어댔다. 이 수다를 이해할 순 없었지만, 돌이켜 보면 아직 PC통신조차 오타쿠들 사이에서 보편화되기 전이었다. 무언가 덕심을 나누며 덕력 _{오타쿠의 내공을 뜻하는 '오덕력'의 준말} 을 시험해 볼 장소로는 고속버스터미널 인근밖에 없었던 것이다. 강남에 자리 잡은 신흥 중산층들의 소비력에 기대어 우후죽순처럼 생겨난 그런 상가들은 말 그대로 1세대 덕후들의 사랑방이었다.

한참이나 입을 턴 친구는 매장을 나서며 니혼 팔콤^日 ^{本ファルコム}의 대표작 게임 「이스^{Ys}」의 OST나 에닉스^{Enix}의 「드래곤퀘스트^{Dragon Quest}」의 OST, 『디스크 스테이션^{Disc} ^{Station}』* 따위를 샀다. 나중에 나오게 될 번들 게임 잡지의 효시 격이었던 『디스크 스테이션』은 MSX용 플로피디스크가 포함된 잡지였다.

친구의 집에는 대우에서 나온 '아이큐 2000'이 있었고, 3.5인치 더블 플로피디스크에 메가램팩과 음악이 나오게 하는 FM팩까지 풀 세트를 갖추고 있었다. 친구로 말하자면 1989년 국가에서 표준 교육용 컴퓨터로 16비트 IBM 호환 기종을 선정했음에도 아버지의 반대를 무릅쓰고 MSX2를 산, 걸출한 MSX 용자였다. 따라서 『디스크 스테이션』은 이 순례여행의 마지막을 장식하기에 더없이 좋은 기념물이었다.

고백하건데, 나 역시 다른 잡지와 달리 『디스크 스테이션』을 좋아했다. 몇 달에 한 번쯤은 야시시한 게임이 하나씩 끼여 있어서 앞쪽 컬러 면에 도트 이미지로 그린 여성 캐릭터의 노출 씬 따위

---

* 일본의 게임 제작사 컴파일에서 나온 PC용 소프트웨어 시리즈. 원래 자사의 게임을 홍보하기 위해 체험판을 제공하는 기획에서 출발했으나, 당시만 해도 꽤 비쌌던 플로피디스크의 남는 공간에 다른 게임의 체험판을 넣으면서 잡지 형식으로 발전했다. 간단한 게임과 체험판 게임의 묶음이었다. 지금처럼 인터넷으로 체험판 게임을 구하기 쉽지 않던 시절이라 MSX 컴퓨터를 가지고 있는 친구들에게는 꽤 중요한 매체였다.

가 사진으로 나오곤 했다. 아아, 야동을 구하려면 세운상가의 던전 속으로 모험을 떠나야 했던 그 시절, 8컬러 도트 이미지로 그린 그림이라 해도 지금의 UHD 야동에 비할 바가 아니었다.

어쨌거나 『뉴타입』『패미통』『디스크 스테이션』까지 이어지는 잡지 삼신기三神器와 복제 비디오 구매, 게임팩 교환까지 마치면 시간은 늘 해질녘이었다. 걷기에는 다소 먼 거리인 반포아파트 상가까지 터덜터덜 걸어간 우리는 반포치킨에 들러 통닭을 시켰다. 그리고 친구는 도라에몽 포켓과 같은 배낭을 열고 하나하나 꺼내 오

나 역시 다른 잡지와 달리 『디스크 스테이션』을 좋아했다. 몇 달에 한 번쯤은 야시시한 게임이 하나씩 끼여 있어서 앞쪽 컬러 면에 도트 이미지로 그린 여성 캐릭터의 노출 씬 따위가 사진으로 나오곤 했다.
@ yahoo.co.jp

늘의 순례의 성과를 확인했다. 그것은 이상한 장면이었다. 아저씨들이 닭을 시켜 놓고 맥주를 마시고 있는 한구석에서 중학생 둘이 콜라를 시킨 채 닭을 앞에 놓고 일본 잡지를 돌려 보고 있었으니까. 오덕이란 말은 우리나라에 아직 없었고, 대한민국 하늘 아래 오타쿠라 불릴 법한 존재들은 박카스의 타우린만큼이나 희박했다. 따라서 순례는 엄숙했고, 어찌 보면 친구는 구도자와도 같았다. 그가 무슨 게임을 하고 무슨 만화를 보는지 관심 없었던 나는 웬디스 버거와 통닭에 이끌려 따라온 한 마리의 소였다. 그가 성과를 확인하는 동안 그저 겸손하게 닭 날개 뼈를 토해 내면 그만이었다. 친구가 굳이 날 데려온 이유는 단순했다. 당시 서울은 안양 중학생이 혼자 오기엔 너무 멀고 큰 도시였으니까.

나중에 국문학을 전공하는 선배와 함께 마늘치킨을 먹기 위해

국문학을 전공하는 선배와 함께 마늘치킨을 먹기 위해 반포치킨에 간 적이 있다. 선배는 「반포치킨」이란 시를 들려주고 이곳이 우리 문학사에서 얼마나 의미 있는 공간인지 설명해 주려 했다.
© RYUTOPIA

반포치킨에 간 적이 있다. 선배는 「반포치킨」이란 시를 들려주고 이곳이 우리 문학사에서 얼마나 의미 있는 공간인지 설명해 주려 했다. 1980년대 한국 문학 평론의 중심에 있었던 김현 선생이 이곳에서 많은 문인들과 술잔을 기울이며 토론을 나눴던 문학의 중심이자 마늘치킨이라는 새로운 통닭 요리의 산실인 이곳은 한국 문학과 미식의 성지라 주장했다. 나는 고개를 끄덕이며 그때는 마시지 못한 맥주잔을 비웠고, 그때는 먹지 않았던 마늘치킨의 가슴살을 뜯었다. 그리고 그 많던 일본 피규어 매장과 음악 매장들은 모두 어디로 갔을까를 생각했다. 이상하게 들리겠지만, 미식의 성지인 반포치킨은 적어도 내게 우리 문학의 한 정점과 막 태동한 어떤 서브컬처의 접점에 위치하고 있었던 셈이다.

모르겠다. 1989년에 어쩌면 우리 뒤에서 김현 선생과 그 친구들이 마늘치킨을 먹고 있었을지도….

순례여행에 동참했음에도 내가 오타쿠가 되지 못한 이유는 간단했다. 이날 치킨까지 친구가 쓴 돈은 거의 10만 원쯤 됐다. 당시 내게 10만 원이란 가늠하기 힘든 천문학적 액수였다. 2천 원짜리 프라모델을 살까 말까 고민하면서 매대에서 쥐었다 놓았다를 반복하는 소년에게 매달 최소 10만 원씩 펑펑 쓰는 라이프 스타일이란 1억 원의 상금을 자랑했던 주택복권에 당첨되기 전엔 실현 불가능한 삶이었다.

친구에게 책을 빌려달라거나 보여 달라고 하면 모르긴 해도 친구는 거절하지 않았을 것이다. 아마도 책을 구기지 않고 원래 비닐 봉투에 그대로 다시 담아서 돌려달라는 까다로운 조건을 달긴 할 테지만, 정말 원했다면 빌려서 오타쿠가 될 기회도 있었다. 하지만 그렇게 하지 못했다. 나는 친구와 달리 일본어를 한마디도 못했으니까. 그렇다. 당시 오타쿠는 돈이 많고 부지런해야 했으며, 심지어 머리도 좋아야 했다. 게으르고 가난하고 머리도 좋지 못했던 나는 웬디스 버거와 통닭이면 족했다. 이상하게 들리겠지만, 건설회사 사장 아버지를 두고 반에서 2, 3등을 다투던 친구에게나 가능한 일이었다. 당시 오타쿠가 되는 일은.

그러므로 안경을 낀 채 늘 체크무늬 셔츠를 입고 방에 틀어박혀 있는 뚱뚱한 오덕의 밈ᵐᵉᵐᵉ은 내게 낯설고 신기하게 느껴진다. 그런 주인공이 등장하는 소설을 썼음에도 말이다. 심지어 당시 그 친구는 입성도 좋았다. 빈폴 셔츠에 써지오·바렌테 청바지, 나이키 신발만 신는 친구는 키도 훤칠해서 지금 기준으로 보면 일종의 패피였다. 형에게 물려받은 시장표 청바지와 낡은 운동화를 신던 나와는 복장부터가 달랐다.

1989년에 오타쿠가 된다는 것은 그런 일이었다. 선택 받은 소수만이 가능한 부유한 세계가 바로 오타쿠들의 세상이었다. 아직 일본 문화는 수입 금지였고, 보따리 장사들에게 목돈을 지불할 각오 없이는 만화 한 편 보는 것도 불가능했다. 공중파 방송국에서 실수를 가장한 고의로 「지옥의 외인부대Area 88」나 「건담 0083Mobile Suit Gundam 0083」을 명절이나 어린이날에 틀어 줄 때라야만 겨우 일본 애니메이션을 시청할 수 있었다. 심지어 일본 애니메이션을 국내에서 구할 수 있는 곳이 있다는 정보 자체를 대부분 사람들은 모르던 시절이었다. 요즘으로 치자면 북한의 장마당에서 한국 드라마를 구해 보는 것과 비슷한 느낌이랄까? 당시 우리나라는 문화의 변방 중 변방이었다. 게다가 국가, 특히 군인들이 무엇을 볼수 있는지, 무엇을 봐서는 안 되는지, 들을 수 있는 것과 없는 것, 생각할 수 있는 것과 없는 것을 결정하던 시기였다. 버블 경제에 힘입어 당시 일본 문화는 전 세계적으로 맹위를 떨치면서 와패니즈wapanese, 일본 문화에 빠진 사람들를 양산하고 있었으나, 우리에겐 장벽 너머 세상의 이야기였다.

그러니까 그 학생에게 이런 이야기를 했어야만 했다. 나는 오타쿠가 되기엔 너무 가난하고 머리가 나빴다고. 하지만 그녀는 이말을 이해할 수 없었을 것이다. 그렇게 첫 번째 오타쿠가 될 기회는 지나갔다.

03

사망유희_{死亡遊戱}

#어린이 대백과 #마징가 #프라모델 #콩콩 코믹스 #추리문고 #아가사 크리스티

© champ76

내가 아직 국민학생이던 시절엔 500원이면 할 수 있는 일이 제법 많았다.

이를테면 짜장면을 사 먹을 수 있었다. 오랫동안 아버지를 아버지라 부르지 못하던 심정으로 짜장면을 '자장면'이라고 써야 했던 그 시절에 짜장면이란 국민학생들에겐 외식의 정점에 있는 음식이었다. 야끼만두−서비스로 나오는 공장표 군만두와는 다른, 엄연한 요리로 분류할 수 있었던 음식으로서 오늘날 탕수육의 위상을 야끼만두가 차지하고 있었다−와 짜장면이라면 기념일 음식의 표준과도 같았다. 그래서 이름이 '−식'으로 끝나는 학교 행사가 있는 날 점심 즈음 중국집에 가면 동네 아이들을 거의 다 만날 수 있었다.

1980년대 우리나라에서 천 원으로 살 수 있었던 것들

또 하나는 대백과류를 사는 것이었다. 로봇, 괴수, 요괴, 유령으로 시작되는 다양한 시리즈의 어린이 대백과의 가격도 500원이었다. 이런 대백과류를 사는 일은 아주 중요했다. '울트라맨이 세냐, 슈퍼맨이 세냐?' 또는 '마징가가 세냐, 메칸더 브이メカンダV가

47

'울트라맨이 세냐, 슈퍼맨이 세냐?' 또는 '마징가가 세냐, 메칸더 브이가 더 세냐?'로 흔히 벌어지곤 하던 아이들의 싸움에서 대백과는 분명한 기준점이 되었기 때문이다.
ⓒ champ76

더 세냐?'로 흔히 벌어지곤 하던 아이들의 싸움에서 대백과는 분명한 기준점이 되었기 때문이다. 크기나 무게, 마력 같은 그 근거를 알 수 없는 제원들은 맨 대 맨, 로봇 대 로봇 간 싸움을 위한 좋은 참고 자료였다. 당시 사내아이라면 더운 여름 펼쳐진 조그만 대백과 앞에서 머리를 맞대고 앉아 이런 설전을 한 번쯤은 펼쳐보았으리라.

"봐! 브레스트 파이어ブレストファイヤー가 3만 도야! 태양보다 뜨겁다고!"

태양의 온도 따위는 알지도 못했지만, 결과적으로 목소리의 크기와 대백과에 뭐라고 써 있냐가 중요했다. 마징가 Z의 브레스트

파이어가 태양보다 뜨거우므로 태양의 아들이라는 용자 라이딘勇者 ライディーン은 마징가를 이길 수 없다는 기적의 논리가 통하던 것이 당시 이 대백과 배틀이었다.

사실 완구를 팔기 위해 만들어진 애들 만화일 뿐이었던 당시의 로봇 만화에는 나름의 꽤나 상세한 설정이 있었다. 이를테면 「마징가」 시리즈는 이랬다. 후지 산 인근에서 화산 분화로 지구 중심부의 금속들이 흘러나왔는데, 그 중에는 재패니움ジャパニウム이란 금속이 있었다. 이 금속은 에너지를 가하면 열과 빛을 내면서 핵분열을 일으키는데, 여기서 나오는 에너지가 바로 광자력光子力이다. 따라서 마징가 Z가 출동하는 광자력연구소는 이런 이유로 후지 산 옆에 있었고, 유미 겐노스케弓弦之助 박사는 발견자인 카부토 쥬조兜 十蔵의 뒤를 이어 이 광자력의 평화적 사용을 위해 노력하고 있다는 설정이다.

혹자들은 "악당들이 왜 매주 로봇을 한 대씩 보내냐"며 말도 안 된다고 따지지만, 사실 거기에도 나름의 이유가 있었다. 적은 미케네ミケーネ 제국의 기계수들인데, 닥터 헬이 미케네 섬에서 무려 발굴을 해서 보내는 것이다. 그럼 모아 보내면 되지 않느냐고 되묻겠지만, 실제로 나중에는 모아서 한꺼번에 보내기도 하고 몇 차례 다수의 기계수가 동시에 등장하기도 했다. 그리고 닥터 헬은 일본만 방어하는 광자력연구소와 달리 세계 각지를 공격해야 하므로 운용에 제한이 있지 않았나 추측된다.

아카데미과학의 「조립식 인형 만들기」 시리즈가 그 중 하나였다. 인디안, 아팟치—아파치가 아니었다—, 카우보이로 시작하는 몇 가지 「인디언 로봇」 시리즈가 단돈 500원이었다.

　어쨌거나 이제 와서 설정을 돌이켜 보면 일반적인 인식과 달리 마징가 측은 제어계측 분야가 아닌 소재공학 및 핵물리학 쪽이었고, 적들은 과학자라기보다 오히려 고고학자에 가까웠다. 나름 이과 대 문과의 싸움이었던 셈이다. 이런 세계관의 설정은 원작자가 왕성하게 활동한 탓에 신작들이 나오면서 몇 번 뒤집어지긴 했지만—재패니움의 설정이 실은 제우스의 'Z'이며, 신화적인 금속이란 새로운 설정이 붙는 식의—, 어쨌거나 아동용 만화가 이런 것까지 신경을 쓸까 싶을 정도로 구체적인 세계관을 자랑했다. 따라서 대백과가 필요한 것이다.

　500원이면 프라모델도 살 수 있었다. 국민학생들 사이엔 '조립식'으로 통하던 프라모델은 당시 500원짜리 라인업이 있었는데, 아카데미과학의 「조립식 인형 만들기」 시리즈가 그 중 하나였다.

인디안, 아팟치−아파치가 아니었다−, 카우보이로 시작하는 몇 가지 「인디언 로봇」 시리즈가 단돈 500원이었다. 물론 돈 많은 친구들은 천 원 이상의 라인업이나 2천 원짜리 건담 같은 고급 프라모델을 만들었다. 명절에 받은 세뱃돈으로 몇 번 만들어 본 경험으로 말하자면 2천 원짜리 프라모델은 폴리캡poly−cap이 들어 있는, 구성부터가 완전히 다른 물건이었다.

천 원짜리 라인업에서 가장 사랑받았던 건 남자아이들이라면 한 번쯤 만들어 봤다는 보트였다. 싼 가격에도 불구하고 모터와 프로펠러 구동부까지 있는 가동 완구였는데, 구동부에 '구리스grease'를 잘 발라 주는 것이 포인트였다. 하지만 유감스럽게도 방수부품이 완전하지 않고 금형도 딱 맞지 않던 당시 프라모델 특성상 완성하고 나면 물 위에 제대로 뜨는 경우는 손꼽을 정도였다. 물론 띄울 만한 장소를 찾을 수 없는 경우가 더 많았지만.

그 외에 철인 28호鉄人 28号 같은 꽤 멋지고 그럴 듯한 천 원짜리 프라모델들도 있었지만, 내가 살 수 있었던 건 고작 500원짜리였다. 물론 드물게 잘사는 집 아이들은 일제 프라모델을 만들었다. 그러나 일제 프라모델은 동네 문방구에서 팔지도 않을 뿐더러 부의 상징이었다. 물론 후일 타미야タミヤ에서 판매한 「미니카ミニ四駆」 시리즈가 붐이 불면서 동네 문방구까지 일제 프라모델이 들어오는 수입 해방기가 있긴 했지만, 그건 훨씬 나중의 일이었다.

뿐만 아니라 500원으로 문방구나 서점에서 『다이나믹 콩콩 코

믹스』를 살 수도 있었다. 『콩콩 코믹스』는 당시 일본 만화를 그대로 필사해 팔던 물건으로, 몇 년 뒤 일본 문화 개방으로 쏟아져 나와 불법 복제되었던 해적판 만화의 효시격인 물건이었다. 일본 문화 개방 이후로 등장한 500원짜리 만화들은 대부분 일본 소년만화Shonen manga들을 그대로 가져와 말풍선에 수정액만 칠해서 한글로 식자한 복사본이었다. 반면 『콩콩 코믹스』는 나름 우리나라 만화가들에게 청탁해 재필사하는 정성(?)이 있었다. 이 『콩콩 코믹스』의 마스코트는 '콩콩 로보트'였고 제일과학에서 「보물섬」 시리즈 프라모델로도 출시되었는데, 역시나 500원짜리 캐릭터였다. 재밌는 건 「보물섬」이나 「인디언 로봇」 시리즈 모두 현재는 없어진 일본 프라모델 제조사 이마이과학イマイ科学의 「로보닷치ロボダッチ」 시리즈라는 사실이다. 둘 다 정식 수입은 아니었을 테니 먼저 베끼는 놈이 임자였던 셈이다. 그래도 누군가 먼저 베낀 캐릭터는 다시 베끼지 않았으니, 무단 복제 시대에도 나름 상도의는 지켰던 모양이다.

그럼에도 나는 『콩콩 코믹스』를 사 본 적이 없다. 교사였던 아버지 밑에서 금기시되는 행동이 몇 가지 있었는데, 그 중 하나가 만화책을 사는 일이었다. 어째서인지 이 문제에 대해 아버지는 아주 엄격했다. 『아기 공룡 둘리』나 『꺼벙이』 같은 만화는 교육적으로 별 문제가 없다는 아버지의 인정을 받았음에도 오직 빌려 보는

것만 허락됐다. 덕분에 나는 명절에 세뱃돈을 받아도 친구들처럼 만화책을 살 수 없었다.

500원이면 오락실에서 오락을 열 판이나 할 수 있었고, 폴라포를 다섯 개 사 먹을 수 있었다. 물론 깐도리 같은 50원짜리 싼 하드를 사면 열 개도 가능했다. 그리고 학교 앞 분식집에서 500원이면 거하게 친구들과 밀떡볶이로 회식할 수도 있었다. 이런 식으로 당시 국민학생들이 500원으로 할 수 있는 일은 꽤 많았다. 그러니 가난했던 내게 천 원의 가치가 얼마나 컸을지 짐작할 수 있을 것이다.

천 원이 중요한 이유는 「계림문고」*의 가격이었기 때문이다. 「계림문고」의 책값은 딱 천 원 혹은 900원대 언저리였다. 돈이 생기면 「명탐정 호움즈」 시리즈—그렇다. 홈즈가 아니다. 「외래어 표기법」의 개정에 따라 요즘 책들은 '홈즈'로 나오지만, 그 당시 책들은 모두 '호움즈'라고 했다— 같은 책을 낱권으로 서점에서 사곤 했다.

물론 「계림문고」가 장르문학 성격의 책만 있는 것은 아니었다. 에밀리 브론테의 『폭풍의 언덕』이나 정체를 알 수 없는 모험소설로 기억하고 있는 『마경천리』와 『레 미제라블』의 축약 열화본劣化이라 할 만한 『장발장』 같은, 문학사의 굵직굵직한 명작들이 제법 있었다. 물론 성인판 명작의 어린이용 축약본인데, 지금 생각해 보면 당시 일본에서 나온 어린이 문고판의 무단 중역본으로 추정된다. 뭐, 당시에는 지적재산권이 뭐하는 물건인지 잘 모르던 시절이라 그런 식의 무단 복제는 온갖 곳에서 흔한 일이었다. 특히나 어린이 문학은 독자적인 기획 없이 무단 전재로 날로 먹던 시절이었다. 「계림문고」 역시 적어도 초반에 나온 책들은 그런 책이 아니었을까 싶다.

「계림문고」 중 나름 명작들은 대체로 친구들이나 학교에서 빌려 봤다. 아직 근처에 도서관이 생기기 전이었지만, 매주 나타나

---

* 「계림문고」는 계림출판사에서 발간한 세계 문학 전집으로 당시 계몽사의 「소년소녀 세계문학전집」과 함께 어린이 문고의 양대 산맥을 이루고 있었다. 계몽사가 하드커버 제본의 전집 스타일로 좀 더 정통파 어린이 문고를 지향했다면, 계림출판사는 제법 장르 색이 강한 문고판 스타일의 문학 전집이었다. 정확히 몇 권이 나왔는지 알 수 없었다. 기억하지 못하는 게 아니라 알 수 없었다. 난 전집을 사 본 적이 없으니까.

는 순회 독서 트럭 같은 것도 있었다. 학교 도서관의 비치용 서적 외에—당시 학교 도서관은 오직 교육감이 올 때만 문이 열렸다—각 학급에 있던 대여 서적에는 「계림문고」 한 권쯤은 있었다. 「홈즈」나 「루팡」 시리즈 같은 책들은 빌려 보기 힘들었고, 대여 서적 목록에도 없는 경우가 많았기 때문에 직접 사서 본 기억이 난다. 물론 그 책이 너무 좋아서 산 것만은 아니었다. 명절에 받은 세뱃돈으로 형과 나는 가리안ガリアン이나 윙갈ウインガル—그러고 보니 「기갑세계 가리안機甲界 ガリアン」 시리즈도 500원이었다—, 건담 같은 프라모델을 산 뒤 양심의 가책을 느끼지 않기 위해 「계림문고」를 사는 것으로, 이를테면 나름 도덕적인 타협을 했다. 가격이 저렴한 편이었던 「계림문고」는 그야말로 가성비가 탁월한 책이었다.

 「계림문고」로 한정하자면 형은 뤼팽을 좋아했고, 나는 홈즈를 좋아했다. 도둑이나 탐정이어서 좋아했다기보다는 형은 모험 활극을 좋아하는 편이었고, 내 취향은 정통 추리극에 가까웠다. 형이 재밌게 봤다는 『기암성』을 나는 너무 재미없어서 끝까지 볼 수 없을 정도였으니까.

 이런 취향 차이는 구매하는 책의 종류에서 점점 본격적으로 드러났다. 나는 해문출판사의 「팬더추리걸작시리즈」를 샀지만, 형은 「매거크소년탐정단」 시리즈를 샀던 것이다. 아마도 일본의 어린이용 추리소설 시리즈를 무단 중역한 듯한 「팬더추리걸작시리즈」는 「동서추리문고」와 함께 추리문학계의 양대 산맥이었다. 둘 다 가격 차이는 크게 나지 않았지만, 기왕 사는 거라면 나는 동서보다 팬더를 선호했다. 팬더 쪽이 삽화가 많았기 때문이다. 흥미진진한 죽음의 미스터리를 풀어가는 와중에 페이지 중간에 확 하고 나오는 펜 삽화의 강력함은 어린 내게 인상적이었다. 따라서 딱딱한 동서보다는 그림 많은 팬더를 좋아하긴 했지만, 「팬더추리걸작시리즈」는 제본이 형편없어서 얼마 지나지 않아 책이 자동으로 인수분해 됐던 것으로 기억한다. 해문출판사 도서의 고질적인 문제는 나중에 「아가사 크리스티 미스터리」 시리즈가 나오고서야 좀 나아졌다.

추리소설만큼이나 기담 또는 괴담을 비롯한 공포소설에 빠져 있던 내게-당시 가장 좋아하던 작가가 에드거 앨런 포였다- 사람이 죽지 않는 장르소설이란 조금 싱겁게 느껴졌다. 그래서 매거크 대신 선택한 것이 아가사 크리스티 - 애거서 크리스티가 아니었다-와 대실 해밋Dashiell Hammett이었고, 밴 다인S. S. Van Dine이었다.

처음에는 추리라는 유희가 좋아서 시작한 독서였지만, 나중에는 누가 범인인지는 별로 중요하지 않았다. 사실 잘 쓴 추리소설은 여러 트릭을 배제하면 누가 범인인지 독자에게 친절히 알려 주는 장르이고, 따라서 이런 룰에 익숙해지면 범인을 찾아내는 일은 어렵지 않기 마련이다. 나중에는 작가별 서술 성향까지 꿰찬 덕에 3분의 1쯤 읽으면 범인 따위는 누군지 금방 알게 됐다. 이상하게 들리겠지만, 나는 추리소설 덕분에 서사에서 결말이 과정보다 중요하지 않다는 것을 배울 수 있었다. 그러니까 범인이 누군가보다 어떤 이유로 이런 살인이 벌어졌으며, 어떻게 살인을 저질렀는지가 더 중요하다는 걸 추리소설에서 배웠다.

하여간 당시 내 책장에는 피비린내가 진동하는 활자들로 가득했다. 중학교에 들어갈 무렵까지 그렇게 내 책장에서는 수많은 살인 사건이 벌어졌고, 피해자들이 속출했다. 해문의 「아가사 크리스티 미스터리」 시리즈와 「동서추리문고」의 「셜록 홈즈」 시리즈, 뒤이어 나오던 「추리걸작선」 시리즈까지 닥치는 대로 읽었던 내 독서 목록에서는 중학교 입학 전까지 대략 300여 명의 사람들이 죽어 갔다. 아주 소수의 사람들을 제외하고는 모두 타살이었으며, 5분의 1쯤은 공범이 있었다. 대개의 경우 범인이 잡혔으며, 몇몇은 체포되기 전에 자살하거나 병사하거나 도주 중 사고사로 죽었지만, 많은 경우 교수형을 당하기도 했다. 따라서 최초 희생자와 두 번째 희생자 그리고 범인까지 포함해 권당 평균 3.25명쯤 죽은 것으로 추정된다.

어린이가 보던 모든 것들에 검열 딱지를 붙이던 시절이었다. 게다가 어린이가 어른들의 말을 듣지 않는 내용이 나온다는 이유로 심의에 걸리던 시절이었다. 실제로 그런 이유로 김수정 작가는 『아기 공룡 둘리』를 탄생시켰다. 심지어 그 만화조차 등장하는 아

해문의 「아가사 크리스티 미스터리」 시리즈와 「동서추리문고」의 「셜록 홈즈」 시리즈, 뒤이어 나오던 「추리걸작선」 시리즈까지 닥치는 대로 읽었던 내 독서 목록에서는 중학교 입학 전까지 대략 300여 명의 사람들이 죽어 갔다.
ⓒ hang-book

이들이 너무 버릇이 없고, 아버지 고길동이 폭력적이라는 이유로 검열에서 내용이 가위질 당하거나 특정 시민단체의 공격을 1999년까지 받아야만 했다. 그런 사회 풍조 가운데 놀랍게도 장르문학은 애들이나 보는 것으로 폄하되었지만, 아직까지 걸음마 단계였던 아동문학 시장을 사실상 장악하고 있었다. 그러니까 어린이는 나쁜 걸 보면 안 되니까 누가 사람을 죽였는지 범인이나 찾으라는 격이었다. 물론 『5학년 3반 청개구리들』*처럼 후일 창작 명랑소설이 등장해 이 시장의 새로운 강자로 떠오르기도 했다. 하지만 그때까지 검열과 감시 속에서 아이들이 읽을 만한 소설이라곤 살인이 일상적으로 벌어지는 책들이나 성적 암시로 가득한 브램 스토커의 『드라큘라』 같은 책 정도였다.

---

* 『5학년 3반 청개구리들』은 1985년 현암사에서 출간된 어린이 명랑장편소설로 선풍적인 인기에 힘입어 당시 창작 명랑소설의 붐을 불러일으켰다.

그렇게 죽어가는 희생자와 범인들 속에서 일본 문화 개방이 시작되었고, 500원짜리 불법 복제 만화책이 쏟아져 나왔다. 비로소 해금의 시기가 찾아온 것이다. 아이들은 WWF*에 열광했고, 올림픽을 앞두고 곧 교육용 컴퓨터가 선정된다는 소문과 함께 '아이큐 2000' 붐이 불었다. 그 당시 같은 반 아이에게서 처음으로 무협지를 빌렸다. 처음으로 읽은 무협소설에서는 작품이 끝날 때까지 300명 넘는 사람들이 죽었다. 초식 한 방이면 엑스트라들이 픽픽 쓰러졌다. 300명은 중학생이 읽는 책에서 죽어야 할 사람의 수로 적당해 보였고, 그래서 다른 무협지도 빌려 보았다. 새로 산 가방 안에는 열두 권짜리 무당파武當派 검객의 이야기가 있었고, 그 안에서는 무당파의 태을현문검太乙玄門劍 앞에서 역시나 500명쯤 죽어 나갔다. 심지어 한 초식에 열댓 명이 추풍낙엽처럼 떨어져 나갔다. 그렇게 장강長江은 피로 물들었고, 나는 중학생이 되었다.

* 세계레슬링연맹 WWFWorld Wide Wrestling Federation는 오늘날 WWE의 전신으로 1980년대 후반 AFKN을 통해 국내에 소개되며 초중생들에게 열광적인 사랑을 받았다. 당시 헐크 호건, 얼티밋 워리어, 밀리언 달러맨, 홍키 통크 맨 등의 군웅할거기로 미국 내에서도, 전 세계적으로도 TV 중계를 토대로 프로레슬링이 외형적으로 성장하던 시기였다. 이 시기를 두고 레슬링 팬들은 '골든 제너레이션'이라 부른다.

04

INSERT COIN

#오락실 #갤러그 #압전소자 #콤퓨타 게임 #보글보글 #테트리스 #스트리트 파이터

© champ76

처음 해 본 오락실 게임은「갤러그^{Galaga}」였다. 그 시절 '이리^{裡里}'라 불리던 '익산'의 한 오락실에서였다. 오락실에 간 것은 어머니와 막내 이모와 함께였던 것으로 기억한다. 어머니는 여동생에게 무언가를 사 주기 위해 시내에 나갔는데, 외갓집에서 외사촌들과 놀던 형과 달리 나는 막무가내로 두 사람을 따라갔다. 이제 와 기억나지 않는 무언가를 사고 돌아오는 길에 우리 셋은 오락실이라고 적힌 가게 앞에서 멈춰 섰다. 1981년 무렵만 해도 오락실은 지방 도시에서는 좀처럼 보기 힘든 곳이었다. 오락실을 보자마자 호기심이 동한 세 사람은 의기투합해 들어갔고−내가 들어가 보고 싶다고 하자 이모도 가 보고 싶다고 했다. 그러자 엄마는 자신은 별로 궁금하지 않지만, 정 그렇다면 함께 가 보자고 하셨다. 아마 엄마도 궁금하셨던 것으로 추정된다−, 난생 처음으로 오락실을 구경하게 되었다.

제법 널찍한 공간 한쪽에는「갤러그」가 쭉 늘어서 있었고, 다른 쪽엔「퐁^{Pong}」과「스페이스 인베이더^{Space Invaders}」그리고「갤럭시안Galaxian 」같은 게임이 적당히 섞여 있었다. 플라스틱 공이 달린 막대를 움직이면 따라 움직이는 흰색 우주선에 놀란 나는 입을 다물지 못했다. 이모는 내 표정을 보더니 직접 해 보라고 50원을 넣어 줬다. 기억하는 플레이 타임으로 가늠해 보건대, 썩 게임을 잘했던 것 같지는 않다. 처음 가 본 오락실이었고,「갤러그」의 기본적인 룰조차 이해하지 못하고 있었으니까. 두 사람은 내 표정을 보면서 놀렸다.

"왜? 오락이 그렇게 신기해?"

아무렴. 나는 고작 여섯 살이었고, 화면에서 빛나는 건 뭘 봐도 신기할 나이였다. 아직 주변에는 아무도 컬러텔레비전을 갖고 있지 않았던 탓에「명랑운동회」의 변웅전 씨도「마징가 Z」도 모두 흑백이었다. 하지만「갤러그」는 무려 컬러였던 것이다. 다채로운 색의 벌레들이 "삐요오오옹" 소리를 내며 내려오는 광경이 신기하지 않을 리 없었다. 하얀 비행기는 별들이 반짝이는 우주를 날아가고 있었다. 그리고 심지어 거미줄보스 갤러가의 트래터 빔에 잡혀간 동료 비행기를 구하면 합체하기도 했다. '합체'라니! 그런 건 만화 속에서만 가능한 거라 생각했다. 아직도 기억에 생생히 남아 있을 만큼「갤러그」는 충격 그 자체였다.

「갤러그」는 내게만 기념비적인 게임이 아니었다. 1981년에 등장한「갤러그」는 그 해 모든 오락실을 제패했다. 같은「갤러그」가 열 지어 늘어서 있는 광경은 오락실에서 흔히 볼 수 있었다. 뿐만

아니라 서울에만 있던 오락실이 나 같은 지방 촌놈도 볼 수 있을 정도로 온갖 곳에 생겨나기 시작했다. 이 모든 것이 세운상가에서 불법 복제되었던 「갤러그」 기판 덕분이었다. 복제 기판의 제목은 일어 표기 '갸라가^{ギャラガ}' 혹은 '갤러가^{Galaga}'와는 달리 '갤러그^{Gallag}'라는 철자로 고쳐져 있었다. 적어도 우리나라 한정으로 「갤러그」라는 복제 기판의 제목이 공식 명칭이 된 것이다. 「갤러그」 열풍에 기대어 고작 1년 만에 지방 시장의 골목 안까지 '콤퓨타

1981년에 등장한 「갤러그」는 그 해 모든 오락실을 제패했다. 같은 「갤러그」가 열 지어 늘어서 있는 광경은 오락실에서 흔히 볼 수 있었다. 뿐만 아니라 서울에만 있던 오락실이 나 같은 지방 촌놈도 볼 수 있을 정도로 온갖 곳에 생겨나기 시작했다.
@ wikipedia

게임장' '전자오락장' '오락실' '전자게임장' '게임실' 등의 아직 통일되지 않은 이름의 놀이 시설들이 생겨났다. 이후로 다양한 이름들은 하나의 단어 '오락실'로 점차 통일되었다. 그리고 일본에서 '아케이드 게임센터'라는 용어가 인터넷으로 수입되기 전까지 오락실은 아이들에게 '오락실'로 통했다.

그럼에도 다시 아케이드 게임기를 만나기까지는 1년의 시간이 필요했다. 「갤러그」는 분명 충격적인 사건이었지만, 여섯 살 아이에게 신기한 일이란 일주일에 한 번꼴로 벌어지기 마련이다. 이를테면 그해 나는 같은 유치원의 여자애와 연애질을 하느라 정신이 없었다. 서로 마주 보는 아파트 동에 살았던 우리는 동전의 앞뒷면처럼 붙어 다녔다. 매일 아침 그 아이의 집에 가서 손을 잡고 300미터쯤 떨어진 유치원까지 함께 가는 것이 일과 중 가장 중요한 일이었다. 물론 여섯 살짜리 아이답게 가끔 이상한 것에 꽂혀서 그 아이를 내버려 두고 하교 도중에 딴 길로 새서 울리곤 했지만, 대체로 우리는 좋은 짝이었다. 그 아이의 부모님이 좋은 학군을 찾아 강남으로 이사 가기 전까지는 말이다. 브라운관 속의 파랑색 파리나 보라색 거미 따위가 아무리 신기해도 안양으로 돌아왔을 땐 이미 까맣게 잊고 있었다.

이듬해 초등학교 입학식을 마치고 하교하는 문방구 앞에는 세대의 미니 아케이드 게임기가 나란히 놓여 있었다. 「스페이스 인베이더」와 '방구차'로 더 유명한 「뉴 랠리 X^{New Rally X}」 그리고 「동키콩^{Donkey Kong}」이 바로 그것이었다.

「스페이스 인베이더」는 삼색 셀로판이 붙어 있는 물건이었다. 그 시기 「갤러그」와 「프로거^{Frogger}」 「동키콩」 「방구차」 정도를 제외하고 대부분의 아케이드 게임들은 이른바 모노크롬이라 불리는 단색이었다. 그런데 몇몇 게임들이 컬러로 등장하자 이에 위협을 느낀 단색 게임들은 화면을 삼분할 내지는 대여섯 분할로 다른 색의 셀로판지를 넣어서 컬러처럼 보이게 하는 편법을 감행했다. 엄연히 따지자면 「갤러그」의 할아버지 격이었던 「스페이스 인베이더」는 이미 은퇴할 나이였지만, 셀로판지를 붙인 채 동네 문방구 앞에서 마지막 불꽃을 태우고 있었다.

그리고 「동키콩」-대부분 「동킹콩」으로 잘못 알고 있는-으로 말하자면, 게임계의 레전드 스타인 마리오가 등장하는 최초의 게임이었다. 「동키콩」에게 잡힌 마리오의 여자 친구도 출연하는데, 마리오 게임을 해 본 사람이라면 누구나 알고 있을 법한 피치 공주가 아니다. 나중에 가서야 폴린^{Pauline}이라고 이름이 정해지게 된 이 캐릭터-당시만 해도 게임의 세부 설정 따위는 중요하지 않았으므로, 마리오 역시 그냥 '점프맨'이라는 이름이었다-는 역사의 저편으로 지워졌던 마리오의 옛 연인이었던 셈이다. 여자 친구들이 늘 누군가에게 납치되는 마리오는 운이 없는 건지, 납치가 잘될 만한 여자가 취향인 건지, 본인이 문제인 건지 결국 알 수 없는 캐릭터다.

일곱 살의 나는 수업이 끝나면 문방구 앞에 서서 이 세 게임을 10분쯤 구경하곤 했다. 하지만 돈이 없었으므로 20원씩 하던—당시 문방구 앞 미니 게임기의 한 판 가격은 20원이었다— 게임을 해 본 적은 한 번도 없었다. 그 돈으로 게임을 할 바엔 20원에 10개씩 주는 밀떡볶이를 먹는 게 여러모로 남는 장사 같았다. 문방구 앞의 게임기는 단순하고 잘 바뀌지도 않았으므로 내 관심은 이내 시들해졌다.

그러나 2년 뒤 뜻밖의 은총으로 다시 오락실에 가게 됐다.

국민학교 3학년의 세계는 매우 단순했다. 주중엔 학교에 갔고, 일요일엔 엄마를 따라 교회를 갔다. 등굣길은 아파트 단지를 지나 작은 산을 넘는 길이었고, 교회 가는 길 역시 아파트 단지 끝에 있었다. 생활 반경이 기본적으로 아파트 단지 인근을 떠나지 않았기 때문에 일부러 오락실에 찾아갈 일은 없었다. 그런데 아파트 단지 끄트머리 쪽 상가에 있던 교회가 시장 옆 골목으로 이사를 가게 되면서 길 건너 시장까지 생활 반경이 넓어진 것이다.

텔레비전 뉴스에 소개된 전자오락실에 대한 비판 기사

새 교회 건물 앞 골목에는 천재오락실이 있었다. 그 시기 오락실은 불량 청소년들의 산실로 언론의 집중포화를 받곤 했다. 이에 오락실 업주들은 컴퓨터 게임이 아동의 두뇌 발달에 도움을 준다는 외국의 논문까지 들

먹이며 반박했다. 그러니 천재나 신동, 컴퓨터 같은 단어를 가게 간판에 넣어서 일종의 이미지 마케팅을 한 것이다.

나중에 알게 된 바로 이 싸움은 인허가 문제와 관련된 것이었다. 군사 정권은 오락실을 복잡한 인허가 절차 아래 묶어 두었는데, 「갤러그」붐 이후로 등장한 오락실들은 대부분 인허가를 받지 않은 불법 시설이었다. 따라서 정부는 언론을 이용해 오락실의 불법적인 이미지를 강조하고 확산을 막아보려 한 것이다. 뉴스에서는 연일 오락실에서 담배를 피는 사람들과 컴컴한 실내 이미지를 강조해서 보여 주었다. 담배의 경우 틀린 보도라고만 할 수 없는 것이 번화가의 대형 오락실들은 너구리굴처럼 담배 연기로 꽉 차 있곤 했다. 그러나 어두웠던 건 당시 브라운관의 밝기가 환한 직사광선 아래에서 잘 보일 정도가 아니었기 때문이다. 게다가 동네 오락실은 코찔찔이 국딩들의 아지트 같은 곳이라 어른들이 들어오는 경우는 거의 없었다. 따라서 동네 오락실에서 담배를 피다간 오락실 할아버지에게-당시 은퇴자들의 사업이었던 것인지 유난히 할머니 할아버지들이 많이 운영했다- 뒤통수를 맞기 딱 좋았다.

어쨌든 뉴스는 오락실을 비행 청소년들의 본거지이자 악의 소굴로 묘사했고, 그 시절엔 TV에서 그렇다고 하고 신문에서 그렇다고 하면 다 그런 것이었다. 오락실에서 게임을 하던 아이들은 어느 순간 담배를 피우게 될 것이고, 담배를 피우게 되면 비행의

군사 정권은 오락실을 복잡한 인허가 절차 아래 묶어 두었는데,「갤러그」붐 이후로 등장한 오락실들은 대부분 인허가를 받지 않은 불법 시설이었다.
ⓒ hang-book

길로 빠져서 가출을 일삼게 될 터였다. 결국 오락실 게임이 본드를 불게 만들고, 폭력 사건을 일으키고, 가정을 붕괴시키는 대참사를 일으킨다는 것이었다. 그리하여 오락실에서 어머니에게 귀를 잡혀 끌려가는 아이들을 심심치 않게 볼 수 있었다.

그런 하 수상하던 시절, 주님의 인도하심으로 내 생활 반경에 이러한 악의 소굴 천재오락실이 등장한 것이다. 할렐루야!

유년부 예배 시간은 한 시간이었지만, 교회에 다녀오는 일은 늘 두 시간 넘게 걸렸다. 부모님이 유년부 예배 시간을 알 리 없었으니까. 다시 가 본 오락실은 못 알아볼 정도로 변해 있었다.「갤러그」 열풍은 이미 시들해진 탓에 가장 구석에 한 대 정도 남아 있었고 모노크롬 게임들도 모두 퇴출되었으며, 사방이 컬러였다. 「제비우스Xevious」라는 걸출한 게임이 가장 좋은 위치에 자리 잡고 있었다. 슈팅이라는 장르에 편중되어 있던 게임들도 다양해져서 '올림픽'이란 이름으로 더 유명한 버튼 연타식 스포츠 게임인 「하이퍼 스포츠Hyper Sports」와 두 개의 조이스틱으로 조작했던 최초의 대전 게임인 「가라데Karate」, 그리고 2인용 플레이가 가능했던 「손손Son Son」까지 나와 있었다.

바야흐로 오락실의 시대였다. 매 계절마다 새로운 게임이 나왔고, 나올 때마다 눈에 띄게 발전한 그래픽을 보여 주었다. 흑백에서 컬러로, 고정에서 스크롤로, 모노 사운드에서 다중화음으로 갈 때마다 새롭고 신기한 구경거리가 있었다. 「마계촌魔界村」「전장의 이리戰場の狼」「이얼 쿵푸イーアルカンフー」「원더보이ワンダーボーイ」「보글보글Bubble Bobble」 등의 게임이 오락실에 들어왔고, 그만큼 선택의 폭도 넓어졌다. 게임을 잘 하는 아이는 친구들에게 신의 손으로 칭송 받았고, 새로운 게임은 남자아이들 사이에 화젯거리였다. 새로운 게임이 어느 오락실에 등장했다는 소문을 들으면 원정대를 꾸려 옆 동네 오락실까지 여정—국민학교 통학거리는 아이들의 보행 가능 거리에 맞춰져 있었으므로 옆 동네에 가는 일은 평소 이동 거리의 두세 배를 훌쩍 뛰어넘는 거리였고, 따라서 여정이라 부를 만했다—을

추억의 옛날 전자오락실
고전 게임들

떠났다.

　그리고 오락실에서 만나 친해진 오락실 친구들이 생겨났다. 주로 남자아이들이었지만, 「보글보글」과 「테트리스Tetris」 「스노우 브라더스Snow Bros.」로 이어지는 게임들은 남탕이던 오락실에서 여학생들을 볼 수 있게 해 주었다. 이것이 얼마나 기념비적인 사건인지는 이제는 도요새만큼이나 보기 힘든 오락실—최근엔 극장에 덤으로 붙어 있는 게임센터 정도 외에는 정말 찾아보기 힘들다—에 가 보면 알 수 있다. 최신형 격투 게임이나 리듬 게임기 사이에서 이 게임들은 여전히 현역으로 뛰고 있다. 『세종실록』에서 보았던 "물러나기를 청하였으나 윤허하지 않다"라는 말이 무슨 의미인지 「테트리스」와 「보글보글」을 보면 실감할 수 있다. 행정당국과 언론에 의해 악의 소굴로 규정지어진 오락실은 이처럼 당대 동네 아이들에게는 사교의 장이었다.

　이쯤에서 개별 게임에 얽힌 추억 하나를 풀어 보고 싶다. 정말 그러고 싶다. 허나 별로 할 말이 없다. 주님의 인도로 오락실에 다니긴 했지만 돈은 없었기 때문이다. 이 시기를 전후로 오락실은 50원에서 100원으로 가격을 두 배나 올렸다. 20원짜리 게임도 떡볶이를 사 먹느라 하지 않았던 내게 거금 백 원이 있을 리 없었다. 백 원이면 50개나 들어 있는 아폴로를 한 봉 사 먹을 수 있었고, 그것만 있으면 하루 종일 달달하게 지낼 수 있었다. 5분 남짓, 길

『세종실록』에서 보았던 "물러나기를 청하였으나 윤허하지 않다"라는 말이 무슨 의미인지 「테트리스」와 「보글보글」을 보면 실감할 수 있다. 행정당국과 언론에 의해 악의 소굴로 규정지어진 오락실은 이처럼 당대 동네 아이들에게는 사교의 장이었다.

어야 15분 내외의 게임과는 효용의 단위 자체가 달랐다. 돈 없는 내가 할 수 있는 건 오직 오락실의 갤러리 역할이었다. 열심히 게임을 하는 플레이어의 등 뒤에서 주로 감상만 했다. 이건 나만의 사정은 아니었다. 사실 오락실에는 게임 하는 친구들보다 구경하는 아이들이 더 많았고, 친구들이 소원을 말할 때면 오락실 주인이 되어 원 없이 게임을 해 보고 싶다는 이야기가 늘 한 번쯤은 나왔다. 잘사는 집 아이가 아니라면 국민학생들은 다들 돈 백 원이 아쉽던 시절이었으니까.

때문에 돈 없이도 오락실에서 게임 하는 비법이 전설처럼 전해져 왔다. 오락실에서 '동전을 튕긴다'라고 칭하는, 몇 가지 코인을 올릴 수 있다는 방법이 있었다. 가장 널리 알려진 건 라이터의 압전소자를 뽑아 코인 투입구에 스파크를 튀기면 오작동을 일으키는 방법이다. 동전 투입구의 금속에 압전소자의 전선을 닿게 한 후 압전소자를 누르면 아케이드 게임기가 동전이 투입된 걸로 인식한다는 것이다. 나중에 공업 시간에 라디오를 만들면서 전기 회로의 구조를 이해하게 된 후 이 짓이 얼마나 위험한 일인지—접지하지 않은 기기는 최악의 경우 회로가 탈 수도 있다— 알게 됐다. 하지만 뭘 모르는 아이들은 압전소자를 찾기 위해 버려진 라이터를 찾는 붐이 불기도 했다. 그 붐에 편승해 백 원을 넣고 돌려서 캡슐로 포장된 장난감을 뽑는 가챠폰ガチャポン, 일명 '뽑기' 안에 압전소자가 들어 있기도 했다. 플라스틱 싸리비의 빗대나 테니스 줄로 투입구 안의 스위치를 누르는 방법과 동전에 구멍을 뚫어 낚싯줄로 엮은 후 동전 투입구 안의 센서가 동전을 인식하는 순간 다시 빼는 방법 등의 편법을 들어 보긴 했지만, 정작 실천하는 용자를 직접 본 적은 없었다.

"몇 반 누군가가 오락실 주인에게 뺨을 맞았는데, 알고 보니 동전을 튕긴 거였대."

이런 정도의 소문이 이 비법에 대해 들어 본 전부였다.

어쨌거나 오락할 돈이 아까웠던 덕분에 중학교 다닐 무렵 불어닥친 「스트리트 파이터 2^{Street Fighter 2: The World Warrior}」 붐과 3~4인용 게임 붐에도 나는 모두 비켜 있었다. 가일^{Guile}과 켄^{Ken Masters}을 쓰는 애들이 서로 사기 캐릭터라고 비난하고 있을 때 가일의 하단 강발차기 2연타로 나가는 건 사기가 맞다 말하고 싶었다. 하지만 직접 해 본 적이 없으므로 아무 말도 하지 못했다. 친구들끼리 조를 짜서 3~4인용 게임을 하면서 협동 플레이^{co-op}를 하는 동안에도 그저 어깨너머로 구경만 했다.

고등학교에 다닐 정도가 되어서야 간신히 오락실에서 쓰는 백 원이 심각한 기회비용의 상실로 느껴지지 않았다. 하지만 이 무렵엔 이미 컴퓨터 게임에 빠져 오락실 게임은 시들해진 상태였다. 「울티마^{Ultima}」나 「삼국지^{三國志}」 같은 게임을 하다가 짧은 아케이드 게임을 하려면 어쩐지 양이 차질 않았다. 다만 사교의 연장으로 오락실에 가긴 했다. 대개 그곳에서 모이는 친구들은 비슷하게 게임을 좋아하고, 무협지와 『반지의 제왕』 그리고 『은하영웅전설』을 읽었고, 만화라면 환장하는 놈들이었으니까. 주말이면 친구들과 함께 도서관에 갔다가 오락실에 들르는 일이 거의 코스였다. 우리가 굳이 안양시립도서관까지 갔던 것도 각자 사는 동네 오락실에는 없었던 「호혈사일족^{豪血寺一族}」이라는 마이너한 격투 게임을 하기 위해서였다. 친구들이 캐릭터를 골라 대결 하는 동안 나는 옆에서 「퍼즐 보블^{Puzzle Bobble}」 같은 걸 하면서 시간을 때웠다. 이 무렵의 격투 게임들은 복잡한 커맨드 입력으로 신규 유저들에게는 커다란 진입장벽이 형성되어 있었으므로 나는 고인물^{오랜 시간 특정 게임} _{을 하고 있는 유저}들이 날뛰는 험난한 전장에 뛰어드는 일을 포기했다.

내가 격투 게임을 접한 것은 훨씬 후인 국군춘천병원에 입원했을 때였다. 군에서 다친 일로 수술을 받았고, 회복하는 동안 갈 수 있는 곳이라곤 병원 앞 면회실뿐이었는데, 그곳에는 「사무라이 스피리츠 아마쿠사 강림 ^{サムライスピリッツ 天草降臨}」 게임기가 한 대 있었다. 다른 게임기는 없었기 때문에 게임을 한다면 선택의 여지는 없었다. 오전엔 침대에 누워 내내 책을 읽다가 지겨워지면 산책할 곳은 면회실까지였다. 면회실에 가 봐야 아는 사람도 없었으므로 게임기 위에 붙어 있는 캐릭터의 커맨드를 외웠다.

그리고 어느 날 동전을 넣어 나처럼 할 일 없는 군인 아저씨들과 게임을 했다. 일과 중 할 일 없는 수많은 아저씨들이 그 게임을 하기 위해 줄을 서 있었고, 큰 기대 없이 게임을 했던 나는 의외로 승률이 높았다. 스틱으로 커맨드를 입력하는 일이 손에 익자 점점 연승하는 횟수가 늘어 국군춘천병원을 퇴원할 무렵에는 백 원을 넣고 한 시간 넘게 플레이를 하곤 했다. 이후로는 격투 게임을 즐겨 본 적이 없기에 정말 잘하는 것인지, 그곳에 있던 군인들이 더럽게 못하는 것인지 알 순 없다. 이제 와 그런 격투 게임을 하는 일은 가끔 친구 집에 놀러 가서 「대난투 ^{大乱闘スマッシュブラザーズ}」 같은 이른바 접대용 게임을 해 보는 정도다.

대학에 입학할 무렵 오락실에서는 「펌프」나 「DDR」 같은 리듬 게임이 붐이었지만, 그것은 오락실의 마지막 불꽃 같은 것이었다. 격투 게임처럼 리듬 게임 역시 신규 유저들이 뛰어들기에는 너무 코어한^(난이도가 높은) 게임들이었다. 고인물 유저들을 잡기 위해 오락실 게임들은 갈수록 어려워졌고, 그 여파로 새로운 유저들은 발길을 끊었다. 오락실과 함께 자랐던 나 역시 약속 시간이 십 분 정도 비는 상황이 아니라면 들리지 않는 곳으로 변했다.

그런 오락실에 마지막 일격을 가한 건 PC방이었다. 「스타크래프트^(StarCraft)」라는 국민 게임이 오락실의 마지막 산소 호흡기를 뗐

중학교 다닐 무렵 불어닥친 「스트리트 파이터 2」 붐과 3~4인용 게임 붐에도 나는 모두 비켜 있었다.
ⓒchamp76

고, 동네 오락실은 사실상 완전히 사라져 추억 속의 풍경이 되어
버렸다. 실은 회상할 정도로 추억이 많은 것은 아니지만 말이다.
아마 그 시기 이후로 태어난 친구들은 우리가 오락실에서 했던 일
들을 PC방에서 했을 것이다. 그리고 PC방 붐이 불던 시절에 PC
방이 탈선의 온상이라느니, 악의 소굴이라느니 하는 뉴스를 봤던
것도 같다.

　그래도 고등학교 시절 도서관에 함께 다녔던 친구들과는 가끔
술자리에서 오락실 이야기를 하곤 한다. 어차피 오락실 때문에 공
부를 안 한 게 아니라는 걸 알고 있으면서도 「호혈사일족」이 없었
으면 더 좋은 대학에 갈 수 있었다는 식의 시답잖은 이야기를 하
는 것이다. 하긴 우리는 수능 예비 소집일에도 돌아오는 길에 함
께 오락실에 들러 「천지를 먹다 Ⅱ天地を喰らうⅡ」를 했었으니까. 다
른 수험생들이 인생을 건 시험을 앞두고 마음의 준비를 할 때 우
리는 오락실에서 나오면서 이런 이야기를 했다.
　"황충은 역시 쓰레기야."
　"그래도 위연보다는 낫지 않냐? 황충은 3연타라도 있지."
　"아, 평타 때리다 뒤치기 당하면 얼마나 짜증 나는데…. 노인네
는 체력도 똥이야."
　"위연은 딜레이가 얼마나 긴데. 뭐 좀 하려면 구석에서 쥐어 터
지고 있어. 황충은 견제라도 잘해 주잖아? 더구나 위연은 콤보 넣

어도 보스가 말에서 안 떨어져. 혼자 할 때 위연 쓰면 보스전에서 망이다."

다른 수험생들은 공부한 것을 되새기고 있을 때 우리는 게임 속에서 조조와 천하의 패권을 다투고 있었던 것이다.

사실 없어졌다고 해서 불편하지도, 아쉬울 것도 없는 장소다. 아케이드 게임센터들이 여전히 성업 중인 일본에 여행을 가서도 막상 한 번도 들르지 않았다. 불법이긴 하지만, 중국산 에뮬레이터를 사서 TV에 연결하면 그때 즐겼던 게임들을 지겹도록 할 수 있다. 하지만 역시 사지 않았다. 그냥 우연히 내가 태어난 시기가 오락실이 생겨나서 번성하고 쇠락하는 시기와 겹쳤을 뿐, 엄밀히 말하자면 오락실 게임을 즐긴 사람의 범주에도 들지 않는다. 그저 구경하기만 했을 뿐이다. 이따금 특유의 '뿅뿅'거리는 효과음을 들으며 어두컴컴하던 오락실에서 밖으로 나가면 눈부신 햇살 아래 동공이 작아질 때 느껴지는 아찔함이 떠오르곤 한다.

그리고 어느 심심한 밤이면 반바지와 티셔츠만 입고 아디다스 삼선 슬리퍼를 질질 끌면서 입에는 하드를 문 채 오락실에 가고 싶다. 그곳의 둥근 의자에 앉아 친구들과 게임을 하면서 떠들고 싶기도 하다.

"야, 거기! 거기서 니가 막아야지."

"너 그러고 있으면 뒤치기 당한다."

"야! 필살기! 지금! 지금!"

그런 이유로 가끔 야심한 새벽에 「플레이스테이션 4 프로」를 사서 음성 채팅을 켜고 온라인으로 친구들과 멀티플레이를 해 본다. 그렇지만 오락실의 그 왁자지껄한 느낌은 살아나지 않는다. 나 외에는 대부분 가족이 잠든 시간 거실에 몰래 나와 하는 거라 정말 왁자지껄하게 떠들 수 없다. 그 시절 국가에 의해 동심을 멍들게 하는 주범으로 내몰렸던 게임은 여전히 와이프들에 의해 통제된 채 몰래 해야 하는 금기의 놀이로 남았다. 물론 친구들에게

ⓒhang-book

하고 싶은 만큼 원 없이 게임을 하라고 해도 두 시간 이상 하진 못할 것이다. 한 시간이 넘어가기 시작하면 친구 목소리가 가라앉는다.

"야, 나 자러 갈래."

게임을 시작할 땐 '애가 잔다' '와이프가 처가 갔어' '오늘 와이프 동창회다' 따위의 카톡으로 억지로 판 방이었다. 하지만 플레이 타임이 한 시간을 넘으면 언제쯤 그만둘지 서로 눈치를 보는 게 느껴진다. 이제는 만성 피로에 찌든, 아침이면 출근해야 하는 아저씨들이니까.

그렇다. 어떤 추억은 추억으로 남겨져야 하는 것이다.

호환마마보다 무서운

#소년만화 #드래곤볼 #슬램덩크 #보물섬 #19금 #소년 챔프 #불법 비디오

군에 입대하고 102보충대대에 있을 때였다. 보충대에 있는 동안 보충병들은 '장정'이라 불린다. 군인도 민간인도 아니라는 뜻이다. 그렇게 장정으로 멍 때리고 있을 때 입대 동기 셋이 다가와 말을 걸었다.

"혹시 안양에 있는 ○○고 졸업생 아니십니까?"

"네. 맞는데요."

"그럼… 혹시 임성순 선배님 아니십니까?"

그러니까 고등학교 때 나는 정말 존재감이 없는 학생이었다. 뿐만 아니라 흔히 애교심으로 일컬어지는 단체에 대한 어떤 소속감이나 사명감 역시 1도 없었다. 선후배 관계에 대한 감각도 크게 다르지 않았다. 학교 친구는 있었지만 사적으로 아는 선배나 후배는 단 한 명도 없었다. 그러니 선배님이라 부르면서 반갑게 다가올 만한 사람은 없었다. 나보다 덩치가 큰 세 사내들을 경계하며 답했다.

"이름은 맞는데요."

그러자 동기 하나가 호들갑스럽게 다른 친구 팔을 주먹으로 치며 말했다.

"거봐! 거봐! 맞다니까."

도무지 이해할 수 없었다. 나는 그러니까 후배들이 내 이름을 알 만한 종류의 학생이 아니었다. 개근상 외에 받은 상은 아무것도 없고, 스포츠를 잘하지도 못했다. 학교 축제에서 인상적인 공연을 보여준 적도, 학생 간부나 비슷한 대외 활동을 한 적도 없다. 성적은 뒤에서 세는 게 빨랐고, 싸움으로 치자면 열외자였다. 요즘 식으로 말하면 자기추천서에 소개글 한 줄 쓸 수 없을 정도로 공기 같은 인간이었다. 심지어 교과 선생님들 중에도 내 이름이나 얼굴을 모르는 분이 있을 정도로 그야말로 유령 같은 학생이었다.

"그런데 절 어떻게 아세요?"

"그, 유명하시잖아요? 뭐든 구하실 수 있다고."

"예?"

"다들 알고 있던데. 만화책부터 야동까지 없는 게 없으시다고 해서 되게 유명하셨는데."

"네. 선배들이 그랬어요. 빌려 달라고 하면 진짜 뭐든지 다 있다고."

"학교에서 도는 그런 건 다 선배 손을 거친 거라고. 진짜로 선배 졸업하고 나서는 그런 거 구하기 완전 힘들어졌거든요."

"아ㅡ, 그… 그냥 소문이에요."

정말이었다. 멀고 먼 춘천의 102보충대대에서 고등학교 후배들을 만나기 전까지는 내가 학교에서 선후배들 사이에 소문의 주인공이라는 것도 알지 못했으니까. 정확히 말하자면 소문 속 그런 사람은 아니었다. 고등학교 다닐 때 나는 여러 이유로 늘 돈에 허덕였기 때문에 만화책을 사 모을 만큼의 여유가 없었다. 다만 왜 그런 소문이 났는지 알 것도 같았다. 고등학생들 사이의 소문이란 게 늘 그렇듯이 팔 할의 과장에 약간의 진실이 섞여 있기 마련이니까.

소문의 주인공이 된 이유에 대해 설명하자면, 『아이큐 점프』^{이하 『점프』}와 『소년 챔프』^{이하 『챔프』}로 거슬러 가야 한다. 일본 문화 개방 이후 한국에 수입된 많은 것들 중 소년만화가 있었는데, 일본의 주간 만화 시스템을 그대로

1988년 「아이큐 점프」 TV 광고

가지고 온 『챔프』가 그것이다. 뒤이어 『점프』가 나왔고, 이 양대 주간 만화지에는 『드래곤볼*Dragon Ball*』을 시작으로 매주 권말에 두세 편씩 일본 만화가 연재되었다. 특히 내가 고등학교에 다니던 무렵엔 『챔프』에서 『타이의 대모험*Dragon Quest*』과 함께 『슬램덩크*Slam Dunk*』를 연재하면서 우리 또래들에게는 필독서로 전성기를 구가했다.

물론 두 주간 만화지 이전에도 최초의 만화 전문지였던 『보물섬』이 있었고, 『소년 조선』이나 『소년 중앙』 같은 소년지도 있었

소년지에도 서너 편의 연재만화가 있기는 했지만, 만화 시장은 대본소라 불리는 빌려 보는 만화가 그 중심에 있었다. 기록적인 히트를 쳤던 『지옥의 외인구단』이 이런 대본소 만화들 중 하나였다.
ⓒ champ76

다. 그러나 셋 다 월간지였고, 소년지들은 엄밀히 말해 만화 잡지가 아니었다. 소년지는 여러 과학 기사와 오컬트 기사−세상에, 소년지에서 오컬트라니!−가 실려 있었는데, 이 역시 당대 일본에서 한창 학생들에게 이런 소재가 사랑받았던 것과 무관하지 않으리라. 태평양에 가라앉은 무^{Mu} 대륙과 UFO의 연관성이랄지, 영국의 한 성에서 나온 유령 소식이 소년지의 내용으로 부적절하다고 비판하고 싶은 건 아니다. 의도한 것인지 아닌지는 알 수 없지만, 오컬트와 미스터리로 가득한 타블로이드급 기사들이 어린이들의 상상력을 자극한 면이 없지 않았다. 다만 공책 표지를 품 마크로 시비 거는 정권에서 소년지에 심의 마크를 찍으면서 이런 괴력난신怪力亂神의 기사를 허용했는지 궁금할 따름이다. 당시 소년지의 내용은 그야말로 「신비한 TV 서프라이즈」의 월간지판이라 할 만했다.

소년지에도 서너 편의 연재만화가 있기는 했지만, 만화 시장은 대본소라 불리는 빌려 보는 만화가 그 중심에 있었다. 기록적인 히트를 쳤던 『지옥의 외인구단』이 이런 대본소 만화들 중 하나였다. 당시 대본소에서는 늘 조그만 TV 수상기로 각종 해적판 비디오를 틀어 줬고, 종일 음악이 흘러나오곤 했다. 한 편엔 그 무렵 붐이 일던 역사 소설과 무협지가 있었고, 드물게 해적판 18금 소설들을 비치한 곳도 있었다. 386세대인 모 문화계 인사가 경찰의 검문을 피해 대본소에 갔다가 거기 흘러나오는 해적판 비디오를 보고 영화계로 투신했다는 인터뷰를 본 적 있다. 대본소는 당대 대중문화의 중심이라 불러도 손색없는 곳이었다.

물론 『보물섬』이 등장하면서 연재에서 단행본으로 이어지는

『드래곤볼』과 『북두신권』으로 시작된 이 물결은 『타이의 대모험』과 『슬램덩크』에 이르러 거의 사회적인 현상이라 부를 정도로 거대한 흐름이 되었다. ⓒ champ76

『보물섬』이 등장하면서 연재에서 단행본으로 이어지는 새로운 시장을 창출하기는 했지만, 진정한 만화 소비의 빅뱅이 일어난 것은 일본 문화 개방으로 들어온 500원짜리 해적판 만화와 주간 소년만화의 등장 덕분이었다.
ⓒ champ76

새로운 시장을 창출하기는 했지만, 진정한 만화 소비의 빅뱅이 일어난 것은 일본 문화 개방으로 들어온 500원짜리 해적판 만화와 주간 소년만화의 등장 덕분이었다. 『드래곤볼』과 『북두신권北斗の拳』으로 시작된 이 물결은 『타이의 대모험』과 『슬램덩크』에 이르러 거의 사회적인 현상이라 부를 정도로 거대한 흐름이 되었다.

당시 우리 반은 학교에서도 독특한 위치에 있었는데, 구 교사인 별관에 있었다. 별관 1층에 있던 행정실이 공간 부족으로 복도를 헐고 확장하면서 1층 복도 끝에 있던 우리 반은 이른바 '고립 교실'이 되어 버렸다. 따라서 누군가 우리 반에 오려면 중앙 현관으로 나와 우측 현관으로 다시 들어가야만 했다. 즉 선생님들이 오가면서도 들러 보는 일이 없는 완벽한 지리적 격오지_{隔奧地}나 다름없었다. 우리 반은 이런 지리적 이점을 적극 활용했는데, 그 중 하나가 품앗이 군것질이었다.

품앗이 군것질이란 반에서 야간 자율학습 1교시 도중에 돈을 걷어서 운동장 반대편 개구멍 밖의 포장마차로 가서 먹을 것을 구해 오는 일종의 '부식 추진'이었다. 돈만 걷으면 야음을 틈타 운동장을 가로지르는 일에는 자원자들이 넘쳐났는데, 돈을 걷어 떡꼬치를 30개쯤 주문하면 아줌마가 오뎅 같은 것을 부식 추진자에게 서비스로 주셨기 때문이다. 해가 지고 운동장을 가로질러도 학생 주임의 눈을 피할 수 있다는 판단이 서면 거의 매일 떡꼬치 공수가 반복되었다. 만화 이야기 도중 웬 떡꼬치냐 싶겠지만, 이 품앗이가 지금부터 내게 일어나게 될 일에 결정적인 영감을 주었기 때문이다.

주간지였던 『챔프』는 매주 화요일에 나왔는데, 반에서 한두 명쯤 꼭 사 보는 친구가 있었다. 그 친구가 보고 나면 늘 싸움이 벌어졌는데, 당시 가장 뜨겁던 『슬램덩크』를 놓고 누가 먼저 볼 것인가 하는 싸움이었다. 보통은 네가 나한테 그럴 수 있네 없네 정도의 말싸움이었지만, 어느 날 내 앞에서 큰 싸움으로 번지는 사건이 있었다. 화요일 6교시에 갓 사온 『챔프』를 그만 앞자리 친구가 돌려 보다가 수업 중 선생님에게 걸려서 압수당한 것이다. 이 문제가 단순하지 않았던 게 뒤에 아직 만화를 보지 못한 후순위 대기자들이 엄청 많았기 때문이다. 늘 돌려 보는 것이 못마땅했던 『챔프』의 주인이 앞으로는 돌려 보지 않겠다고 선언함으로써 불에 기름을 부은 격이 되었다. 덕분에 수업 시간과 쉬는 시간을 가리지 않고 숙면 중이던 나는 잠에서 깨어날 수밖에 없었다.

"아, 어떻게 할 거야! 『슬램덩크』 이제 못 보는데, 어떡할 거냐고!"

"어차피 네 것도 아니잖아? 그리고 지금은 돈이 없으니까 내일 물어 준다고."

"야, 지금 돈 물어 주는 게 문제가 아니라 우리가 못 보잖아. 내일 돈으로 물어 주면 이 자식은 집에 가는 길에 『챔프』 살 테고, 우리만 못 보는 거잖아."

다시 자고 싶었던 나는 몰려든 민원인들에게 한 가지 제안을 했다.

"야! 그러지 말고 떡꼬치 사는 것처럼 백 원씩 걷어. 그래서 돌려 보면 되지."

몰려든 아이들은 일제히 '올~!' 하는 표정으로 날 바라보았다.

"그럼 책은 누가 갖는데?"

공동구매라면 누구에게 소유권이 귀속될 것인지도 중요한 문제였다. 아이들은 서로 눈치를 보았다.

"200원 낸 사람."

조금 과장해서 설명하자면 아마 솔로몬을 바라보는 이스라엘 백성들의 표정이 딱 그랬을 것이다. 이야기는 일사천리로 진행된 덕에 보충 수업이 시작될 무렵엔 새로운 『챔프』가 교실에 도착했고, 나는 편히 잠들 수 있었다. 이렇게 모든 문제가 해결된 줄 알았는데, 보충 수업 1교시가 끝나자마자 다시 민원인들이 내 자리로 몰려들었다.

"문제가 하나 더 있는데…."

"뭐?"

"똑같이 돈 내서 샀는데, 누구부터 봐?"

아아, 욕이 절로 튀어나왔다. 이걸 왜 내게 묻는 건가? 하지만 14명의 공동 출자인들 가운데에는 우리 반에서 가장 싸움 잘하는 녀석도 있었으므로 나는 억지 미소를 지으면서 이 귀찮은 일을 떠맡았다.

"자, 여기 넷부터 다음 시간에 돌려 봐."

"도대체 무슨 근거로 순서를 정하는 건데?"

가장 덩치가 큰 친구와 싸움 잘하는 친구가 순서에 불만이라는 표정으로 되물었다.

"보충 2교시가 영어잖아? 근데 너랑 너는 수업 시간엔 안 보지? 그리고 너는 보다가 또 빼앗길 거 아니야. 수업 중에 볼 수 있는 사람은 여기 11명인데, 그 중에 니들 넷은 자리도 붙어 있고 위치도 1분단 후방 쪽이라 영어가 잘 안 간단 말이야. 어차피 얘랑

애는 『슬램덩크』만 보니까 빨리 볼 테고. 그러니까 니들 넷은 보충 2교시 내에 다 보라고."

"응."

"그리고 수업 때 쫄려서 못 보는 니들 셋은 보충 끝나고 저녁 식사 시간에 보면 되잖아?"

"어."

"나머지는 야자 때 보면 되고. 순서는 이렇게 시계 방향으로. 됐냐?"

가장 마지막에 보는 친구가 조금 불만인 듯했지만, 대체로 납득하는 표정이었다. '교실은 이렇게 평화를 되찾고, 모두가 행복했다'로 이야기가 끝났으면 좋겠지만, 상황은 내 뜻대로 흘러가지 않았다. 그 다음 주 화요일에도 14명의 출자인들은 빚이라도 받으러 온 사람들처럼 순서를 결정해 달라고 다시 날 찾아왔다. 나는 최대한 그들의 역량―수업 시간에 볼 수 있는지 여부, 읽는 데 걸리는 시간, 지리적 위치 따위―에 따라 순서를 정해 주었고, 점심시간이 끝나기 전까지 14명의 출자인들은 모두 무사히 『챔프』를 볼 수 있었다. 무척이나 다행스러운 일이었다. 어차피 매주 화요일의 수업 시간표는 정해져 있었고, 한 번 정한 순서에 동의했으니 더는 귀찮게 하지 않을 테니까. 그런데 이번에도 내 예상은 빗나갔다.

"나는 언제 보면 되는데?"

갑자기 5교시 이후 반 아이들이 내 자리로 몰려왔다. 그러니까 출자인들이 점심시간까지 『챔프』를 다 보고 나자 투자에 참여하지 않은 아이들이 『챔프』를 보여 달라고 출자인들을 졸라댔다. 지분 없는 아이들의 처분을 나에게 떠넘긴 것이다.

'도대체 왜! 나는 『챔프』를 보지도 않았는데!'

내가 얼마나 귀찮았는지 설명하는 것도 이제 귀찮을 지경이다. 내가 돈을 받는 것도 아니고, 무슨 부귀영화를 누리겠다고 이 짓을 하는지 알 수 없었다. 따라서 공정함 따위는 내다 버리고 순식간에 순서를 결정했다.

"일단 애부터."

"왜?"

"어제 나한테 『타이의 대모험』 4권을 보여 줬으니까."

이 한마디로 인해 다음날 아침 등교했을 때 다섯 권의 만화책이 날 기다리고 있었다.

그 후 벌어진 일을 이야기하자면 이렇다.

아침에 등교를 하면 내 자리에는 늘 만화책과 무협지, 각종 소설책이 기다리고 있었다. 어떤 때는 서랍에 빈자리가 없을 정도로 가득 차 있기도 했고, 어떤 때는 쇼핑백이 가방걸이에 걸려 있기도 했다. 주인들의 요구는 간단했다. 그것들을 보고 자신의 대여 순위를 정해 달라는 것이었다. 그 뒤로 나는 우리 반에서 돌려 보는 모든 만화책과 소설책의 사서 역할을 하게 되었다. 아침 자율 학습 시간에 서둘러 그것들을 대충 훑어본 후 가장 빨리 돌려 볼 수 있는 순서를 결정해 주고 오전 내내 잤다.

이런 막강한 권력이 내게 집중되었음에도 반 친구들의 불만이 없었던 것은 내가 다른 반의 오타쿠들도 제법 알고 있었기 때문이다. 당시 우리 반은 늘 『챔프』를 봤는데, 옆 반에는 『점프』를 모으는 녀석이 있었고, 그와 나는 오락실 친구였다. 5교시가 끝나면 수영부 친구에게 운동 가방을 빌려 그 안을 만화나 무협지 따위로 채운 뒤에 오락실 친구에게 가면 역시나 그 반 아이들이 만화책을 모아 놓고 기다리고 있었다. 그렇게 만화책을 교환해 다시 돌리고 나면 나는 오후 시간 내내 다시 잠을 잤다.

저녁 식사 시간이 되면 다시 일어나 교환한 만화책을 재교환해 문과반—당시 나는 이과였다—에 올라갔다. 문과반 아이들이 모아 놓은 만화책을 다시 반에 풀어 놓은 후 책상을 치우고 월담을 해 시내에 동시 상영 영화를 보러 갔다. 그리고 야간 자율학습 2교시가 되면 돌아와 다시 모든 것을 원상태로 돌려놓았다. 나는 무척이나 바쁜 고등학생이었던 셈이다.

물론 이 일에도 좋은 점이 없지 않았는데, 학교에 돌아다니는 거의 모든 만화들을 볼 수 있었다. 원한다면 모든 무협지를 볼 수 있었지만, 이미 이 무렵에는 무협지에서 손을 떼고 다른 소설책들을 읽고 있었다. 주로 외국 작가들의 소설이나 나중에 후일담 소설이라고 칭해지는 운동권 학생들의 소설을 읽었다. 정작 내가 돌리는 책을 나는 보지 않았던 셈이다. 내가 돌리는 책에는 당시 유행하던 PC통신 소설들도 있었고, 모든 주간 만화지와 월간 만화지에다 심지어 『윙크』 같은 순정만화지도 있었다.

하지만 그런 책이나 만화를 돌려 보는 건 이를테면 표면적인 사업이었다. 이 일의 가장 큰 메리트는 문·이과반을 가리지 않고 전교에서 은밀하게 유통되는 콘텐츠를 사실상 독점해서 볼 수 있다는 것이었다. 가방에 든 만화책을 들고 돌아올 때 교복 허리춤에는 VHS 테이프 한두 개가 늘 꽂혀 있었고, 그게 내가 받은 진짜 보상이었다.

내 유통 목록에는 「교내사생校內寫生」이 있었다. 일본 만화가 유진遊人의 코믹 에로 학원물 만화의 애니메이션 버전으로, 그림이 깔끔하고 야하고 웃기기까지 했다. 물론 나는 만화책과 애니메이션을 모두 취급했다. 게다가 이런 라이트한 에로물이 취향이 아니라면 본격적으로 하드코어한 「초신전설 우로츠키 동자超神傳說 うろつき童子」 같은 것도 있었다. 이후 일본에서 지겹게 나오는 촉수물의 효시격이자 고어gore와 코어core가 만나는 윤리와 검열의 정반대에 위치한 세기말 코즈믹 호러cosmic horror였다. 또래 남자라면 누구나 알고 있을 법한 전설의 게임 제작사 엘프elf의 「동급생同級生」「하급생下級生」「노노무라 병원 사람들野々村病院の人々」「하원기가 일족河原崎家の一族」뿐만 아니라 북미의 19금 게임으로 하드고어hardgore 데드신dead scene의 신기원을 연「엘비라Elvira: Mistress of the Dark」 같은 게임도 있었다.

미야자와 리에みやざわりえ의 이름을 우리나라에까지 알렸을 뿐 아니라 남고생의 필독서이자 PC통신 자료실 활성화의 주역이었던 사진집 『산타페Santa Fe』와 미군 부대에서 드물게 흘러나온다던 잡지 『플레이보이』와 『허슬러Hustler』도 있었다. 영화로는 「소돔 120일Les 120 Journées de Sodome」이나 「데카메론Il Decameron」 같은 피에르 파올로 파졸리니Pier Paolo Pasolini — 그가 고등학생들에게 사랑받은 이유는 성기가 고스란히 나오는 헤어누드ヘアヌード 영화를 찍었기 때문이다-의 역작들이 있었다. 심지어 당시엔 도저히 정상적인 방법으로는 구할 길 없었던 「네크로맨틱Nekromantik」-미국과 독일에서 공히 개봉 불가 판정을 받았던 전설적인 화제작이었다-이라는 시체 성애를 다룬 독일 영화도 있었다.

그러니까 당시 나는 학교에서 도는 온갖 것들의 사서를 자처한 대가로 일종의 문화적 해방구에서 살아갈 수 있었다. 여전히 만화책에는 심의필이 찍혔고, YWCA 회원들이 모여 심심치 않게 만화책을 불 지르는 퍼포먼스를 벌이던 시절이었다. 여성의 가슴만 나와도 미성년자 관람 불가 딱지가 붙었고, 음모 노출은 무조건

개봉 불가였다. 그런 시대에 호환마마보다 무섭다는 불법 비디오를 나는 별일 없이 볼 수 있었다.

　내가 볼 수 있었던 것이 19금만 해당되는 건 아니었다. 당시 우리나라에서 정상적으로 볼 수 없던 일본 애니메이션이라든가, 미개봉 영화들도 볼 수 있었다. 또 당시엔 정식으로 출판되지 않았던 유럽의 그래픽 노블도 한두 권쯤 볼 수 있었다. 일본의 만화 그리는 법 안내서부터 일러스트북에 화보집까지 내 또래들은 일반적으로 누리기 힘든 특혜를 누린 셈이었다. 그저 남들은 볼 수 없는 걸 볼 수 있다는 자부심 정도가 당시 그것들이 준 가장 큰 즐거움이었다. 물론 각 콘텐츠에 대한 세상의 호들갑―엘프의 게임들은 청소년들에게 잘못된 성의식을 심어 준다며 뉴스에서 크게 다뤘고, 미야자와 리에의 『산타페』는 음란 사진의 주범으로 비난의 대상이었다―과 달리 크게 영향을 받거나 어떤 인상을 남긴 작품은 없었다. 「초신전설 우로츠키 동자」 2부부터는 지겨워서 2배속으로 돌려서 봤고, 「네크로맨틱」은 보다가 중간에 졸기도 했다. 아마 독일어를 모르는 것도 어느 정도 영향이 있었으리라. 실제로 위에 예로 든 것들은 중2 때 읽었던 무라카미 류의 『한없이 투명에 가까운 블루』만큼의 충격도 주지 못했다. 작가로서 영향을 받은 면을 굳이 찾자면 무얼 쓰거나 만들 때 한계를 둘 필요가 없다는 걸 배웠다 정도였다.

물론 이제 내 또래 친구들은 학부모가 됐고, 자녀들에게 저런 문제작들이 악영향을 끼치리라고 믿는 부모의 마음도 어느 정도 짐작 못하는 바 아니다. 하지만 본말이 전도된 걱정이 아닐까 싶다. 잘못된 성의식을 갖는 가장 큰 이유는 음란물 때문이 아니라 우리가 제대로 된 성의식을 가르쳐 주지 않기 때문이다. 우리의 성교육이란 고작 '욕망은 억누르고 임신은 피하라'로 요약될 수 있는 범주에서 벗어나지 못하고 있다. 나의 학창 시절 부모님들이 그랬던 것처럼 학부모와 교사들은 무슨 수를 써서라도 막으려고 할 것이고, 학생들은 그들이 상상하지 못하는 방식으로 또 그것들을 구해 보게 될 것이다.

그게 현실이라면 현실을 인정하고 근본적인 접근을 하는 것이 좋지 않을까? 맘에 들지 않게 끝에 와서 급작스럽게 훈장질하고 있는 이 글을 닉 혼비Nick Hornby의 『하이 피델리티』의 한 구절로 수습해 보겠다.

사람들은 아이들이 총을 갖고 노는 것이나 청소년들이 폭력적인 영화를 보는 것에 대해 걱정하고, 그러한 폭력 문화가 아이들을 망치게 될 것을 두려워한다. 상처 입은 마음과 거절과 아픔과 불행과 상실에 관한 수천 곡—말 그대로 수천 곡—의 노래를 아이들이 듣는 것에 대해서는 아무도 걱정하지 않는다. 내가 아는 가장 불행한 사람은, 로맨틱하게 말하자면 팝송을 좋아하는 사람들이다. 팝송이 불행을 불러왔는지는 모르겠지만, 확실한 것은 그 사람들이 불행하게 산 것보다 슬픈 노래들을 들은 세월이 더 길다는 것이다.

투팍 샤커Tupac Shakur의 전설적인 밈을 인용해 보자면 이렇다.

"그러니까 팝송을 멀리하고, 자위행위를 하는 게 낫습니다."

06

소리의 은하

#MP3 #오디오갤럭시 #CD플레이어 #냅스터 #너바나 #P2P #토렌트

내가 오디오갤럭시Audiogalaxy를 만나게 된 것은 전적으로 한 도둑 때문이었다. 그 무렵 나는 돈을 벌기 위해 낮에는 대학교를 다니고 밤에는 택배 물류센터에서 밤새 상하차 아르바이트를 하고 있었다. 늘 잠이 부족했고, 눈은 늘 충혈되어 있었다. 어느 늦은 오후 약속이 있어 친구를 만나러 카페에 갔다가 그만 깜빡 잠들어 버렸는데, 그 틈을 타 누군가 가방에서 휴대용 CD 플레이어와 CD 케이스를 훔쳐 간 것이다. 인조가죽으로 된 CD 케이스에는 내가 고르고 골라 둔 음반 50장이 들어 있었다. 그러니까 나는 내 인생에서 가장 소중한 앨범 50장을 잃어 버린 것이다.

음악을 좋아하지 않는 사람에게는 이 일의 심각성을 설명하기 쉽지 않다. 음악을 듣는다는 것은 단순히 음악 청취를 의미하지 않는다. 인생의 어떤 순간에 배경음악을 까는 일이자 기억에 인덱스를 붙이는 일이다.

이를테면 합격증을 받으러 처음 대학에 갔던 순간은 비틀즈의 『Anthology 1』 앨범이 떠오른다. 그 낡은 대

비틀즈의 「Anthology 1」 앨범에 수록된 「No Reply」

학 건물에서 차례를 기다리는 동안 이어폰에서는 비틀즈가 이렇게 노래하고 있었다.

This happened once before

When I came to your door

No reply*

야간 자율학습을 끝내고 집으로 돌아가는 길에서 사이먼 앤 가펑클은 "I'm just a poor boy"**라 노래했고, 좋아하던 여자아이와 헤어져 집으로 돌아가던 길에는 윌코^{Wilco}가 커버한 「Thirteen」
으로 남아 있다. 물론 개인적으로는 엘리엇 스미스^{Elliott Smith}의 커
버를 가장 좋아하지만….

학창 시절 나는 늘 용돈이 궁했다. 그래서 음반을 사는 일은 내
게 엄청나게 중요한 일이었다. 라디오에서 마음에 드는 곡을 들으
면 청음이 가능한 음반 매장을 찾아가 천천히 곡 전체를 들어 보
고, 다시 종로3가까지 가서 음반 도매상가에서 박스째 쌓여 있는
CD들을 뒤져 원하는 음반을 사곤 했다. 그렇게 한 장 한 장 모은
CD였고, 내 기억의 책갈피들이었다. 그런 앨범을 몽땅 잃어 버린
것이다. CD를 도둑질당하고 이틀을 꼬박 앓아누웠다. 그리고 일
어나 자주 가던 록음악동호회에 사연을 올렸는데, 누군가 댓글을
달아 주었다.

"뭐 그런 걸로 상심하고 그래요? 오디오갤럭시에서 다운 받으
면 되죠."

"당연! 요즘 누가 CD로 음악을 듣습니까? 오디오갤럭시가 최
고죠."

"받으면 후회 안 함."

* 「No Reply」의 가사 도입부
** 「The Boxer」의 가사 도입부

이런 댓글 아래 누군가 달아 준 친절한 링크를 따라 오디오갤러시를 만났고, 나는 그렇게 불법 음원의 세계에 발을 들여놓게 됐다. 당시 가장 큰 음원의 공유처는 냅스터[Napster]였다. 냅스터는 오랜 저작권 공방 끝에 막 미국음반산업협회[RIAA]에 소송을 당했고, 우리나라의 대표적인 P2P 프로그램이었던 소리바다는 아직 등장하기도 전이었다. 미국에서는 포스트 냅스터가 거론되고 있었고, 카자[Kazaa], 라임와이어[LimeWire] 등 쟁쟁한 후보자들 사이에 급부상하던 것이 다름 아닌 오디오갤러시였다.

원래 FTP 파일을 공유하기 위한 웹기반 검색엔진에서 시작된 오디오갤러시는 P2P 서비스로 발전했고, 오늘날 비트토렌트[BitTorrent]로 대변되는 P2P 기반의 파일 공유 시스템의 초석이 되었다. 서버에 공유 폴더의 인덱스 파일이 공유되는 시스템은 나중에 저작권법 상 문제가 되기도 했다. 하지만 그것을 빼고는 P2P의 현

오디오갤러시는 오늘날 비트토렌트로 대변되는 P2P 기반의 파일 공유 시스템의 초석이 되었다.
@ wikipedia

재 모습을 고스란히 갖춘, 그만큼 앞서 있던 서비스가 바로 오디오갤럭시였다.

　나는 잃어버린 앨범들을 복원할 생각에 기억나는 앨범들의 곡목록을 만들어 오디오갤럭시의 검색 리스트에 걸어 놓는 일을 반복했다. 오디오갤럭시는 이어 받기 기능-당시엔 놀라운 기능이었다-을 지원했기에 컴퓨터를 꺼도 됐지만, 받아야 할 리스트가 길어서 컴퓨터는 자나 깨나 24시간 돌아가고 있었다.

　내가 오디오갤럭시의 위대함을 깨달은 것은 너바나^{Nirvana}의 『Nevermind』 앨범을 받을 때였다. 「Smells Like Teen Spirit」을 검색어로 걸었을 때 같은 곡이 50개도 넘게 나온 것이다. 오디오갤럭시는 음악 파일을 제목, 음악가, 작곡가, 압축률, 파일 크기로 분류했다. 덕분에 많은 사람들이 갖고 있던 곡은 검색 순위에서 가장 상위에 떴고, 분할 이어 받기로 순식간에 다운 받을 수 있었다. 그런데 문득 50개는 너무 많은 거 아닌가라는 생각이 들었다. 나는 명곡이라 커버를 많이 한 건가 생각했지만, 너바나가 부른-그러니까 커버 곡이 아닌- 같은 곡이 스무 곡 넘게 있었다. 더 신기한 것은 어떤 곡은 재생 시간이 40초 남짓이었고, 어떤 것은 원곡의 두 배 길이였다. 호기심에 딱 여섯 개만 다운 받아 보기로 했다. 어차피 돈이 드는 것도 아니었으니까.

　첫 번째는 당연히 『Nevermind』 앨범의 원곡이었다. 두 번째는 예상했듯이 어쿠스틱 커버였다. 세 번째는 라이브 버전이었다. 그런데 네 번째는 아무리 머릴 굴려도 뭐가 나올지 예상할 수 없었다. 다운로드가 끝나자 재생 버튼을 눌렀다. 시작은 앨범과 같았다. 그런데 관중의 환호성과 박수 소리가 들렸다. 방송국의 MR'Music Recorded'의 축약어 버전이겠거니 했다. 그런데 노래를 시작하는데 커트 코베인Kurt Cobain의 목소리가 이상했다. 원곡과 달리 낮고 웅얼거리는 듯한 목소리로 부르기 시작해서 건성으로 노래하는 것 아닌가?

충격이 채 가시기도 전에 나는 다섯 번째 파일을 재생했다. 가장 긴 시간의 파일이었다. 원곡의 두 배가 넘는 길이로 미루어 볼 때 라이브용으로 길게 늘린 편곡이리라 예상했다. 시작은 라이브가 맞았다. 그런데 1절이 끝날 무렵, 중간중간에 욕설이 들어가

커트 코베인의 다큐에서 술이나 약에 취해 종종 공연을 망치곤 했다는 짧은 한 줄의 내레이션이 온전한 파일로 내 앞에 현현하는 순간이었다.
@ wikipedia

기 시작했다. 그리고 급기야 욕설 끝에 곡이 중단되고 소음이 더욱 선명해졌다. 함성과 무언가 부서지는 소리와 고함들이었고, 남은 재생 시간은 온갖 소음으로 채워져 있었다. 처음에는 내가 뭘 들었는지 이해하지 못했다. 한 번 더 파일을 재생하고 나서야 공연 도중에 누군가와 싸움이 벌어졌다는 사실을 깨달았다. 커트 코베인의 다큐에서 술이나 약에 취해 종종 공연을 망치곤 했다는 짧은 한 줄의 내레이션이 온전한 파일로 내 앞에 현현하는 순간이었다.

1991년 커트 코베인의 달라스 공연에서 일어난 싸움

감탄할 사이도 없이 나는 파일을 보내 준 사람의 공유 폴더―오디오갤럭시의 강력한 기능 중 하나였다―에 들어가 보았다. 이름도 기억나지 않는 그 아이디의 공유 폴더에는 너바나의 투어가 연도별·날짜별로 정리되어 있었고, 곡별로도 파일이 나뉘어 있었다. 이런 양덕^{서양 오덕후}의 위엄이라니! 그는 무슨 수를 썼는지 놀랍게도 너바나의 투어를 녹음한 음원을 잔뜩 가지고 있었던 것이다. 여섯 번째 파일 역시 라이브였는데, 가장 짧은 곡이었다. 커트 코베인은 이상하게 갈라진 목소리로 세 소절쯤 부른 뒤, 연주를 중단시키고 사과했다. 그 순간 오디오갤럭시가 얼마나 대단한 인터넷 서비스인지 깨달았다. 그러니까 여기서는 MP3 파일을 공유할 수 있었고, 그 대상은 굳이 앨범으로 나오지 않은 것도, 음반회사를 거치지 않은 것도 가능했다. 말 그대로 오디오의 갤럭시였던 것이다.

오디오갤럭시는 내가 음악을 듣던 방식을 완전히 바꿔 버렸다. 재즈 스탠다드^jazz standards^들을 뮤지션별로 모아서 들어 볼 수 있었고, 클래식은 오케스트라별로 비교해 보면서 들을 수 있었다. 어떤 날은 「Let it be」를 두 시간 동안 들은 적도 있다. 비틀즈를 시작으로 재즈 밴드의 연주곡, 교향악단의 연주, 필리핀의 커버 밴드와 일본의 커버 밴드─아마 발음으로 보아 일본이었으리라─, 빠진 치아 사이로 발음이 새는 여자아이와 술 취한 것이 분명한 어느 아저씨가 노래방에서 열창하는 「Let it be」까지 세상에는 음반으로 결코 나오지 않을 온갖 종류의 「Let it be」가 있었다.

이렇게 오디오갤럭시를 알게 된 지 반년 만에 인도의 테크노와 집시들의 연주곡을 들었고, 화장실에서 마치 타령 같은 이란의 전통곡을 흥얼거렸다. 사람들의 하드디스크에는 온갖 MP3 파일들이 있었고, 그것들은 은하계의 별처럼 각자 나름의 방식으로 반짝이고 있었다.

그 해 여름에 나는 잠시 학교를 휴학하고 영화 연출부 생활을 시작했다. 워낙 정신없이 바빴으므로 오디오갤럭시는 잊고 지냈다. 그런데 컴퓨터가 고장 나고 말았다. 하드디스크가 날아가서 파일이 지워졌는데, 그나마 백업을 받아 둔 문서 파일과 달리 음악 파일은 하나도 건지질 못했다. 할 수 없이 영화 스태프로 일하면서 받은 돈으로 매킨토시 파워북과 당시 선풍적인 인기를 끌고 있던 아이팟을 샀다. CD를 도난당했을 때처럼 음악 파일을 모두 잃어 버렸고, 복구할 방법은 없었다. 하드디스크가 고장 나면서 오디오갤럭시에 멋진 공유 폴더를 가진 친구 목록도 모두 다 사라졌다. 프레디 머큐리Freddie Mercury가 노래했듯이 'easy come, easy go'였던 것이다.

영화 촬영이 끝나고 후반 작업에 한창 정신없을 때 오디오갤럭시의 P2P 서비스 종료 소식이 들렸다. 나는 다시 CD를 한 장씩 사 모으던 과거의 음악 소비 패턴으로 돌아갔다. CD를 파워북에 넣으면 「아이튠즈iTunes」가 자동으로 파일을 추출해서 아이팟에 넣어 주었다. 원본 CD가 남아 있으니 하드디스크가 고장 나도 잃어버릴 염려가 없었고, 음악은 아이팟으로 들으니 CD를 훔쳐갈 일도 없었다. 백업이 가장 확실하고 음악을 듣기 쉬운 방법을 찾아낸 셈이다. 하지만 오디오갤럭시의 서비스 종료 뉴스는 내게 우울한 소식이었다. 더는 사용하지 않는다 해도 말이다.

물론 아무리 좋게 말해 봐야 해적질이었지만, 동시에 하나의 우주였다. 별만큼이나 많은 음악을 듣는 사람들의 공유 폴더가 있었고, 적당한 검색어와 기다릴 시간, 그리고 의지만 있다면 그 공유의 은하를 누구나 유영할 수 있었다. 그래서 음악 듣는 사람에게 가장 힘든 일 - 자기 취향의 음악을 찾는 일 - 을 너무나 쉽게 할 수 있었던 짧은 황금기였다.

물론 오디오갤럭시는 죽지 않았다. 실제로 2002년 미국음반산업협회의 제소로 모든 저작권이 있는 오디오 파일에 대하여 필터링을 시작했고, 생존을 위해 유료 스트리밍 사이트로 전환을 시도했다. 사이트 자체는 죽지 않았다-P2P 서비스만 종료했다-. 다만 공유 방식에 있어서 문제가 된 서버에 리스트를 저장하는 방식을 제외하고 비트토렌트라는 형태로-비트토렌트의 녹색 안테나도 오디오갤럭시의 유산이다- 인터페이스는 살아남았다. 뿐만 아니라 유튜브 YouTube와 거대 음반회사들의 스트리밍 서비스는 오디오갤럭시 시절에 듣던 방식으로 음악을 듣는 것을 가능하게 해 준다. 알게 모르게 오디오갤럭시가 지녔던 멋진 부분들은 지금도 다양한 곳에서 다른 형태로 남아 있다. 그래도 아쉬운 마음이 드는 것은 어느 외로운 밤, 취향이 비슷한 누군가의 공유 폴더를 뒤

유튜브와 거대 음반회사들의 스트리밍 서비스는 오디오갤럭시 시절에 듣던 방식으로 음악을 듣는 것을 가능하게 해 준다. 알게 모르게 오디오갤럭시가 지녔던 멋진 부분들은 지금도 다양한 곳에서 다른 형태로 남아 있다.

적거리는 일이 이제는 불가능하기 때문이리라.

'아, 나만 이 음악을 듣는 게 아니구나. 세상엔 나만 이런 취향이 아니었구나.'

이름도, 얼굴도, 나이도 알 수 없지만, 낯선 이의 공유 폴더에서 취향이 비슷한 누군가를 발견하는 일은 망망대해 같은 우주를 떠돌다가 사람이 사는 행성을 발견하는 기쁨에 비견되는 일이리라. 그게 소리의 은하였고, 우주를 여행했던 시절의 추억이다. 그 시절을 생각하며 잠시 데이비드 보위David Bowie의 「Space Oddity」를 감상하자.

데이비드 보위의 「Space Oddity」 리마스터 버전

07

Do you hear the people sing?*

#AFKN #로보텍 #공작왕 #영화음악실 #사랑이 꽃피는 나무 #운동권

© champ76

고등학교 시절, 학교에 일찌감치 등교했던 나는 늘 잤다. 쉬는 시간에 잤고 수업 시간에도 잤으며, 점심시간에도 잤고, 보충 수업 때도 잤다. 잘 수 있는 한 최선을 다해 잤다. 마치 잠 세계의 주민인 듯, 수면병에 걸린 듯, 학생주임이 뉴캐슬병에 걸린 닭 같다는 그 자세 그대로 잠을 잤다. 그럴 수밖에 없었다. 집에 돌아가면 밤을 새웠으니까. 물론 성실한 사람들은 이런 생각을 할 것이다.

'고등학생이니 밤새 공부했겠지.'

하지만 집에서는 공부할 틈 없었다. 스케줄이 꽉 차서 다른 걸 할 틈이 없었던 것이다.

EBS의 「수능특강」 시청이 그 중 하나였다. 이건 공부 아니냐는 생각이 들겠지만 틀어 놓는 것은 10분 정도면 충분했다. 당시의

---

* 오페라 「레 미제라블」의 합창곡.

EBS 강사들은 지금 인강인터넷 강의의 스타 강사들과는 달리 아재나 아줌마인 데다 정말 평범한 교사들이었다. 덕분에 졸린 톤으로 미적분 따위를 이야기하기 시작하면 가족들은 거짓말처럼 10분 만에 모두 방에 들어가 잠을 잤다. 그러니까 EBS는 일종의 수면 마법 같은 것이었다. 가족들이 모두 잠들고 조용해지면 나는 비디오테이프를 넣고 채널은 EBS에 맞춰 둔 채 리모컨의 라인 전환 버튼을 눌러 비디오를 봤다.

앞서 말한 은밀히 유통하던 비디오를 보는 시간이 바로 이때였다. 일본 애니메이션, 성인물, 우리나라에서 상영 불가 판정이 난 것들까지 봐야 할 것은 많고 시간은 늘 부족했으니까. 아버지의 술 장식장에 있는 진을 꺼내 머그잔에 살짝 붓고 그 위에 오렌지 주스를 부어 칵테일을 한 잔 만들고, 팔자 좋게 비디오를 보는 것이 당시 하루의 낙이었다.

금요일은 좀 달랐다. 그날은 비디오 말고 AFKN을 봐야 했으니까. 금요일 밤 11시 이후에는 AFKN에서 영화를 방영했다. 주로 19금성인물 영화들로 기억하는데, 여름이면 슬래셔 영화들을, 겨울이면 컬트 영화들을 주로 방송했다. 「록키 호러 픽쳐 쇼 The Rocky Horror Picture Show」*를 가장 처음 본 것도 AFKN이었고, 「바바렐라 Barbarella」**도 이때 봤다. 오프닝에서 제인 폰다의 알몸을 볼 수 있다는 것만으로 대사 따위는 알아듣지 못해도 혈기왕성한 고등학생에게는 충분히 관람 가치가 있었다.

나중에 모 영화 제작사에서 비보이 관련 영화 시나리오 아이템 개발을 의뢰 받고 비보이들을 취재한 적 있었다. 그때 만난 크루의 대표들은 유명 연예기획사의 대표이거나 댄스 가수, 아이돌의 전설로 남은 1세대 춤꾼들의 후배였는데, 그들의 입에서 나왔던 이야기는 놀랍게도 비슷했다. 이태원 클럽 문나이트와 마이클 잭슨의 뮤직비디오, 그리고 AFKN에 대한 추억이었다. 그들은 하나같이 「소울 트레인Soul Train」에 대한 이야기를 했다. 아마 AFKN을 보지 못한 사람들은 잘 모르겠지만, 「소울 트레인」으로 말하자면 영화 「가디언즈 오브 갤럭시」에서 마지막 주인공이 흉내 내는 댄스 배틀의 원전격인 프로그램이다.

AFKN을 통해 국내 방영된 댄스 배틀 프로그램 「소울 트레인」

사실 춤꾼들만이 아니었다. 문화생활을 좀 하는 사람이라면 누

---

* 컬트 영화의 알파이자 오메가. 뮤지컬 「록키 호러 쇼The Rocky Horror Show」를 토대로 SF, 호러, 퀴어, 코미디 등을 뒤섞어 만든 영화. 원래 개봉 2주 만에 극장에서 내려가지만, 자동차극장이나 재상영관에서는 심야영화광들에게 재발견되어 반복 관람의 신화를 만들었다.

** 40세기 지구 대통령의 명을 받아 특수요원 바바렐라가 과학자 듀란 듀란Dr. Durand Durand을 구하기 위해 모험을 떠나는 SF 영화. 서사가 거의 괴작 수준이다. 바바렐라가 거의 모든 문제를 몸으로 때우기에-강한 남자와 함께 자는 것으로 문제를 해결한다- 여성들에게 가루가 되도록 까인 영화다. 하지만 파코 라반Paco Rabanne이 디자인한 의상-장소가 바뀔 때마다 옷을 바꿔 입는다-이 워낙 인상적이었을 뿐만 아니라 제인 폰다Jane Fonda의 이미지가 강렬한 탓에 이후 수많은 서브컬처에 지대한 영향을 주었다. 영화에서 나오는 외계 행성의 풍경이랄지, 글램 록의 패션 센스랄지, 만화나 애니메이션 여주인공의 스테레오 타입까지, 폭넓게 대중문화에 영향을 끼친 이상한 영화다. 5인조 그룹 듀란 듀란Duran Duran의 이름은 영화에 등장하는 박사의 이름에서 따왔다.

구나 주한미군을 대상으로 하는 방송인 AFKN을 봤다. 우리나라의 막장 드라마들은 건전한 청소년물로 보이게 만드는 「가이딩 라이트Guiding Light」와 「제너럴 호스피털General Hospital」은 낮 시간대에 정사 신도 삭제하지 않은 채 방영했다. 또 오타쿠들이 좋아하는 일본 애니메이션도 영문 더빙 판으로 방영했다. 「마신machine 3 부작」으로 유명한 「마징가」 시리즈와 「초시공요새 마크로스超時空要塞マクロス」 「기갑세기 모스피다機甲創世記モスピーダ」 「초시공기사단 서던크로스超時空騎団サザンクロス」 세 작품을 섞어 편집한 괴작 「로보텍Robotech」을 토요일 오전이면 - 세상에, 오전이다 - 방영했다. 유감스럽게 당시는 토요일에도 학교를 가야 했던 탓에 정상적인 상황

그들은 하나같이 「소울 트레인」에 대한 이야기를 했다. 아마 AFKN을 보지 못한 사람들은 잘 모르겠지만, 「소울 트레인」으로 말하자면 영화 「가디언즈 오브 갤럭시」에서 마지막 주인공이 흉내 내는 댄스 배틀의 원전격인 프로그램이다.

이라면 볼 수 없었는데, 몇몇 부자집 도련님들은 VCR^{비디오카세트 레}
^{코더}이라는 기계로 예약 녹화를 해서 빼놓지 않고 볼 수가 있었다.
하지만 그런 신박한 기계가 없는 서민들의 경우는 주말 오후반 –
그렇다. 당시엔 오전반, 오후반이 있었다 – 이 되면 한 시간 지각
을 감수할 경우 이 「로보텍」을 볼 수 있었다. 당시 부모
님이 가게를 운영해서 홀로 등교하는 친구 하나가 오후
반이 될 때면 지각해 늘 이 애니를 보고 왔는데, 그러면
방과 후 돌아가는 길에 이번 주 「로보텍」 이야기를 듣
곤 했다.

1987년 AFKN에서 방영
된 「로보텍」

　뿐만 아니라 미국의 미식축구부터 아이스하키, 농구, 야구, 레
슬링까지 AFKN은 스포츠의 요람이었다. 덕분에 우리 세대는 워
리어의 활약과 헐크 호건의 전성기를 보았고, 황제 조던의 군림을
실시간으로 감상할 수 있었다.

　일본 문화는 왜색 때문에 금지였고, TV에서 노출은 고사하고
정사를 암시만 해도 통편집이 되었다. 그런데 AFKN만은 모든 것
이 가능했다. 정말이지, 주한미군은 국방뿐만 아니라 부대찌개라
는 음식을 만들게 하여 식생활에도 기여했고, 나중엔 대중문화와
프로 스포츠 발전에도 지대한 영향을 끼친 셈이다.

　어쨌거나 뭘 하든 새벽 1시쯤 되면 즐거운 영화 관람이 끝나기

마련이었다. 그러면 방에 들어가 라디오를 켜고 본격적으로 책을 읽기 시작했다. 이 무렵 나는 집에 있는 거의 모든 책을 봤다. 읽을 수 없는 책도 봤기에 읽었다기보다 봤다는 게 정확한 표현이다. 이를테면 아버지가 산 책 중엔 난 키우는 법에 대한 일본판 전집 형식의 사진백과가 있었는데, 일본어를 할 줄 모르는데도 그걸 봤다. 덕분에 평생 한 번도 해 본 적 없고, 앞으로도 평생 해 볼 일 없을 분갈이 요령이나 난을 접붙이는 방법들을 말 그대로 구경했다. 어째선지 어머니가 산 일본어로 된 뜨개질본도 봤고,

당시 막 붐이 불기 시작한 PC통신 소설이나 판타지 소설에다 일본판 마계물魔界物까지 읽었다. 키쿠치 히데유키菊地 秀行의 작품들로 입문한 마계 소설들의 세계관이 낯설지 않았던 것은 내 또래들

키쿠치 히데유키의 작품들로 입문한 마계 소설들의 세계관이 낯설지 않았던 것은 내 또래들에게 500원짜리 해적판 만화로 열광적인 인기를 끌었던『공작왕』에 등장하는 '염'과 '인'을 사용하는 소설이었기 때문이다.

에게 500원짜리 해적판 만화로 열광적인 인기를 끌었던『공작왕 孔雀王』에 등장하는 '염'과 '인'을 사용하는 소설이었기 때문이다. 그 무렵에 내 또래라면 한 번쯤 수인을 맺은 채 '임병투자개진열 재전臨兵鬪者皆陣列在前'을 외치거나 '옴 바즈라 소와카'를 외쳤다. 그런 세계관을 그대로 간직한 소설들이 무단으로 국내에 수입되어 마사오가 주인공인 성애물『여인추억』 1~5권과 함께 학생들에게 엄청난 인기를 구가했다. 도미시마 다케오富島健夫의 성애물들은 '성서'로 통칭되었는데, 나상만의『혼자 뜨는 달』과 함께 나름 당대의 청소년 필독서로 꼽혔다. 물론 나도 이런 책들을 모두 읽었지만, 이 무렵 가장 많이 읽은 건 역시나 후일담 소설들이었다.

후일담 소설이란 1990년대 혜성처럼 등장했던 우리 문단의 흐름으로, 1980~90년대의 노동운동이나 학생운동을 배경으로 한 소설이었다. '아아, 시국을 걱정하는 고등학생이라 후일담 소설을 읽었구나'라고 생각하면 역시나 오산이다. 내가 후일담 소설을 가장 많이 읽은 건, 그저 집에 그 책들이 많았기 때문이다. 그러면 왜 후일담 소설이 가장 많았을까? 그건 어머니가 소설가를 지망하고 계셨으니까.

'어머니는 5남 3녀 가운데 장녀로 태어났다'로 시작되는 해방둥이들이 겪었을 전쟁, 빈곤, 남녀차별, 고부 갈등 등의 시대 드라마 같은 구구절절한 사연들을 고스란히 겪으신 분이었다. 장녀로 태어나 맏며느리로 이어지는 그야말로 깎아 만든 듯한 희생하는 삶을 살아오셨고, 형과 내가 중학생이 되자 생애 처음 자신만의 시간을 갖게 되셨다.

그런데 그걸 못 견뎌 하셨다. 이제는 당신이 누군가 쫓아다니며 뒷바라지를 하지 않아도 되며, 그동안 헌신했던 동생들이나 시동생뿐만 아니라 그렇게 키워 놓은 자식 놈들도 더는 자신이 필요하지 않으며, 그동안의 노력을 몰라준다는 사실에 꽤나 허탈하셨던 모양이다. 나는 어머니의 이 우울을 두 달간 도시락 반찬으로 싸 준 오징어채로 기억한다. 정작 나는 이 사실을 모르고 있었다―아, 정말 애처로울 정도로 둔한 인간이다―. 반 친구에게서 "야! 집에 무슨 일 있냐? 도시락 반찬이 두 달 넘게 똑같다"라는 말을 듣고 나서야 지난 두 달간 도시락 반찬으로 오징어채만 싸 왔음을 깨달았다. 더 놀라운 것은, 형은 이 이야기를 모르고 있었던 데다 먼저 싸는 형의 도시락은 매일 반찬이 바뀌었다는 것이다. 어린 시절 형은 유독 몸이 약했는데, 연년생인 탓에 젖을 제대로 못 먹어 병약했다고 믿는 어머니에게는 그래도 형은 각별한 자식이었던 모양이다. 어쨌거나 이 오징어채 사건을 어머니에게 말씀드리자 가장 놀라고 민망해 한 사람은 어머니 자신이었다. 덕분에 처음으로 형의 도시락보다 내 도시락을 먼저 쌌고, 한동안 꽤 좋은 반찬의 도시락을 먹을 수 있었다.

이 일 후로 어머니는 모 신문사 문화센터의 소설 창작 특강에

수강 신청을 하셨다. 어머니가 나름 찾아낸 답이었던 모양이다. 여고 시절 김제에서 글깨나 써서 백일장을 휩쓸었던 기억을 떠올리시고 뒤늦게나마 자기의 꿈을 찾기로 결정하신 것이다. 이후 당대 문단의 문제작들이 우리 집 책꽂이에 꽂히기 시작했다. 덕분에 중학생 시절 이미 「붉은 방」 「해변의 길손」으로 시작되는 『이상문학상수상작품집』과 무라카미 류의 『한없이 투명에 가까운 블루』*를 보았고, 장정일의 책을 읽었다. 그리고 무라카미 하루키의 『상실의 시대』도 탐독했다.

어머니는 매달 문예지를 사서 보셨고, 문화센터에서 만난 다른 아주머니들과 함께 꽤나 열심히 습작을 하셨다. 이후 같이 습작 활동을 한 분들은 차례로 등단을 했는데, 베이비붐 세대의 중년 여성작가들이 대거 문단에 진출한 것이 1990년대 문단의 현상 중 하나였다. 당대 평단의 반응은 젊은 작가들이 등단하지 못하는 문단의 퇴행이라며 부정적이었다. 허나 문예지를 펼치면 후일담 소설뿐이었고 그런 글만 줄곧 쓰고 비평하면서 이 무슨 뜬금없는 소리인가 하던 기억이 난다.

어쨌거나 요약하자면, 두 달간 점심을 쑥과 마늘 대신 오징어

---

* 무라카미 류의 소설. 미군 부대 인근 젊은이들의 상실감과 방황을 그린 소설. 감각적인 문체로 다양한 환각제나 각성제 등을 묘사하거나 난교와 폭행 등의 일탈을 보여준다.

채로 버텼더니 – 실제로는 친구들과 도시락 반찬을 공유했기에 내 반찬이 이랬다는 걸 몰랐다 – 책이 쏟아져 들어왔다는 이야기다. 나는 매일 밤 새벽 1시가 넘어가면 라디오를 틀어 놓고 그곳에서 흘러나오는 영화 음악이나 심야 방송을 들으면서 책을 읽었다.

라디오는 여전히 많은 사랑을 받고 있긴 하지만, 당시만 해도 위상이 지금과는 좀 달랐다. 대표적인 청소년 라디오 프로그램이었던 「별이 빛나는 밤에」 같은 경우 듣지 않으면 또래 학생들과 이야기를 할 수 없을 정도였다. 그리고 「2시의 데이트」도 청소년을 겨냥한 프로그램은 아니었지만, 또래 가운데 나름 마니아들이 많아서 수업 중에 듣는 용자가 있을 정도였다. 덕분에 쉬는 시간이면 라디오 프로그램 이야기를 하는 무리들이 있었고, 사연을 보내기 위해 엽서를 쓰는 부지런한 한두 명쯤은 있었다.

물론 라디오 좀 듣는다는 사람들은 그런 메이저 프로그램보다 심야 방송을 더 선호했는데, 심야 프로그램이 선곡의 폭이 훨씬 자유롭고 편성 또한 코너 중심이라기보다 음악 중심이었기 때문이다. 「0시의 데이트」나 「영화음악실」 같은 몇 개의 프로그램 이름이 기억나는데, 솔직히 정해 놓고 듣지 않았기에 또렷하게 기억에 남는 DJ나 프로그램은 없다. 이유는 지극히 단순한데, 내가 살았던 안양의 관악산 기슭 아파트 단지는 라디오가 잘 터지는 지역이 아닌 탓이었다. 심야엔 라디오가 제법 잡히는 편이었음에도 날

씨, 태양풍, 습도, 대기질, 별자리, 안테나의 상태 그리고 기타 등등의 백만 가지쯤 되는 이유로 그날 잘 잡히는 라디오 채널이 매번 달랐다. 그 덕에 딱히 한 프로그램에 안착할 수 없었다. 그럼에도 심야 라디오 프로그램에는 공통되는 나름의 묘미가 있었다. 그 예로 「페드라^{Phaedra}」*의 엔딩 테마에서 갑자기 "페드라! 페드라!"라고 외치는 바람에 깜짝 놀라거나 「In-A-Gadda-Da-Vida」** 같은 10분이 넘는 대작을 틀어주는 통에 저 노래는 언제 끝나는 건지 궁금해서 유심히 들었다거나 하는 소소한 추억들이 있다.

영화 「페드라」에서 안소니 퍼킨스가 열연한 엔딩 장면

이처럼 심야 라디오는 주간엔 절대 들을 수 없는 파격적인 구성이 가능했다. 하지만 무엇보다 기억에 남는 것은, 고3 무렵 새벽 3~4시쯤 아무도 듣지 않을 것 같은 시간에 전문 진행자가 없어서 담당 PD가 직접 DJ를 맡는 라디오 채널들을 들으면 종종 민중가요가 흘러나왔던 일이다. 김민기, 안치환이나 노찾사^{노래를 찾는 사람들}처럼 대중적 인지도가 있어서 공중파에서 종종 나오는 노래들을

---

* 1962년 줄스 다신Jules Dassin의 걸작 멜로. 우리나라에서는 1963년에 「죽어도 좋아」라는 제목으로 개봉되었다. 1990년대 심야 영화 음악 프로그램의 단골 음악으로 마지막에 남주인공이 여주인공의 이름을 절규하며 자동차 사고를 당하는 소리가 그대로 나오는데, 능숙한 청취자들은 남자주인공이 "라라라라 라라라" 하며 바흐의 「Toccata and Fugue in F major, BWV 540」를 따라 부를 때부터 미리 볼륨을 줄였다.

** 아이언 버터플라이Iron Butterfly의 2집에 수록된 곡으로 원곡은 17분이 넘고, 라이브 버전은 24분이 넘는다. 라디오에서 오프닝을 하고 라이브를 틀면 바로 중간 광고가 나가야 하는 곡이다.

시작으로, 꽃다지나 천지인처럼 공중파에서는 거의 듣기 힘든 노래까지 다양한 곡들이 마치 무슨 은밀한 시그널이라도 되는 것처럼 라디오에서 흘러나왔다. '공산주의'라는 단어가 선명한 등사기로 인쇄한 책자가 대학을 다니던 친구의 형 가방에서 불쑥 나오기도 하고, 시내 쪽에서 바람이 불어오면 응당 최루탄 냄새가 나던 시절이었다. 어른들은 입버릇처럼 나중에 대학 가면 저렇게 데모하면 안 된다고 노랠 부르던, 군사 독재의 끝물이었다.

당시 민중가요를 좋아했던 이유는 딱 하나였다. 이 노래들이 읽고 있는 후일담 소설들의 사운드 트랙으로 썩 어울렸던 것이다. 나에겐 아직 가 보지 못한 대학이 후일담 소설에서 나오는 투쟁과 학습, 동지와의 이뤄지지 못하는 사랑과 그것에 대한 회한, 끝으로 민중가요가 사운드 트랙을 장식하는 투쟁의 장이었다. 물론 내 관점은 또래 고등학생들 중 지극히 예외적인 시각이었다.

친구들은 다들 「사랑이 꽃피는 나무」나 「우리들의 천국」*을 보고 대학 생활을 꿈꿨다. 「사랑이 꽃피는 나무」는 우리나라 청춘 드라마의 할아버지격으로 1기는 의대생들, 2기는 연영과 학생들이 나오는 캠퍼스물이었다. 1기는 이상아, 최재성, 최수종, 최수지 같은 당대의 핫한 청춘스타들이 나와 로맨스를 펼쳤고, 이미연

---

* KBS와 MBC의 대표적인 캠퍼스 드라마였다.

을 스타덤에 오르게 만들었다. 사랑과 연애라면 재미없어 채널을 돌리는 나를 제외하고 반 아이들의 절반쯤은 이 드라마를 봤다. 방영 다음날이면 나중에 이미연 같은 여친을 사귈 거라고 망상하는 놈들이 한 트럭씩 나왔다.

친구의 집에 놀러갔다가 마지못해 봤던 「사랑이 꽃피는 나무」는 너무나 교훈적이어서 어안이 벙벙해졌던 기억이 난다. 학생들은 모두 말을 잘 들었고 고민도 대체로 건전했으며, 마지막엔 어른의 교훈으로 끝났다. 도대체 이런 게 뭐가 재미있다는 건지 알 수 없었다.

「사랑이 꽃피는 나무」의 성공을 보고 MBC가 들고 나온 「우리들의 천국」은 KBS 특유의 고루하고 교훈적인 톤을 빼서 또래의 열광적인 지지를 받았다. 1기는 홍학표가, 2기는 김찬우와 장동건이 주연이었던 것으로 기억한다. 1기의 경우 방영 시간이 되면 함께 농구를 하던 친구들이 공을 버리고 집으로 뛰어 들어갔다. 불세출의 여배우 최진실을 보기 위해서였다. 이 드라마가 방영한 다음날이면 친구들은 종일 최진실만 이야기했다.

'대학에 가서 최진실 같은 여자 친구를 만나 즐거운 캠퍼스 라이프를 즐기는 것.'

당대 중고등학생들에게는 가장 보편적인 판타지였다. 모르긴 해도 같은 문장에 '장동건 같은 남자 친구'라고 바꾸면 여학생들 역시 마찬가지였으리라. 이처럼 다들 대학에 대한 판타지는 하나쯤 있기 마련이었다. 밤 열 시까지 자율학습이란 이름으로 학교에 붙잡혀 있고, 자정까지 입시를 위해 학원을 다니는 학생들에겐 목표를 향해 줄달음쳐 갈 만한 동기가 필요했고, 그것이 우리 세대에서는 최진실이나 장동건이었다. 물론 나는 친구들과는 반대로 소설을 읽으면서 대학 가서 하면 부모 속이나 썩인다는 데모질에 대한 판타지를 무럭무럭 키우고 있었다.

『더 이상 아름다운 방황은 없다』를 시작으로 『고등어』까지 공지영 작가의 소설과 이상문학상을 받았던 양귀자의 「숨은 꽃」 같은 단편들―사실 매년 작품집에 실리는 후보작에는 더 많은 후일담 소설이 있었다―, 그리고 정유라의 부정 입학에 연루된 바로 그분의 『내가 누구인지 말할 수 있는 자는 누구인가』 같은 포스트모더니즘적인 후일담 소설까지, 이 시기 문단에서 나온 소설 중 후일담이 아닌 것을 찾기가 더 어려울 지경이었다.
    이어 김영삼 정권이 들어섰고, 꽤나 많은 것이 바뀌었다. 등사기로 수작업한 책자 대신 문고판으로 『공산당 선언』이 출간되어 나 같은 학생들도 사 볼 수 있었고, 대학가의 교양 도서 목록에도 『자본론』 같은 책이 추천되었다. 나로 말하자면, 어떤 면에서 준비된 운동권이었다. 후일담 소설을 읽으며 선배 운동권들의 경험들을 간접이나마 체험했으며, 편집판―완역판은 몇 년 뒤 출간되었다―이긴 해도 『자본론』을 이미 읽었으며, 『다시 쓰는 한국현대

사』 같은 책도 이미 독파한 후였다. 하지만 다른 측면에서 보면 이런 책들을 읽고도 전혀 이념화되지 않았다는 측면에서 이미 운동권으로서는 싹수가 노랬던 셈이다. 굳이 변명하자면 당시 『공산당 선언』이나 『해방 전후사의 인식』은 내게 아버지의 난초 백과사전이나 어머니의 뜨개질본과 다름없었다. 있으니 읽었고 읽었으니 알고 있다는, 그뿐인 독서였던 것이다.

다시 고등학생 시절 새벽으로 돌아가 이렇게 책을 읽다 보면 보통 5시나 6시였다. 일찍 일어나시던 어머니는 깨서 새벽기도회에 가실 시간이었다. 그러면 나는 불을 끄고 이어폰을 귀에 꽂은 채 음악을 들으면서 짧게 잠들었다. 아침 7시가 되면 일어나서 선도부가 등교하기 전에 학교에 가야 했기 때문이다. 아침나절엔 학교에서 가장 바쁜 학생 중 하나였으니까. 어머니는 깨우기도 전에 일어나서 공부하러 학교에 간다고 어찌나 좋아하셨는지…. 그리고 그렇게 등교해서 만화책을 나눠 준 후 다시 꿈나라로 떠났던 것이다.

자, 이제 내가 왜 학교에서 내내 잤는지 알 수 있을 것이다. 다만 '정말 저 인간이 훌륭한 운동권이 됐을까?' 하고 궁금한 독자도 있으리라. 결론부터 말하면, 나는 끝내 운동권이 되지 못했다. OT나 MT도 열심히 따라가고 집회에 참석해서 깃발도 들었다. 정권은 바뀌었지만, 신입생 시절 유난히 수많은 사람들이 분신하면서 열사들이 많았다. 또 등록금 인상을 놓고 대학 사무처 복도 점 거도 해 보았다. 하지만 1학년 1학기가 채 끝나기도 전에 심드렁 해져 버렸다. 태생적으로 권위적이고 특정 생각을 강요하는 집단 과는 맞지 않았다. 교회, 군대, 정치 모임, 운동권 등 이 리스트에 는 예외가 없었다.

선배가 발제를 맡아 학습을 진행하면 한마디 할 때마다 의문이 두서너 개씩 꼬리를 물었다. 하지만 그런 의문을 물어보면 썩 좋 은 반응이 돌아오지 않았다. 누군가 차분하게 의식화를 이끌었다 면 달라졌을지도 모르겠다. 하지만 후일담 소설에 나오는 것처럼 운동권 선배들은 딱히 감수성이 예민하고 정의감이 넘치며, 다정 다감하고 자기 희생하는 그런 캐릭터들은 아니었다. 대학이 「사랑 이 꽃피는 나무」나 「우리들의 천국」 같은, 고개를 돌리면 운명적 인 사랑이 기다리는 곳이 아니었듯이 후일담 소설에 나오는 낭만 적인 혁명가들이 가득한 곳도 아니었던 것이다.

다만 집회에서 느끼는 그 에너지만은 정말이지, 신선한 경험이 었다. 집단으로 함께 발산하는 에너지에는 묘한 일체감과 중독적 인 해방감이 있었다. 그래서 가두시위는 늘 즐거웠다. 물론 다들 사안의 심각함과 시국의 중대성 때문에 ─ 김영삼 정권이 들어선 후 놀랄 만큼 지리멸렬한 정치권의 모습에 실망한 나머지 1990년 대 많은 학생들과 노동자들이 분신했다 ─ 다들 심각했지만, 철없 던 나는 자동차가 다니지 않는 차도를 걷는 것만으로도 즐거울 뿐이었다.

물론 시위가 즐겁기 때문에 나간 것만은 아니었다. 오히려 내가 집회에서 가장 좋아했던 순간은 즐거움보다 쓸쓸함을 느낄 때였다. 스크럼을 짜고 도로에 누워 있다거나 거대한 인파에 휩쓸려 경찰과 밀고 당기기를 할 때면 말할 수 없이 쓸쓸해지는 순간이 있었다. 구호가 덧없이 빌딩 사이에 메아리치다가 흩어지거나, 아스팔트에 누워 흘러가는 구름을 보는 순간이나, 최루탄이 터지며 바로 옆에 가고 있던 친구가 연기 속으로 사라지는 순간이면 다시 다섯 살로 돌아가 시장에서 혼자 싸돌아다니다 길을 잃은 아이가 된 기분이었다. 그 아득하고 아련한 순간이 나는 좋았다.

집회라는 것이 그 자체로 갖는 사회적인 의미나 집단에 역할을 하는 여러 기능적 측면도 있었지만, 그 자체로 일종의 유희가 될 수 있다는 걸 그 무렵 깨달았다. 그것을 깨닫고 나자 어쩐지 내가 학생 운동을 하는 것이 옳지 않게 느껴졌다. 집회의 순간을 즐기기 위해서 하는 학생 운동이라니…. 지금에 와서야 촛불집회 같은 행사를 보면 문화제 형식의 행사도 많고, 집회나 시위에 대한 인식이 많이 바뀌었다. 하지만 당시의 학생 운동은 엄격하고 진지하다 못해서 교조적이기까지 했다. 그 진지한 세계에서 나는 열외자 같은 존재였다. 그리고 나 역시 그런 찰나의 즐거움을 위해 투쟁을 할 정도로 에너지 넘치는 사람은 결코 아니었다.

공식적으로 운동권에서 콜라는 미제의 똥물이었지만, 다들 집에 가는 길엔 한 병쯤 콜라를 사 마셨고, 밤이면 미제의 우민화 정책인 팝 음악이 흘러나오는 클럽에서 몸을 흔들었다. 운동권 학생들은 TV에 나오는 오렌지족은 자신들과 다른 존재라고 주장했지만, 집회가 끝나면 KFC 앞에서 모여 같이 할리우드 블록버스터를 보러 갈 친구들을 기다리는 것이 예사였다.

전역 후 집외에서의 그 일체감을 느낄 만한 다른 곳을 찾아냈다. 홍대 앞 인디밴드의 펑크록 공연에서였다. 1990년대 말 홍대에서는 다양한 음악을 내세우는 클럽들이 생겨났고, 그 중에는 펑크록도 있었다. 드럭, 하드코어 같은 클럽을 중심으로 대조선펑크*를 내세우며, 펑크의 불꽃이 짧고 환하게 타올랐다. 그곳에서 슬램slam**을 하며 스크럼scrum의 기억을 떠올렸고, 월 오브 데스wall of death***를 하며 경찰과의 몸싸움 순간을 다시 느꼈다. 그곳에는 민중가요 대신에 푸른펑크벌레의 「사회가 우리를 안 받아 줘」나

---

* '서태지 논쟁'을 일으킨 문화사기단이 대표적으로 대조선펑크의 기치를 내세웠던 펑크 레이블.

** 관객들 사이에서 공연 도중 적당히 간격을 벌린 후 점프해서 서로 공중에서 몸을 부딪치는 행위. 능숙한 관객들은 브리지bridge가 시작되면 모싱moshing으로 적당히 간격을 벌리고 노래의 클라이맥스 부분에서 슬램을 한다. 말 그대로 뼈와 살이 부딪치는 놀이.

*** 양 옆으로 2열로 갈라져 서로 충돌하는 것. 우리나라는 슬램을 하다 지치면 팔짱을 끼기 시작하면서 무리를 만드는데, 그대로 한 줄이 되면 관객들을 가르는 기차가 되고, 불행히도(?) 두 줄이 되면 월 오브 데스를 한다. 비교적 고급 기술이라 능숙한 관객들이 주도해야 한다. 자주 공연을 보러 다니다 보면 맨날 이런 걸 하는 선수들을 볼 수 있다.

노브레인의 「청년폭도맹진가」가 있었다. 그곳은 구호 대신 떼창 singalong을 하는 곳이었다. 나는 매번 땀을 한 말씩 쏟아가며 펑크록 클럽과 공연장을 다니기 시작했다.

08

Save Me

#펑크록 #슬램 #차승우 #기타 #록 페스티벌

만약 내가 죽어서 천국에 간다면 그것은 펑크록 공연장에서 한 행동 때문일 것이다. 우리나라에서 펑크록이 짧게 타오르던 몇 년간 나는 공연장을 다니며 많은 사람을 구했고, 그것이 이후 내가 한 어떤 일보다 가치 있는 것이 아니었을까 하는 생각을 하곤 한다. 뭐, 소설을 써서 직접 누군가를 구할 수는 없으니까. 그리고 정말이지, 많은 사람을 구했다. 목숨까지는 과장이겠지만, 적잖은 사람이 다치는 걸 막기는 했다.

당시 펑크록 공연을 따라다니다 보면 대충 관객층을 알 수 있었다. 펑크록 공연에 오는 팬이라는 게 뻔한 상황이었고, 자주 가면 그 얼굴이 그 얼굴이라는 걸 알 수 있었다. 대체로 가장 많은 관객층은 나 같은 20대 초중반의 남자들이었다. 물론 여성 팬들도 있었지만, 그들이 적극적으로 다이빙이나 슬램을 하지는 않았다. 미친 듯이 날뛰면서 슬램 존을 장악하고 있는 것은 주로 에너지 넘치는 20대 남자들이었다. 한참 뛰다 보면 공연장의 공기가 수컷들의 냄새와 열기로

고고스타 공연에서의 슬램 존 장면

꽉 찰 지경이었다.

그 외에 자주 보는 관객층은 주한미군으로 추정되는 메탈, 하드코어, 펑크록 팬덤이었다. 원색의 면 티에 반바지를 입고 오는 그들은 슬램 존의 배스 격이었다. 100킬로그램에 육박하는, 혹은 가뿐히 넘는 그들과 슬램 중 공중에서 부딪친다고 생각해 보라. 사람이 날 수도 있다는 걸 알게 될 것이다.

그 다음으로 많은 관객층은 의외로 여중고생들이었다. 교복을 입고 몇 명씩 떼를 지어 나타나는 그들은 서울 내에서 표 값이 싸거나 입장료가 없는 공연에서 주로 볼 수 있었는데, 결코 노는 정열이 주한미군에 뒤지지 않았다. 정말 열심히 놀긴 하는데, 그게 입시 스트레스 때문인 것 같아 안쓰럽게 느껴졌다. 마지막으로 남중고생들이 있었다. 주로 홀로 오거나 친구와 둘이 오는 그들은 놀랍게도 대체로 왜소한 체구의 친구들이었다. 작은 체구와 펑크록이 심리적으로 어떤 상관관계가 있는 게 아닐까 싶을 정도로 대부분이 마른 친구들이었다.

문제는 이 남녀 중고생들이 공히 잘 넘어졌다. 넘어지는 게 무슨 문젠가 싶겠지만, 슬램 도중 넘어지면 재앙이 따로 없다. 뛰는 이들의 시야에 넘어진 사람은 보이지 않고, 반대로 넘어진 쪽에서도 뛰는 인파 탓에 일어설 수 없다. 물리적으로 사람이 뛰면 무언가를 반대쪽으로 밀어낼 수밖에 없는데, 이게 집단이 되면 밀어내는 힘은 한 사람이 도저히 감당할 수 없는 정도가 된다. 결국 넘어진 사람은 뛰는 사람들에게 밟힐 수밖에 없고, 아까 말한 배스들에게 걸리기라도 하면 목숨이 오락가락할 수도 있다. 더 나쁜 일은 넘어진 사람에게 걸려 연달아 넘어지는 경우다. 이 경우 연쇄적으로 넘어지면서 사람들이 차곡차곡 쌓일 수 있는데, 최악의 경우 압사 사고가 날 가능성도 크다.

그래서 슬램 존에서는 안전을 위한 매너가 있다. 슬램을 하기 전 공간을 충분히 넓혀서 주변의 시야를 확보하고, 내 주변에서 누군가 넘어지면 벽을 만들어 주는 것이다. 그 사이에 벽을 만든 사람들이 힘을 합쳐서 쓰러진 사람을 일으켜줘야 한다. 그래서 의외로 위험해 보이는 슬램을 해도 다치는 사람이 거의 없는 것이다.

문제는 무료 공연이나 저가 공연을 보러 오는 어린 학생들은 맨날 펑크록 공연에서 놀던 선수가 아니라 슬램의 기본 매너마저 잘 모른다는 것이다. 그래서 어린 학생들이 많이 오는 공연에 가서 슬램을 하게 되면 사람 구하는 게 일이었다. 벽을 만들어 주지 않으니 그냥 혼자 힘으로 사람을 일으켜 세우는 수밖에.

다행히 군대 전역 후 한동안 몸 쓰는 아르바이트만 했더니, 당시 내 몸은 노동으로 다져진 근육이 인생에서 정점을 찍던 시기였다. 60킬로그램이 넘는 전동공구 상자를 한 손에 들고 나르던 게 일이었으니까. 그래서 슬램을 하다 누군가 쓰러지면 목 뒤춤이나 배낭 끈 위를 잡아 한 손으로 들어 올리곤 했다. 당시 지자체에

서 심심찮게 하던 무료 공연이나 쌈지 사운드 페스티벌처럼 입장
료가 싼 공연에 갈 때면 펑크록이나 메탈 팀이 한 번 놀고 갈 때마
다 세 명에서 많으면 다섯 명 가량의 사람들—주로 학생들—을 일
으켜 세워 주곤 했다. 가끔 공연을 보러 온 게 아니라 공연장 보안
팀에서 파견한 안전 요원이 아닐까 싶을 정도로 많은 사람을 구했
다. 유감스럽게도 누군가를 구해 주고 고맙다는 인사를 들은 적이
거의 없었다. 물론 이해할 수 있다. 넘어지면 무섭고 당황스럽고
아프고 쪽팔려서 경황이 없으니까.

언젠가 모 페스티벌에서 많은 사람들을 일으켜 세워 주느라 정
작 나는 즐기지 못해서 홧김에 록동호회 게시판에 글을 올린 적
이 있다. 그날 공연에 대한 단평을 하면서 '제발 슬램 존에서 사람
이 쓰러지면 벽 좀 만들고 일으켜 세워 줘라. 오늘 이러이러한 사
람을 본의 아니게 구했는데, 주변의 슬래머들 매너가 황이더라'는
요지의 글이었다. 댓글이 꽤 많이 달렸는데, 놀랍게도 학생 세 명
이 구해 줘서 고맙다는 댓글을 달았다. 생각해 보면 그게 유일하
게 고맙다는 인사를 받은 순간이었다. 아무렴 어떤가? 어차피 인
사 받으려고 한 일도 아닌데.

그 뒤로도 슬램 존에서 노는 한 열심히 구했던 것 같다. 왜 그
랬나 생각해 보면 쓰러진 사람이 그냥 눈에 띄었을 뿐이다. 아마
나 말고 다른 사람들도 눈앞에서 누군가가 쓰러지면 똑같이 하지
않았을까? 앞뒤 제쳐 두고 그들을 일으켜 줬을 것이다. 실제로 나

만 그랬던 것도 아니고 능숙한 슬래머들이라면 많든 적든 누군가
를 일으켜 세워 준 경험이 있으리라. 물론 유난히 넘어진 사람이
자주 눈에 띄었던 이유는 아마 그만큼 내가 다른 사람들보다 공연
에 덜 몰입했기 때문이리라.

　이상하게 들리겠지만 그렇게 열심히 가서 자주 뛰었지만 공연
자체를 즐겼을 뿐이었다. 정작 팬심으로 팬질을 하던 밴드는 하나
도 없었다. 공연장에 갈 때마다 아티스트 라인업을 보지도 않고
가는 몇 안 되는 관객 중 하나였다. 몇 장의 앨범을 사긴 했지만
열심히 듣지도 않았다. 또 공연장에서 몇 번이나 사인 받을 수 있
는 기회가 있었지만, 한 번도 받아 본 적 없다. 심지어 화장실에서
유명 밴드의 멤버들 사이에 끼여 오줌을 싼 적도 있지만, 아는 척
하지 않았다. 앞서 말한 것처럼 나는 스타들의 책받침을 사지 않

은 반의 유일한 학생이었던 것이다.

공연장에서 많은 사람을 구했음에도 정작 나 자신은 구하지 못했다. 그 해 홍대 축제 중 주차장 공연에서 슬램 중 흥분한 누군가가 던진 생활정보지 거치대에 머리를 맞아 이마가 찢어졌다. 피가 흐르고 상처가 생겨서 흉터가 남았지만, 죽을 정도는 아니었다. 다만 이 사건 이후로 공연 중 무언가가 얼굴 근처로 날아오면 무조건 잡아채는 버릇이 생겼다.

공연장에 가 보지 못한 사람은 그런 버릇이 무슨 소용이 있을까 싶을 것이다. 하지만 이 버릇은 대단히 실용적인 데다가 안전을 위해서도 꼭 필요하다. 공연 중 관객들은 온갖 것들－생활정보지 거치대를 기억하라－을 던지고, 밴드 멤버들 역시 팬들에게 일종의 기념품을 선물하기 위해 무대 위에 있는 온갖 것들을 던진다. 이 버릇이 생긴 이후로 나는 기타 피크 세 개와 사인 시디 네 장, 세트리스트 세 장과 물병 네 개, 맥주 캔 하나, 기타 이펙터 하나, 누군가의 핸드폰 하나－물론 주인에게 돌려줬다－를 받을 수 있었다. 가지고 있었다면 누군가에게 자랑할 만한 가치가 있는 꽤 훌륭한 기념품－개중엔 유명 모던록 밴드의 사인 시디도 있었다－일 수도 있지만, 팬심이 워낙 없던 내게 받은 물건들은 그저 짐일 뿐이었다. 받은 물건은 그 즉시 옆에 있는 사람들에게 모두 나눠 줬다. 다만 기타 이펙터는 가지고 있다가 나중에 기타 치는 친구에게 선물한 기억이 난다. 친구 말로는 낙원상가에서 15만 원쯤 하는 꽤 괜찮은 이펙터라고 했다.

아무리 많은 공연에 가 본 사람이라도 아마 공연 중 밴드가 던진 이펙터를 받은 사람은 거의 없으리라. 하지만 이펙터가 내가 받은 물건 중 가장 이상한 것만은 아니었다. 이렇게 잡아챈 것 중 정말 기이하고 희귀하지만 쓸데없는 물건이 하나 있었다. 그것은 지금은 해체된 더 모노톤즈에서 기타를 맡고 있었던 차승우 씨의 기타 헤드부터 넥까지다.

이게 뭔 소린가 싶을 것이다. 차승우 씨가 노브레인을 나와서 더 문샤이너스라는 밴드를 막 시작했을 무렵이었다. 더 문샤이너스는 '쿵짝, 쿵짝' 하는 록큰롤 사운드를 지향하는 꽤 재밌는 밴드였는데, 당시 모 페스티벌에서 아직 앨범도 나오지 않은 곡들을 들려주었다. 열정적인 무대를 선보인 차승우 씨는 마지막 곡을 부

곡은 절정으로 치달았고, 하이라이트에서 차승우 씨는 메고 있던 기타의 목을 잡고 바닥에 내리치기 시작했다. 기타는 박살이 났고, 나를 포함한 관객들은 환호성을 질렀다.
ⓒ SELENE

르기 전에 멘트를 하면서 기타 하나를 들어 보였는데, 그의 말에 따르면 전에 속해 있던 밴드의 멤버에게 자신이 빌려준 기타라고 했다. 빌려주고 나서 몇 년 지난 오늘에야 돌려받았는데, '참 삐리삐리한 삐리리'라고 한 마디 한 후 마지막 곡을 그 기타로 연주했다. 곡은 역시나 신나는 로큰롤이었고, 나는 다른 관객들과 함께 신나게 뛰어올랐다. 곡은 절정으로 치달았고, 하이라이트에서 차승우 씨는 메고 있던 기타의 목을 잡고 바닥에 내리치기 시작했다. 기타는 박살이 났고, 나를 포함한 관객들은 환호성을 질렀다.

1989~2004년 피트 타운센드의 기타 스매싱 퍼포먼스

사실 기타를 부수는 퍼포먼스는 록 음악에서 일종의 고전 같은 것이다. 우리나라 사람들이 「CSI」 시리즈의 오프닝 곡으로 알고 있을 록 밴드 더 후^{The Who}의 기타리스트 피트 타운센드^{Pete Townshend}가 처음 선보인 이후 지미 헨드릭스^{Jimi Hendrix}의 기타 불태우기까지 수많은 로커들이 상상할 수 있는 온갖 방법들로 기타를 끝장냈었다. 대부분 잘 모르겠지만, 일본에서는 부수는 기타 전문 브랜드가 있을 지경이다. 소리는 엉망이지만, 멋지게 산산조각 난다는 걸 세일즈 포인트로 잡고 있다. 모르긴 해도 오늘 밤에도 지구상 어디선가 어느 로커의 손에 의해 기타가 박살나고 있을 것이다.

어쨌든 기타를 부순 차승우 씨는 프로야구 4번 타자로 빙의한 양 멋진 빠던* 자세로 기타의 넥을 날렸는데, 불행하게도 그게 내

얼굴을 향해 곧장 날아왔다. 하지만 이런 날을 위해 받기를 단련하지 않았던가! 나는 반사적으로 그것을 받아 냈다.

'앗싸!'

그리고 반경 20미터 내의 사람들이 일제히 로또에 당첨된 사람을 보는 것처럼 날 바라보았다. 그 순간 솔직한 내 심경을 고백하자면, '아, 이거 분리수거도 못하는 쓰레기잖아. 피할 걸' 하는 마음이었다. 물론 평소처럼 주변 누군가에게 주면 될 터였다. 하지만 그렇게 하려고 쓰윽 하고 주변을 둘러보는 순간 등에 소름이 돋았다.

'이걸 누군가에게 주면 안 되겠구나.'

직감적으로 깨달았던 것이다. 여자분 몇 명이 마치 먹이를 노리는 매의 눈빛으로 날 노려보고 있었다. 이걸 섣불리 누군가에게 넘겨줬다가는 괜한 평지풍파를 일으킬 것만 같았다.

'받은 기타 넥을 멋대로 남에게 주다가 혹시 불경한 행위로 찍히는 건 아닐까? 아니면 노리던 사람들 사이에 싸움이 나는 건 아닐까?'

그래서 바보처럼 부러진 기타 넥을 든 채 공연 자리를 지켰다. 물론 늘 그렇지만 나름 내게도 계획은 있었다.

---

* 배트 플립. 야구에서 홈런을 쳤을 때 선보이는 일종의 세리모니로 야구 방망이를 의미하는 속어 '빠따'와 던지기의 첫 글자를 합친 약어.

'집에 가는 길에 지하철역에서 버리면 되지.'

하지만 공연이 끝나고 집으로 가면서 그것이 얼마나 안일한 생각이었는지 금세 깨달았다. 매의 눈으로 노려보던 여자들 중 적어도 세 사람이 나를 따라오기 시작한 것이다.

'차승우 씨, 축하합니다. 여자들에게 인기 많으시네요. 어차피 다들 지하철은 타고 가니까. 같은 방향으로 갈 뿐이겠지. 설마?'

부러진 기타 넥을 들고 지하철을 타야 한다는 게 마음에 걸리지만, '내리는 역에서 버리면 되지. 뭐'라고 생각하는 시점에서 아직도 나는 덕심의 깊이를 전혀 이해하지 못하고 있었다. 한 손에는 박살난 기타 넥을 들고 다른 손으로 지하철 손잡이를 잡은 채 집으로 돌아가는 길은 조금 쓸쓸했다. 부러진 기타 넥을 든 이상한 남자를 신기하게 바라보는 사람들의 눈총을 한 몸에 받으며 계속 가지고 갈 수밖에 없었으니까. 적어도 세 명의 추적자가 뒤따르고 있었고, 그들은 내가 내리는 역에서 따라 내렸다. 모르는 이성이 집까지 따라온 건 그때가 처음이자 마지막이었다.

바꿔 말하면 나란 인간이 지닌 매력이 차승우 씨가 박살낸 기타 넥만도 못하다는 의미 아닌가? 기타가 적어도 펜더^{Fender}나 깁슨^{Gibson} 혹은 마틴^{Martin} 정도였다면 조금 덜 슬펐을까? 가슴 아프게도 차승우 씨가 부순 기타는 펜더 메이커의 것을 주로 카피했던 국내 모 업체의 일렉 기타였다. 나는 그제야 신성 모독하는 한이 있더라도 공연장에서 받는 즉시 누군가에게 줬어야 했다는 걸 깨달았다. 늘 그렇듯이 깨달음은 한 발 늦게 찾아오는 법이다.

그렇게 누군가에게 줄 타이밍도, 버릴 타이밍도 잡지 못한 채 결국 나는 그 물건을 어정쩡하게 집까지 들고 왔다. 닫히는 건물 출입문을 노려보는 눈동자들을 등 뒤로 한 채 그렇게 원치 않는 득템'어떤 물건을 손에 넣었다'는 뜻을 했다. 그리고 나보다 매력이 차고 넘쳐서 여자들이 집 앞까지 따라오게 만든, 한국 음악사에 길이 남을 한 밴드의 불화의 아이콘 같은 물건은 침대 아래에 처박혔다.

'언젠가 부러진 기타 넥이 들어갈 만한 30리터 쓰레기봉투를 사면 버려야지' 하고 10년 넘게 생각만 하고 있다. 아무렴.

＊

원고에 사족을 다는 게 유감스럽지만, 출판사에서 원고를 편집하는 와중에 인터넷에서 이 사건에 대한 다른 글을 찾아냈다. 출판사의 부지런함에 일단 경의를 표한다. 출판사 대표는 카톡을 보내와서 이 단락을 수정해 줄 수 있는지 물었다. 그 결과, 지금 이 글을 쓰고 있다.

오래 전, 작년 쯤 쓴 처음 원고에서는 차승우 씨의 팬덤으로 추정되는 사람들과 나 사이에 기타 넥을 버리기 위한 눈치 싸움이 훨씬 길게 묘사되어 있었다. 단지 세 명의 추적자가 아니라 적어도 세 무리의 추적자들이— 여섯 명에서 여덟 명 사이였던 것으로 기억한다— 따라오고 있었다. 그 중 집 앞까지 따라온 여성이 세 명이었으며, 그들에게 몰려 도망치듯 집까지 쫓기는 상황과 나의 긴박했던 심리 묘사가 길게 이어졌다. 하지만 출판사 대표와 편집자에게서 돌아온 반응은 차가웠다.

"재미도 없고 길고 쓸데없는 사족 같아요. 고쳐 주세요. 톤이 너무 튀어요."

직접적으로 말하진 않았지만, 알 수 있었다. 소설가 특유의 과장과 구라가 섞인 내용이라 믿었던 것이리라. 그들이 몰랐던 것이 있다면 소설가란 돈을 주지 않으면 거짓말을 하지 않는 족속이다. 인지에 따라 상황을 왜곡하는 습성이 있지만, 의외로 꽤나 진솔한 사람들인 것이다.

어쨌거나 원고에서 나의 심리나 추적자들과의 상황 묘사는 빠진 채 가능한 한 건조한 기술을 하는 것으로 수정되었다.

출판사 대표는 사건에 대한 다른 글을 발견하고 나서야 내게 정말 기타 넥이 있는지를 물었다. 나는 침대 밑에서 기타 넥을 찾아냈고, 불신 지옥에 빠진 이들을 구원하기 위해 기타 넥을 카메라로 찍어 보내 주었다. 돌아온 답변은 원고를 다시 수정해 달라는 요구였다.

아무렴. 그래야지.

내 컴퓨터에는 수정 전 글이 그대로 있긴 하지만 나는 되돌리지 않고 이 단락을 추가할 것이다. 이게 작가가 할 수 있는 소심한 복수니까. 그리고 사실… 톤이 튀긴 한다.

물론 고쳐야 할 내용도 있다. 위 글에서 두 가지 틀린 내용이 있으니까. 첫째로 내가 주운 건 정확히 헤드 밑에서부터 바디의 볼트 온^bolt-on 지점까지로 헤드가 없는 딱 기타의 넥이다. 둘째로 기타는 뮤직맨^Music Man의 것으로 결코 싸구려는 아니다. 뮤직맨은 양대 일렉 기타 브랜드만큼의 인지도는 없지만, 펜더의 창립주가 만든 회사로 특히 수많은 훌륭한 베이스 기타를 만들어 낸 회사다.

내가 이 두 가지를 착각하고 있었던 이유는 다른 페스티벌에서 누군가가 버린 기타의 헤드를 주웠는데ㅡ정말 온갖 걸 다 줍는다ㅡ, 그것이 펜더의 카피품이었기 때문이다. 시간이 지나면서 어딘가에서 두 기억이 뒤섞인 모양이다. 물론 그 헤드는 팬덤이 따라오지 않았으므로 집까지 들고 오지도 않았다. 가져온 기타 넥의 경우 어떤 물건인지 확인도 하지 않고 침대 밑에 처박아 뒀으므로 어느 순간부터 이것을 싸구려 카피품이라 착각하고 있었던 것이다. 사진을 찍기 위해 침대 밑 먼지 구덩이를 헤맨 뒤 메이커를 보고 깜짝 놀랐다.

'아아, 이 정도면 세 명이 따라 올 만하지….'

'Ernie Ball Music Man'이란 로고를 보고 갑자기 자존감이 살아나는 기분이었다.

출판사에서 찾아낸 글에 따르면, 내가 주운 기타는 한국 펑크록의 명반으로 꼽히는 『청년폭도 맹진가』의 제작에도 참여하고 당대 수많은 인디 밴드들의 손을 거친 한국 대중음악사에 빛나는 일종의 '전설템'인 모양이다. 그런 물건을 침대 밑에 두고 살았다니, 몸 둘 바를 모르겠다. 정말 깜짝 놀라서 사진을 찍고 다시 침대 밑에 고이 넣어 뒀다. 누군가는 먼지 구덩이라며 왜 거기에 넣어 두냐고 욕하겠지만, 목재를 위한 항온 항습에 그보다 더 좋은 공간을 우리 집에선 찾을 수 없다.

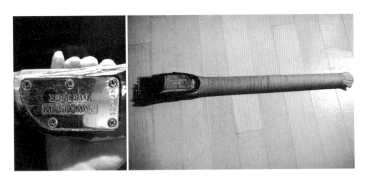

내가 주운 기타 넥은 한국 펑크록의 명반으로 꼽히는 『청년폭도 맹진가』의 제작에도 참여하고 당대 수많은 인디 밴드들의 손을 거친 한국 대중음악사에 빛나는 일종의 '전설템'인 모양이다.
ⓒ hang-book

10년째 30리터 쓰레기봉투를 사지 못했던 내 게으름에 찬사를 보내며, 이 영광을 날 쫓아왔던 차승우 씨 팬덤에게 돌리고 싶다. 그들이 아니었다면 이 역사적인 물건이 어느 지하철 역사에 버려졌으리라. 그리고 홍대에서 생활정보지 거치대를 던졌던 그분에게도. 여전히 이마에 흉터는 남아 있지만 이제는 정말 용서할 수 있을 것 같다.

　'그나저나 이걸 어떻게 한다⋯.'

OK COMPUTER

#퍼스널 컴퓨터 #아이큐 1000 #마성전설 #데이터 레코더
#Mdir #페르시아의 왕자

내가 태어난 1976년, 스티브 잡스는 스티브 워즈니악^{Steve} ^{Wozniak}과 함께 만우절에 애플컴퓨터를 창립하고, '애플 I ^{Apple I}'을 출시했다. 직접 만든 기판으로 홈브루 컴퓨터 클럽^{Homebrew Computer Club}에서 공개된 '애플 I'은 최초로 TV와 연결해 화면을 출력할 수 있는 퍼스널 컴퓨터였다. 이듬해 '애플 II'가 출시되어 최초의 일체형 상업용 퍼스널 컴퓨터의 시작을 알렸다. 우리 세대들이 PC라 불리는 퍼스널 컴퓨터와 함께 자라난 것은 어찌 보면 시대적인 운명이라 할 수 있을 것이다.

처음 PC를 본 건 1984년이었다. 물론 사진으로는 본 적이 있

'애플 II'가 출시되어 최초의 일체형 상업용 퍼스널 컴퓨터의 시작을 알렸다. 우리 세대들이 PC라 불리는 퍼스널 컴퓨터와 함께 자라난 것은 어찌 보면 시대적인 운명이라 할 수 있을 것이다.
@ wikipedia

었다. 공업고등학교 교사였던 아버지께서 방학이면 몇 주씩 각종 연수를 가시곤 했는데, 그 중 하나가 '전산학 기초' 연수였다. 그래서 우리 집에는 『포트란 프로그래밍 개론』 책이 있었다. 그 책에서 본 컴퓨터는 한국과학기술연구원의 방 하나를 가득 채우는 3단 장롱 크기의 물건이었다.

LA 올림픽으로 화끈 달아올랐던 그 해 여름, 나는 '애플'이란 이름을 처음 접했다. 어머니 친구의 남편이 지역 건설회사 사장이었는데, 어머니를 따라 간 그 집에는 세 대의 컬러텔레비전과 함께 '애플 Ⅱ 플러스'란 물건이 있었다. 정확히 말하면 '애플 Ⅱ 플러스' 호환 기종으로, 세운상가에서 만든 모조품이었다. 우리 형제보다 머리 하나가 더 큰 엄마 친구 아들은 놀러온 우리에게 「타잔Jungle Hunt」 게임을 실행시켜 주었다. 하지만 게임에 금세 빠진 형과 달리 생애 최초의 PC를 본 내 반응은 심드렁하기 그지없었다. 게임만으로 놓고 보면 모노크롬 모니터에서 점으로 그려진 「타잔」은 당시 8컬러 발색을 자랑하던 「갤러그」나 「제비우스」 같은 오락실 게임들과 비교할 바가 아니었으니까.

금방 시들해진 나는 방에서 나와 책꽂이에 꽂혀 있던 계몽사의 「소년소녀세계문학전집」 앞으로 갔다. 솔직히 컴퓨터보다 책에 놀랐다. 한 곳에 모여 있는 어린이 문학 전집은 심지어 서점에서도 보지 못했으니까. 나는 컴퓨터 따윈 잊어버리고 책을 읽었다.

이듬해에는 삼성전자에서 만든 퍼스널 컴퓨터가 교육용 컴퓨터로 선정되었다. 'SPC-1000' 시리즈가 내가 다니던 국민학교 컴퓨터실에 놓였지만, 컴퓨터실은 늘 잠겨 있었다. 당시만 해도 컴퓨터실, 독서실, 과학실 등은 장학사 방문 때만 열리는 봉인의 구역이었다. 지금 같아선 상상할 수도 없지만, 당시에는 과학 실험이란 칠판에 선생님이 그려 주는 그림이었다. 피아노는 종이 건반이었으며, 유일한 화음 악기는 풍금이었다. 부서질 것 하나 없이 나무 의자뿐인 음악실이란 곳도 보이 스카우트와 아람단 창단식 때나 열리는 곳이었다.

컴퓨터실 역시 마찬가지였는데, 설사 열렸다 해도 가르칠 선생님이 없었으므로 큰 차이가 없었다. 학교에서 받은 컴퓨터 교육을 돌이켜 보면 당시만 해도 컴퓨터가 뭔지, 그것으로 뭘 할 수 있는지에 대해 알고 있는 사람은 거의 없었던 것 같다. 그저 다들 정보화 시대가 열린다고, 또 열렸다고, 필요하다고 떠들어댈 뿐이었다. 그러니 써 보지도 못할 컴퓨터를 배울 사람도 없고 가르칠 사람도 없이 학교에 들여놓았던 것이리라.

이윽고 동네 시장 구석에 대우컴퓨터 매장이 생겼다. 누구나 와서 직접 컴퓨터를 만져 볼 수 있는 매장과 2층의 학원이 결합된 형태였는데, 긴 나무 테이블 위에는 '아이큐 1000'이 의기양양하게 놓여 있었다. 아이들은 '오~'라는 탄성을 지르며 놀러 가서 자판을 누르는 대로 찍히는 글자를 보고 잠깐 신기해 하기도 했지만, 다들 이내 시

대우퍼스컴의 '아이큐 1000' TV 광고

들해졌다. 화면에 글자가 찍히는 게 신기한 것도 한두 번이지, 길 건너 오락실에 가면 게임이 잔뜩 있는데 굳이 매장에 줄을 서서 그걸 구경할 이유는 없었다. 형과 나 역시 컴퓨터로 뭘 할 수 있는지도 몰랐지만, 일단 덮어놓고 사달라고 아버지를 졸랐다.

"컴퓨터! 컴퓨터!"

당시 컴퓨터는 어디에서나 열풍이었다. 오락실 앞에도 '콤퓨타 게임장'이라고 큼지막하게 박혀 있었고, 세탁소 앞에도 '콤퓨타 세탁'이라고 붙어 있었다. 심지어 그 무렵 데뷔한 황신혜 씨는 '컴퓨터 미인'이라 불렸다. 바야흐로 컴퓨터는 새롭고 좋은 것을 나타내는 접두어로 어디에나 붙는 최첨단의 상징이 되었다. '컴퓨터를 하면 머리가 좋아진다'는 역시나 그 근거가 불분명한 이상한 썰^{한자 '말씀 설' 자에서 유래}로 부모님을 설득했지만, 아버지 월급보다 비싼 컴퓨터를 순순히 살 순 없었다. 돈이 없다는 엄마의 말에 "그러면 할부로 사면 되지"라고 당당하게 외쳐 늘 그렇듯 매를 벌었다.

그 해 겨울, 같은 아파트 3층에 살던 친구네가 '아이큐 1000'을 구입하면서 내 주변에도 컴퓨터를 가진 사람이 처음으로 생겼다. 당시 친구의 아버지는 전화국에서 근무했는데, 닥쳐오는 정보화 시대를 대비해 자녀 교육을 위해 그 비싼 컴퓨터를 장만하기로 결심한 것이다. 친구 아버지도 컴퓨터가 뭔지 잘 모르고 구입하면서 한 가지 큰 실수를 했는데, 컴퓨터 저장 장치로 데이터 레코더를 사 오신 것이다.

아마 그 시절 컴퓨터가 없었다면 데이터 레코더가 뭔지, 왜 그 걸 실수라 하는지 이해하지 못할 것이다. 데이터 레코더를 카세트 플레이어라고 생각하면 이해하기 쉬울 것이다. 카세트테이프는 플라스틱 케이스에 담긴 마그네틱테이프를 칭하는 말로, 보통 음악을 재생하는 데 주로 쓰였다. '아이큐 1000'은 카세트 플레이어를 컴퓨터에 연결해 데이터를 담는 저장 장치로 썼다. 그러니까 당시만 해도 플로피디스크─이것도 뭔지 모르는 사람들도 있으리라─가 너무 비싸서 대중화되기 전이었고, 흔하게 테이프에 데이터를 저장했다.

하지만 이 테이프 레코더는 심각한 문제가 있었는데, 로딩 시간이 그야말로 끔찍하게 길었다. 당시 친구 녀석이 가지고 있는 게임은 「마성전설魔城伝説」뿐이었는데, 「마성전설」을 로딩하려면 무려 40여 분이나 걸렸다. 그런데 친구 부모님이 허락한 하루 컴퓨터 사용 시간은 단 한 시간이었다. 컴퓨터를 켜고 「마성전설」 테이프를 넣고 로딩을 시작한 후 40분을 기다렸다가 형, 나, 친구 셋이 게임 한 판씩 하고 나면 꺼야 했다. 아아, 누군가 초등학생을 고문하는 법을 묻는다면 나는 위의 방법을 권하겠다. 상상해 보라. 40분간 초등학생 세 명이 커서가 껌뻑이는 컴퓨터 앞에 앉아 딱지 따위를 건성으로 가지고 놀다가 우르르 달려가 게임을 하는

'SPC-1000' 시리즈가 내가 다니던 국민학교 컴퓨터실에 놓였지만, 컴퓨터실은 늘 잠겨 있었다. 당시만 해도 컴퓨터실, 독서실, 과학실 등은 장학사 방문 때만 열리는 봉인의 구역이었다.
ⓒ 1959cadillac

모습을.

다행히 자녀의 정보화 시대 교육을 걱정하시던 친구 아버지는 로딩에 고통 받는 모습을 보고 생일 선물로 「꿈대륙 어드벤처^{일명}'몽대륙' 또는 '꿈의 대륙'」 롬 카트리지를 사 주셨다. 흔히 게임팩이라 칭해지던 롬 카트리지는 요즘으로 치면 읽기 전용 USB 메모리 같은 것이었다. 확장 슬롯에 롬 카트리지를 꽂고 전원을 켜면 바로 게임이 실행되는, 데이터 레코더 따위와는 비교할 수 없는 그야말로 신박한 물건이었다. 덕분에 우리는 로딩 지옥에서 해방될 수 있었다. 더구나 「몽대륙」으로 말하면 MSX1 시절 최고의 걸작 게임 중 하나였다. 하지만 의외로 플레이 시간은 전혀 늘지 않았는데, 컴퓨터에 무관심하던 친구의 두 여동생도 게임을 하기 위한 대기열에 합류했던 덕에 한 시간의 사용 시간이 부족했던 것이다. 귀여운 펭귄이 여자 친구를 구하기 위해 남극 대륙을 가로지르는 「몽대륙」은 남녀노소 누구나 좋아할 만한 게임이었다. 그래도 검은 화면에 깜빡이는 커서 대신 남이 하는 플레이 화면이라도 볼 수 있으니 천지가 개벽하는 경험이었다. 하지만 언어 하는 게임이었고, 언제까지 놀러 가서 그 집 컴퓨터를 차지하고 있을 수도 없는 노릇이었다. 자연히 발길이 뜸해질 수밖에.

이처럼 도도하게 몰려오는 정보화의 물결 속에서 드디어 6학년 때 처음으로 학교에 컴퓨터 수업이 생겼다. '대우 아이큐 1000'으로 베이직이라는 걸 배우는 과목이었는데, 지금으로 따지면 일종의 코딩 교육이라 할 만했다. 문제는 베이직이라는 것으로 할 수 있는 것도 많지 않았고—느린 컴퓨터와 느린 언어의 조합이라 할 수 있는 게 없었다—, 무엇을 목표로 어떻게 가르쳐야 할 것인가 하는 커리큘럼도 제대로 없었다.

베이직이 쉽다는 말도 영어권 아이들을 대상으로 그렇다는 것이지, 아직 알파벳도 제대로 모르는 아이들에게는 영어 단어로 된 베이직이 그야말로 이중고 그 자체였다. 당시에 영어는 중학생들이나 배우는 것이었다. 따라서 컴퓨터 수업은 아이들이 컴퓨터를 만져볼 수 있다는 것 외에는 아무런 의미가 없는 시간이었다. 커리큘럼이라는 게 에니악에서 시작하는 컴퓨터의 역사를 두 시간쯤 배우고, 베이직 명령어를 등사로 프린트하여 쭉 뽑아 놓고 달달 외운 후 그걸 컴퓨터에 입력해 외운 대로 실행되는지 확인하는 식이었다. 이를 통해 배울 수 있었던 건 컴퓨터에 명령어를 입력할 때 띄어쓰기라도 틀리면 에러가 난다는 것뿐이었다. 이 쓸모없는 베이직을 중학교를 지나 심지어 고1까지 배워야 했다.

고등학생이 되자 학력고사에 나오지 않는 컴퓨터 수업이 쓸모없다는 걸 다들 알고 있었기에 그 시간에는 소리를 꺼 놓고 게임을 했다. 수업 중 가장 뒷자리에 앉아 모니터를 보면 일명 'NBA 농구'라 불리던 「레이커스 vs 셀틱스 Lakers vs Celtics and the NBA Playoffs」라는 농구 게임을 하는 친구들의 뒤통수를 볼 수 있었다. 그야말로 모니터별로 각종 게임의 대향연이 펼쳐지는 오락 시간이 컴퓨터 수업 시간이었다.

우리 집 첫 컴퓨터는 '삼보 트라이젬 88+'로 IBM 호환 XT 기종이었다. 640킬로바이트의 램에 5.25인치 플로피디스크 드라이브와 20메가 하드디스크가 달린, 당시 기준으로는 꽤 높은 사양의 물건이었다. 흰색의 철제 케이스에 12인치 단색 글씨로 보여 주던 모노크롬 모니터, 그래픽 장치로는 허큘리스 카드가 달려 있으며, 운영체제는 「도스 MS-DOS」였다. 이 컴퓨터의 백미는 의외로 키보드였다. 알프스 アルプス電気株式会社의 오리지널 스위치 키보드는 꽤 귀한 물건으로, 어쩌면 지금 중고가로 팔아도 당시 샀던 컴퓨

터 가격보다 비쌀지 모르겠다. 기계식 키보드 스위치의 명가였던 알프스가 도산해 사라졌기 때문이다. 키보드 마니아들이 사라진 전설의 알프스 스위치를 찾아 헤매는 이유가 있는데, 철컹거리며 입력되는 키 감이 무척이나 인상적이기 때문이다. 이때 산 물건들 가운데 가장 오래 쓴 것도 이 키보드였다.

컴퓨터가 생긴 덕에 나는 시에라 온라인Sierra On-Line의 명령어 입력식 어드벤처 게임으로 영어의 동사들을 처음 배웠고, 루카스 아츠LucasArts의 어드벤처 게임으로 영어 지시문의 기본 형식을 배웠다. 수년간 주당 한 시간씩 해야 했던 베이직 교육보다 오히려 게임에 대한 욕망이 실제 프로그래밍이라는 걸 하도록 동기를 부여했다. 640킬로바이트의 램 용량의 제약 때문에 게임을 실행하려면 램 관리라는 걸 해야 했다. 덕분에 당시 컴퓨터 세대라면 누구나 알고 있을 'AUTOEXEC.BAT'-시스템 시작 시 자동 실행을 도와주는 시스템 파일-라는 배치 파일을 「도스」 명령어로 직접 작성해야 했다.

640킬로바이트라는 지금은 상상할 수 없을 만큼 작은 용량에 마우스 드라이버와 한글 폰트, 그리고 게임을 하기 위한 SIMCGA-허큘리스 카드에서 CGA 그래픽 게임을 실행해 주는 에뮬레이터-라는 걸 집어넣어야 했다. 원래 허큘리스는 단색 카드라 할 수 있는 게임이 한정적이었는데, 4색 발색이 가능한 CGA 카드를 모노 패턴으로 흉내 내는 물건이 SIMCGA였다. 게임을 하려면 보통 512~620킬로바이트 사이의 용량을 남겨야 했는데, 로딩 순서와 추가 명령어에 따라 남는 메모리의 용량이 바뀌었다. 그래서 시행착오를 반복해 가면서 메모지를 컴퓨터 옆에 놓고 남는 용량을 계산한 후 파일을 만들어야 했다. 이 삽질은 후에 「윈도우」에서도 「도스」의 확장 메모리 제약이 사라질 때까지 계속해야 했는데, 640킬로바이트 이상의 메모리를 인식할 수 있게 386 확장 모드라는 걸 굴리기 위해서는 파일 작성이 점점 복잡해질 수밖에 없었다. 더구나 주변기기까지 달면 작성해야 하는 드라이버 목록은 점점 늘어났다.

하지만 진짜 골치 아픈 건 일본의 미연시−'미소녀 연애 시뮬레이션'의 줄임말− 게임을 실행할 때였다. 실행을 위해선 2바이트 문자인 한자나 일본어를 사용할 수 있도록 해 주는 「도스 V$^{DOS/V}$」라는 일본에서 만든 괴상한 「도스」로 실행하거나 「MS−DOS」용 일본어 폰트를 실행해야 했다. 헌데 이 일본어 폰트라는 게 한자가 들어 있는 탓에 메모리를 잡아먹는 주범이었다. 하지만 사춘기 청소년에게 야게임−일본의 성인용 미소녀 게임−이라는 건 불가능을 가능케 하는 존재였다. 한참을 헤맨 끝에 마우스 드라이버의 메모리 점유율을 1킬로바이트로 줄여 주는 통합 드라이버라는 물건을 찾아내 새로운 'AUTOEXEC.BAT'를 작성하는 것으로 이 문제를 해결했다.

　다음으로 추가한 장비는 내장형 모뎀이었다. 그런데 정작 PC 통신을 하기 위한 계정이 없어서 친구 녀석의 하이텔과 천리안 ID를 빌려 썼다. 초반에는 BBS^{Bulletin Board System, '게시판'이라는 뜻의 약어}에 가도 사람들이 거의 없었고, 빌려 쓰는 계정이라 글 따위도 쓸 수 없었기에 들어가 봐야 할 일이 별로 없었다. 경북대생들이 만든 PC 통신 프로그램인 「하늘소」를 켜 게시판에 접속해서 누군가가 쓴 글을 읽어 보긴 했지만, 그 과정 자체가 신기해서 해 본 일이었고 그다지 재밌지도 않았다. 가끔 통신요금으로 몇 십만 원이 나와 어머니에게 알몸으로 쫓겨났다는 괴담이 흔했던 탓에 내게 PC통신은 늘 조심스러울 수밖에 없었다. 따라서 처음 접한 온라인은 무언가를 할 수 있는 공간이라기보다 무언가를 묻는 공간이었다.

　매달 나오는 『컴퓨터 학습』이란 잡지를 제외하고 『마이크로 소프트웨어^{Micro Software}』란 잡지가 하나 더 있었지만, 전공자가 아니면 이해하기 힘든 내용을 담고 있었다. 당시 「도스」 운영체제는 일일이 명령어를 외워서 입력해야 했고, 알 수 없는 영어 문장으로 나오는 출력 결과를 통해 무슨 일이 일어나는지 유추해야 했던 거대한 미지의 기계였으니까. 아이콘만 클릭하면 돌아가는 지금과는 완전히 다른 세상이었다. 컴맹이라는 말이 어색하지 않았던 게, 「도스」의 원리와 명령어를 모른다면 컴퓨터 앞에서 눈뜬장님이나 다름없었던 것이다.

물론 맹인이나 다름없는 라이트 유저들을 위한 툴이 있었다. 대표적인 것이 「PC 툴즈PC Tools」라는 물건이었다. 일종의 「도스」용 종합 유틸리티 팩으로, 하드디스크 파킹 – 하드디스크의 헤드를 플래터로부터 떨어지게 하는 명령인데, 지금은 모든 하드디스크가 자동 파킹이 되지만 당시에는 컴퓨터를 끌 때마다 실행해야 했다 – 명령부터 디렉토리 관리, 디스크 에러 수정 같은 다양한 기능이 있었다. 하지만 「PC 툴즈」가 무엇보다 중요했던 건 파일의 아스키ASCII 코드 값에 접근할 수 있다는 것 때문이었다. 부트 섹터boot sector 접근부터 세이브 파일save file의 헥사 코드Hexa code에 접근하는 등 많은 것을 할 수 있었다. 쉽게 말해 게임의 데이터를 조작해 원하는 대로 바꿀 수 있다는 말이다. 너무 어려운 게임의 세이브 파일을 고칠 때 많이들 사용했는데, 정작 나는 그런 목적으로 써 본 적은 없는 것 같다. 당시만 해도 할 수 있는 게임을 구하는 일은 꽤나 수월치 않은 일이었기에 게임이 아무리 어려워도 끈질기게 매달렸었다.

다만 미연시 게임에서 오마케おまけ. 원래 '경품'이나 '덤'을 이르는 말 파일을 생성하기 위해 「PC 툴즈」를 사용했던 적은 있다. 오마케 파일이란 야게임에서 모든 공략이 완료된 상태의 세이브 파일을 말하는데, 야한 장면을 볼 수 있는 갤러리 모드가 활성화되기 때문에 일본어를 모르는 내게는 꽤나 중요한 일이었다. 「Mdir」이라는 희대

「도스」의 기본 명령어에 익숙하지 않으면 무슨 파일이 있는지, 실행 파일이 어떤 것인지 전혀 알 수 없었다. 그런데 이 모든 일을 방향키만으로 가능하게 한 것이 바로 「Mdir」이었다.

의 디렉토리 관리 유틸리티가 나오기 전까지 「PC 툴즈」는 「노턴 유틸리티Norton Utility」와 함께 「도스」 유저들에게 가장 중요한 프로그램이었다.

컴맹인 여자 친구를 위해 만들었다는 「Mdir」은 수많은 컴맹들을 구원해 준 프로그램이었다. 당시만 해도 디렉토리의 트리 구조는 「노턴 유틸리티」 같은 툴이 없으면 당연히 볼 수 없는 것이었다. 「도스」의 기본 명령어에 익숙하지 않으면 무슨 파일이 있는지, 실행 파일이 어떤 것인지 전혀 알 수 없었다. 그런데 이 모든 일을 방향키만으로 가능하게 한 것이 바로 「Mdir」이었다. 물론 더 막강한 기능을 지원하는 「노턴 유틸리티」가 있긴 했지만, 훨씬 가벼운 무게로―「노턴 유틸리티」는 많은 리소스를 요구했다― 모든 사람들이 원하는 가려운 곳을 정확히 긁어 줬다. 여담이지만, 컴맹인 여자 친구와는 결혼을 했고 한때 그 개발자가 치킨을 튀기고 있다는 게 알려지면서 개발자의 치킨 수렴론―프로그램 개발자는 경력이 어떻든지 간에 결국 닭을 튀기게 된다―의 가장 큰 증거로 꼽혔었다.

컴퓨터는 지금까지 없었던 새로운 기계였다.「로터스 1-2-3」
*으로 스프레드시트를 만들 수 있었고, 워드프로세서로 글도 쓸
수 있었고, 모뎀으로 통신도 할 수 있었으며, 데이터들을 자동으
로 정리하고 화면 속 글자들을 출력해 주었다. 하지만 이런 기능
조차 아직은 본격적인 기능 확장을 위한 전조에 지나지 않았다.
컴퓨터는 수없이 많은 훌륭한 기능과 능력을 보여줄 수 있는 기계
였지만, 결국 나의 가장 큰 사용 목적은 게임이었다. 불법 복제한
게임을 열 장들이 5.25인치 디스켓 박스에 담아 친구끼리 돌아가
면서 하고 싶어서 컴퓨터를 그토록 원했던 것이다.

고전 컴퓨터 게임「페르
시아의 왕자」

우리는「페르시아의 왕자 Prince of Persia」가 되어 납치된
공주를 찾아 함정으로 가득 찬 미로를 가로지르고,「삼
국지」의 영주가 되어 천하를 논했으며,「울티마6 Ultima VI」
에서는 문스톤 Moon-stone으로 만든 포털 Portal을 타고 가고
일 gargoyles과 분쟁중인 브리타니아 Britannia를 모험하고, 돌이 된 공주
를 깨우러 성지 젤리아드 Zeliard의 지하를 탐험했으며,「래리 Leisure Suit
Larry」에서는 38세의 동정남 래리-색골에 난봉꾼이지만 1편에서
는 38세까지 엄마랑 살면서 그때까지 동정이었던 캐릭터다. 어머

* 1983년에 개발된 표 계산용 스프레드시트 소프트웨어. 오늘날 마이크로소프트의「엑셀」
로 대부분 대체되었다.

니가 무능한 아들을 버리고 도망갔기에 싸구려 호텔에서 무슨 수를 써서라도 동정을 떼려고 노력하는 인물이었다. 아아⋯─와 함께 밤의 라스베이거스를 방황했다. 5.25인치의 플로피 디스켓에 도트로 찍힌 단색의 세상에서는 지금까지 경험해 보지 못한 세계가 기다리고 있었다. 12인치 모노크롬 모니터 앞에 앉아 비프 음으로 된 음악을 들으며, 우리는 그렇게 다른 세상으로 여행을 떠났다.

돌이켜 보면 그 비싼 기계를 사서 했던 일 치고는 참 쓸데없는 짓이었다. 어른이 된 후 생각해 보면 자식으로서 저지른 가장 큰 불효 중 하나가 부모님께 컴퓨터를 사달라고 한 것이 아닐까 하는 생각이 들 지경이다. 당시 내가 가지고 있던 컴퓨터의 성능이라면 아폴로 우주선을 달까지 보낼 수 있었고, 제2차 세계대전의 향방을 바꿀 수 있었으며 ─독일의 암호기인 에니그마Enigma를 해독했던 튜링Alan Turing의 계산기보다 월등한 컴퓨팅 파워를 자랑했다─, 지하철 1호선의 신호 시스템을 자동으로 만들 수 있었다. 그런데 우리가 한 일은 고작 도트 몇 개에 의미를 부여하며 미친 듯 키보드를 눌러댄 것이 고작이었다. 돌아서면 지나가 버릴 즐거움을 위해서 말이다.

그렇기에 정녕 대단한 기계였다. 실리콘과 게르마늄, 구리, 약간의 철과 플라스틱에 전기를 연결하는 것으로 한 아이로 하여금 새로운 세계를 꿈꾸고 울고 웃게 할 수 있는 장치였던 것이다.

용던 앤 드래곤

#용산 전자상가 #애드립 카드 #워크맨 #땡비 #용던

@ wikipedia

1989년 우리나라에서 공식적인 교육용 컴퓨터로 선정된 IBM 호환 기종은 몇 가지 특징이 있었다. 16비트 CPU를 채택하고 있었으며, 시리얼과 패러럴 포트가 있었고, 8개의 확장 슬롯이 있었다. 그리고 메인보드와 CPU, 램과 그래픽 카드 등의 부품을 합쳐 자가 조립이 가능한 모듈형 구조를 채택한 컴퓨터였다.

지금 기준으로 봐도 많은 편인 8개의 확장 슬롯−같은 시기 MSX는 고작 1개의 롬 카트리지 슬롯이 있었다−에 부품을 달면 새로운 기능을 추가할 수 있는 놀라운 컴퓨터였다. 컴퓨터를 산 이듬해에 풍문처럼 '애드립 카드'*에 대한 소식이 들려오기 시작했다. 이걸 달면 컴퓨터에서 음악이 나온다는 소문이었다. 당시 컴퓨터는 '삐'와 '빽' 같은 비프음밖에 내지 못했다. 게임 같은 걸 실행시키면 음악

애드리브 뮤직 신디사이저 카드에 대한 리뷰

---

* 애드리브 뮤직 신디사이저 카드AdLib Music Synthesizer Card로 통칭 '애드립 카드'로 알려져 있다. FM 규격의 음향을 재생하여 당시 컴퓨터의 빈약한 음향 재생 기능을 보완했다.

애드리브 카드를 달면 9채널의 전
자음을 낼 수 있었다. 세상에! 이
걸 달면 게임 속에서 배경음악이
라는 걸 들을 수 있었다.
@ wikipedia

이 '삑삐삑삐 삑삐비' 하는 식으로 나왔는데, 저 소리가 음악이라
는 걸 이해하려면 약간의 상상력이 필요했다. 물론 음에는 장단과
약간의 고저가 있었지만, 음악이라고 하기에는 귀에 매우 거슬리
는 소리였다. 하지만 애드리브 카드를 달면 9채널의 전자음을 낼
수 있었다. 세상에! 이걸 달면 게임 속에서 배경음악이라는 걸 들
을 수 있었다. 친구 집에 가서 애드리브 카드의 위대함을 몸소 영
접한 나는 당장 형과 함께 명절 용돈을 모았다. 그리고 명절 다음
날 친구들과 함께 용산으로 머나먼 여행을 떠났다.

당시 컴퓨터 부품은 크게 두 곳에서 취급했는데, 하나는 전통
적인 강자였던 세운상가였다. 우리나라 최초의 주상 복합 건물이
었다는 세운상가는 1980년대 후반에 이미 건축된 지 20년이 지
나면서 빠르게 슬럼화되고 있었다. 요즘이라면 20년 된 건물이
노령화되었다고 보기도 힘들 테지만, 1980년대 후반의 서울은 새

로운 건물들이 도심에서 죽순처럼 자라나던 시절이었다. 새롭게 대두된 강남권이 새로운 도심으로 각광을 받고 있었고, 전자상가의 상당수가 용산으로 이전하면서 한때 탱크도 만들 수 있다던 세운상가는 우리 또래에게 야동 비디오테이프를 사러 가는 곳 정도로 위상이 하락해 있었다. 이는 1989년 교육용 컴퓨터 선정과도 무관하지 않았는데, 세운상가에 있던 컴퓨터 상점들이 주로 '애플 Ⅱ' 호환 기종과 MSX를 취급하고 있던 8비트 중심의 매장들이었다. 따라서 IBM 호환 기종 유저들은 용산에 둥지를 튼 터미널상가, 나진상가, 선인상가, 전자랜드 등 신 상권으로 자연스럽게 모여들었다.

정확히 기억나지 않지만, 애드리브 카드를 사기 위해 떠났던 첫 원정은 비교적 성공적이었던 모양이다. 어떤 나쁜 기억도 남아 있지 않으니까. 오히려 돌아와서 컴퓨터를 뜯고 카드를 설치하던 순간이 기억난다. 온 가족에 내 주위를 빙 둘러서서 웬만하면 뜯지 말라는 걱정스러운 표정으로 날 바라보고 있었다. 어머니는 한 번 더 생각해 보라고 하셨고, 형은 문제가 생기면 네가 책임지라고 했다. 아버지의 몇 달치 월급에 해당하는 물건이었다. 내가 책임질 수 있을 리 없었다. 하지만 세상 두려움을 모른다는 중2였기에 나는 자신 있게 컴퓨터를 분해했다. 그리고 의외로 단출한 구성에 깜짝 놀랐다. 세상에, 이 정도면 나도 조립할 수 있겠는데? 그렇게 애드리브 카드를 꽂았고, 게임에서는 활기찬 화음이 흘러나왔다. 가족들은 마치 날 컴퓨터 신동이라도 되는 양 바라보았다. 아버지는 컴퓨터를 사 준 보람을 느끼는 듯했고, 어머니는 나중에 전산학과에 가라고 하셨다. 내가 한 일로 말하자면 그냥 컴퓨터를 뜯어 확장 슬롯에 애드리브 카드를 꽂고 선 하나를 연결했을 뿐이다.

어쨌든 이 일을 계기로 자신감을 얻은 나는 용산 전자상가에 뻔질나게 드나들기 시작했다. 디스크도 필요했고 마우스도 사야 했으며, 모니터에 달 보안경 – 당시 모니터를 보면 전자파가 나와 눈이 나빠진다는 뉴스 때문에 보안경을 다는 건 상식이었다 – 도 필요했다. 용산에서는 이런 주변기기의 가격이 월등히 쌌다. 그리고 당시 학생들의 워너비 아이템인 소니 워크맨^{Walkman}을 사려면 공략해야 할 던전이 바로 용산이었다.

학생들 사이에 용산이 던전^{줄여서 '용던'}이라고 불리는 이유가 있었다. 일제 워크맨을 싸게 구할 수 있는 몇 안 되는 곳이었지만, 호객과 강매, 바가지에 부품 빼돌리기, 불량품 떠넘기기까지 학생들이 경험할 수 있는 최악의 상거래 조건은 모두 갖춘 그야말로 인외마경^{人外魔境} 같은 곳이었다. 공략하는 길은 보통 두 가지 코스 – 물론 실제로는 훨씬 더 많았다 – 가 있었다. 대개 초심자와 숙련자 코스로 나뉘었고, 특이하게 초심자 코스가 숙련자 쪽보다 난이도

전자랜드와 터미널상가에는 주로 소매상가가 운집해 있었다. 뺀지르르한 외관과는 달리 호객, 강매, 바가지의 3단 콤보를 갖춘 곳으로 순진한 중고등학생들이나 기계치인 성인 그리고 심약한 여성들이 주로 희생자가 되기 일쑤였다.
ⓒ newsbank

가 월등하게 높았다.

초심자 코스는 지하철 1호선 용산역에서 긴 통로를 지나 터미널상가를 거쳐서 용산에 입성하는 방법이다. 보통 용산역과 터미널상가가 이어진 통로를 지나면서부터 강매 대미지damage를 입기 시작해서 '용팔이'라 불리는 호객꾼으로 인해 좀처럼 앞으로 전진할 수 없었다. 그래서 대부분 초심자들은 당시 용산에서 비공식적으로 물가가 가장 비쌌던 터미널상가에 발목이 잡혀 바가지를 쓰기 일쑤였다. 전자랜드와 터미널상가에는 주로 소매상가가 운집해 있었다. 뺀지르르한 외관과는 달리 호객, 강매, 바가지의 3단 콤보를 갖춘 곳으로 순진한 중고등학생들이나 기계치인 성인 그리고 심약한 여성들이 주로 희생자가 되기 일쑤였다.

하지만 접근성이 제일 좋은 곳이어서 피해자는 줄지 않았다. 용산에 자주 오는 레벨 업 된 구매자라면 터미널상가에서는 이어 폰을 꽂고 오직 앞만 보면서 빠른 걸음으로 에스컬레이터까지 가서 노상 주차장과 연결된 구름다리로 빠르게 빠져나가는 것이 유일한 공략법이었다. 숙련된 유저도 터미널상가에 올 수밖에 없는 경우가 종종 있었는데, 국내 정식 수입이 되지 않은 게임들의 미국판을 판매하는 매장이 몇 군데 있었기 때문이다. 나중에 「KBS 뉴스 9」에서 용산의 실태라며 방영된 "손님 맞을래요" 사건이 터지면서 사실상 터미널 상권 자체가 사라져 버리고, 가장 먼저 재개발되는 영광을 누리게 되었다.

「KBS 뉴스 9」에서 용산의 실태로 방영된 "손님 맞을래요" 사건

그나마 나은 숙련자 코스는 바로 4호선 신용산역에서 내려 선인상가 방면 굴다리로 진입하는 길이었다. 이 길은 당시 하이텔 사람들에게 용산의 마스코트이자 수호신으로 사랑받던 땡비의 버프^{buff}-게임에서 능력치를 올려주는 축복-를 받을 수 있었다. 땡비는 굴다리 옆 분식점 앞을 지키는 엄청나게 비만인 잡종 개인데, 실제 주인은 골목의 호프집 아저씨였다고 한다. 아마 호프집 영업이 없는 낮이면 옆 분식집과 땅콩 가게 아줌마가 먹을 것을 주어 그 자리를 지켰을 것으로 추정된다. 하이텔 사람들 사이에선 땡비를 보면 바가지를 쓰지 않는다는 말이 신탁처럼 내려왔다.

용산의 마스코트이자 수호신
으로 사랑받던 땡비의 버프를
받을 수 있었다.
© babylove500

나중에 땡비가 죽고 뉴스에 기사까지 나왔는데, 그 기사에 따르면 바나나맛우유와 커피를 사랑했던 17세의 노견이었다고 한다. 당시 만렙滿과 'level' 합성어로 최대 레벨의 드래곤이나 다름없는 용팔이들과 싸우러 가는 중고딩들의 심장은 가뜩이나 두 근 반 세 근 반 하기 마련인데, 땡비를 보면 신탁이 떠올라 자신감을 가지고 거래에 임할 수 있었다. 따라서 숙련자 코스인 굴다리에 입성하며 땡비를 보았는지의 여부는 그날의 거래운을 점치는 나름의 의식 같은 것이었다.

굴다리에 들어서면 복제한 음란물을 파는 아저씨와 라이터나 성인용품, 중고 부품을 늘어놓고 파는 노점상들이 있었다. 이들을 지나 선인상가와 나진상가 방면으로 진입할 수 있었다. 여기에 초심자 코스보다 위험한 난입 이벤트가 하나 존재하긴 했는데, 가끔 강도단—불량학생들—이 나타나 뒷덜미를 잡고 "야, 친한 척 해"나

"뒤져서 주머니에서 돈 나오면 1원에 한 대다"를 시전하곤 했다.

이 선인과 나진은 주로 도매상들이 위치한 상가라 그나마 바가지나 호객 행위가 덜했다. 또 복도와 가게가 분리된 구조라 전문 호객꾼들이 없어 터무니없는 가격으로 제품을 산다거나 부품 빼돌리기에 당할 가능성도 적었다—당연히 들어 있는 충전지나 충전기를 별매라며 강매하는 일이 당시에는 매우 흔했다—. 무엇보다 도깨비상가에 들러서 덤핑 소프트웨어나 간단한 컴퓨터 소모품 같은 것을 사면서 앞으로 치를 대전을 위한 마음의 준비를 할 수 있었다. 따라서 용산에 어떻게 가느냐는 단순한 경로의 문제가 아니라 어떤 물건을 어떤 가격에 사 오느냐가 달린 아주 중요한 문제였다.

용던의 공포를 처음 깨달은 것은 중3 여름에 워크맨을 사러 간 길이었다. 당연히 혼자 가면 영혼까지 털릴 것을 알고 있었기에 용산에서 충분히 레벨업 된 친구와 함께 용던 공략에 나섰다. 우리는 초심자 코스로 진입했는데, 당시 안양에 살았던 우리에게 신용산역 코스는 너무 돌아가는 길이었으므로 선택의 여지가 없었다. 터미널상가를 통해 진입한 우리는 무시 스킬을 시전하며 호객하는 용팔이들의 공격을 피했는데, 친구가 길 막기를 시전하는 호객꾼에게 잡힐 뻔한 위기를 피하면서 무사히 터미널상가를 탈출할 수 있었다. 나진상가가 더 싸다는 건 알고 있었지만, 도매상 특유의 어두운 분위기와 불친절한 태도 때문에 우리는 호랑이 입이

나 다름없는 전자랜드로 갈 수밖에 없었다.

별다른 공략 스킬은 없었다. 후보 모델을 몇 가지 정한 후 매장을 돌아다니며 계속 가격을 물어보는 수밖에…. 쪼렙^{낮은 레벨을 뜻하는 게임 속어}도 할 수 있다는, 이른바 발품이라는 가장 단순하고 확실한 방법이었다. 두 시간여를 매장이란 매장은 다 돌아다닌 끝에 나는 애초에 목표로 했던 소니가 아닌 파나소닉 카세트를 사기로 했다. 기억나진 않지만, 원래 사려던 모델에는 없는 리모콘과 함께 베이스 부스트^{bass boost} 기능이 들어 있는 신형이었기에 고심 끝에 결정했다.

일단 물건을 사기로 하자, 용팔이 아저씨는 보스 몬스터답게 18번 스킬을 자연스럽게 시전했다.

"아, 충전지랑 충전기는 별매인 거 알지?"

레벨업 된 친구가 그럴 줄 알고 기다렸다는 듯 나를 보며 반격기-상대의 공격을 반격하여 역으로 데미지를 주는 기술-를 날렸다.

"그래요? 가자!"

전부 다 받기 전엔 절대 돈을 주지 말라는 친구의 당부를 돌이키면서 주머니에 있는 돈을 움켜쥔 채, 나는 두 사람의 대결을 지켜보았다. 잠시 노려보던 아저씨는 갑자기 쿨한 표정으로 이렇게 답했다.

"그래? 에이, 기분이다. 그냥 줄게."

당연히 원래 포함된 부속품이니까 줘야 했지만, 물정 모르는 나는 고개를 꾸벅하고 인사했다.

"감사합니다."

물건을 사면서 그렇게 힘들고 피곤할 수 있다는 걸 그날 처음 깨달았다. 용자들에겐 그런 흥정이 즐겁고 스릴 넘치겠지만, 나는 쫄보였다. 용산에 직접 가는 일은 정말이지, 내키지 않는 고난이었다. 그런 면에서 용산의 몰락은 이미 예정되어 있었던 것이나 다름없지 않을까? 나뿐 아니라 대다수 고객들에게 용산 방문의 경험은 불쾌한 기억만 남기는 일이었다. 시간이 갈수록 악명은 높아져 돈을 더 주더라도 가전 대리점이나 하이마트에서 사는 게

한때 우리나라의 전자 제품과 부품, 서브컬처를 망라하면서 한국의 아키하바라라 불렸던 용산의 상권은 세기가 바뀌자 그렇게 빠르게 붕괴했다. 서브컬처와 게임은 강남에 있는 국제전자센터에 그 패권을 빼앗겼고, 나머지는 전자상거래 업체들의 공세를 버티지 못했다.
ⓒ newsbank

낫다는 친구들까지 등장했다. 한때 우리나라의 전자 제품과 부품, 서브컬처를 망라하면서 한국의 아키하바라あきはばら라 불렸던 용산의 상권은 세기가 바뀌자 그렇게 빠르게 붕괴했다. 서브컬처와 게임은 강남에 있는 국제전자센터에 그 패권을 빼앗겼고, 나머지는 전자상거래 업체들의 공세를 버티지 못했다. 물론 전자상거래 업체의 상당수가 여전히 용산에 자리 잡고 있지만 말이다.

그럼에도 없는 용돈으로 컴퓨터와 각종 부품을 질러야 했던 우리 같은 양민들은 발품을 팔아가며 용던 공략에 나서는 수밖에 없었다. 그런 우리에게 유일한 공략집이라 할 만한 희망은 "컴퓨터 부품 사야 하는데, 도와주세요"란 글에 추천할 만한 가게를 댓글을 달아 주던 PC통신 유저들이었다. 월말 결제일—이때 가면 싸게 살 가능성이 높았다—, 총판, 믿을 만한 도매상 등에 관한 정보들이 꾸준히 업데이트 되었다. 바야흐로 온라인 세상이었고, 용산이라는 무서운 던전 공략을 위해 최초의 집단지성이 힘을 발하는 순간이었다.

11

접속

#PC통신 #하이텔 #퇴마록 #스타크래프트 #넷츠고 #영퀴방

#싸이월드 #프리챌

© champ76

밤 11시가 넘으면 가래 끓는 소리와 함께 PC통신에 접속했다. 당시 모뎀의 접속음은 이랬다.

'뚜뚜뚜뚜우뚜… 따르르릉 따르릉… 띠… 띠…띠이이이이이…띠이이…이 으으…으으으… 크으으으 카르카아아아아악'

처음 들어간 PC통신은 신기한 공간이었다. 전부 존댓말을 썼고, '누구 님'이라 부르며 생면부지의 사람들이 서로 살갑게 굴었으니까. 처음 PC통신에서 한 일이라곤 유머 게시판에 가서 낄낄거리거나 BBS에서 연재되던 소설을 보는 정도였다. 당시 PC통신은 장르소설의 해방구였다. 등단이라는 문단의 폐쇄적인 시스템 탓에 수면 위로 올라올 수 없었던 장르소설들이 통신이라는 새로운 환경을 만나 화려하게 꽃피웠다. 대본소용 양산 소설 외에는 출판할 길이 거의 없던, 척박한 장르소설계에서 나름 물꼬가 트인 사건이었다.

1990년대 중후반, PC통신에서는 다양한 장르소설들이 나와 당시 우후죽순처럼 생겨나던 도서 대여점의 책꽂이를 차지했다.

『퇴마록』부터 『드래곤 라자』 『데프콘』까지 온갖 통신소설들이 서점의 베스트셀러 코너 한구석을 차지했다. 장르소설 분야에서는 온라인과 오프라인 모두 안정적인 시장이 갖춰진 첫 번째 황금기였던 셈이다. 물론 나는 이 소설들을 주로 친구에게 빌려서 봤다. 일일이 갈무리해서 보는 일은 너무나도 귀찮고, 또 돈이 드는 일이었기 때문이다. 당시 PC통신 요금은 전화 요금과 같은 가격이었다. 1997년 심야정액제가 생기기 전까지 심야 할인을 받는 정도가 싸게 PC통신을 사용하는 방법이었다. 따라서 쓸데없이 통신 세계에서 오래 어슬렁거리는 일은 등짝에 엄마 손 모양의 불이 나는 걸 자초하는 일이었다.

그 외에 하는 일이라곤 당시 남자라면 누구나 파일 하나쯤은 가지고 있었던 비비안 수나 미야자와 리에의 사진을 사설 BBS에 접속해 다운 받는 정도였다. 당시만 해도 통신 속도가 느려서 게임 같은 걸 받으려면 하루 종일 켜 두어야 했다. 전화 요금을 생각하면 차라리 돈 주고 사는 게 나을 지경이었다. 그러니 모뎀이라는 걸 달고 나서 전화 요금이 3천 원 늘었다고 구박 받는 내게는 언감생심 할 수 없는 짓이었다. 그래도 여기저기 싸돌아다니며 눈팅-인터넷 커뮤니티 등에서 어떤 활동을 하지 않고 묵묵히 구경만 하는 사람들을 가리키는 말-엔 나름 열심이었으므로 당시 통신 서비스별로 대략적인 분위기 같은 건 희미하게 기억하고 있다.

하이텔은 늘 북적북적한 분위기였고, 소설부터 유머까지 온갖 글들이 다양하게 올라왔다. 천리안은 유료인 탓에 접속할 때마다 지뢰밭을 걷는 심정으로 조심조심 들어갈 수밖에 없었지만, 나름 자료실에는 꽤 쓸 만한 것들이 많았다. 반 친구 하나는 두 곳의 성향을 한 문장으로 정리했는데, "게임 공략을 보려면 하이텔에 가고, 게임을 구하려면 천리안에 가라"고 충고해 주었다. 당시 나우누리는 양대 BBS에 비하면 밀리는 감이 없지 않았는데, 전체적으로 후속 주자답게 게시판 관리에 신경을 쓰고 피드백도 빠른 편이었다. 그래서 그런지 동호회 게시판에는 나름 끈끈함 같은 것이 있었다. 물론 나는 그런 살가운 모습이 영 불편하게 느껴졌지만 말이다.

재밌는 건 이후 인터넷에서 벌어질 수많은 사건과 부작용들이 이때부터 나타나기 시작했다는 점이다. 가끔 비슷한 연배들 중 인터넷은 몹쓸 공간이고 PC통신 시절이 좋았다는 사람들을 보게 되는데, 대체 뭐가 그렇다는 것인가 싶다. 당시가 좋았다고 할 만한 것이라곤 다들 존대를 썼다는 것과 이상한 사람들이 떼로 몰려다니지 않았다는 정도일 뿐이다. 하지만 이상한 사람이나 사건도 있었고, 관종-관심을 받고 싶어 하는 사람-과 트롤-인터넷 모임에서 고의적으로 불쾌하거나 공격적인 내용을 올려 사람들의 반감을 사게 만들고 생산성을 저하시키는 사람-도 존재했고, 나름의 흑역사^{黑歷史}도 있었다. 그때나 지금이나 운영자가 막장 짓을 하는 경우가 종종 있었으며, 그로 인한 사건 사고도 끊이지 않았다. 단지 그 규모가 어떤 사회적 파장을 일으키거나 영향을 미칠 만큼 지금처럼 크지 않았을 뿐이다. 고만고만한 사람들뿐이었으므로 새벽에 게시판에서 일어난 일을 저녁반에서는 모르는 경우가 흔했다. 게시판 조횟수라고 해 봐야 많으면 세 자리 남짓이었고, 아주 인기 있는 연재물이나 게시판에서 가장 인기 좋은 글 정도가 그 벽을 넘을 수 있었다. 따라서 문제가 터져도 대부분의 사람들은 잘 몰랐다.

정작 내가 PC통신보다 좋아했던 건 인터넷 네트워크 게임이

처음 들어간 PC통신은 신기한 공간이었다. 전부 존댓말을 썼고, '누구 님'이라 부르며 생면부지의 사람들이 서로 살갑게 굴었으니까. 처음 PC통신에서 한 일이라곤 유머 게시판에 가서 낄낄거리거나 BBS에서 연재되던 소설을 보는 정도였다.
@wikipedia

었다. 1994년을 전후로 멀티플레이가 가능한 게임들이 하나둘 등장하기 시작했다. 「둠Doom」을 시작으로 「워크래프트Warcraft」가 나왔고, 「커맨드 앤 컨커Command and Conquer」가 뒤를 이었다. 당시만 해도 인터넷이라는 것이 월드와이드웹 기반이 주류가 아니었던지라 인터넷 게임을 하려면 게임보다 복잡한 설정이 필요했다. P2P가 뭔지, TCP가 뭔지, FTP가 뭔지, 통신 포트로 할당한 포트가 뭔지, 자기 IP가 뭔지 정도는 알아야 게임을 할 수 있었다. 특히 IP의 경우 친구와 게임을 함께하려면 반드시 알아야 했는데, 이게 보통 일이 아니었다. 당시에는 대부분 전화로 인터넷에 접속했고, 따라서 IP 주소를 가변으로 할당 받았다. 친구와 게임을 하려면 이걸 전화로 불러 줘야 하니까 통신을 끊어야 하는데, 그러면 할당 받은 IP 주소가 사라지는 게 문제였다. 그러니까 함께 게임을 하려면 IP 주소를 알려 줘야 하는데, 이걸 전화로는 알려 줄 수 없는 노릇이었다.

아직 휴대폰도 없고, 삐삐는 병원 의사들이나 기자들이 쓰던 물건이었다. 공식적으로는 멀티플레이를 지원했지만, 통신 포트를 열어 놓고 친구가 몇십 미터 이내에 살고 있어서 큰소리로 IP 주소를 불러 주거나 집에 두 대의 컴퓨터를 가진 사람이 아니라면 실제로는 함께 게임을 할 수 없었다. 상상해 보라. 같은 아파트 동에 살면서 IP 주소를 할당 받은 후 계단을 달려 내려가 불러 주고 다시 올라오는 광경을. 그 시절의 멀티플레이는 그렇게 해서 가능한 것이었다. 아니면 턴제 전략 게임Turn-based Strategy에서 이메일로 한 턴씩 수를 주고받는 방법도 있었는데, 둘 다 속 터지긴 마찬가지였다.

그래서 함께 게임을 하기 위해 컴퓨터를 친구 집에 들고 가는 용자들이 종종 있었다. 당시 「둠」에 미친 친구 하나가 이런 부류였는데, 박스 테이프를 여러 겹 붙여 컴퓨터 본체에 어깨걸이를 만들어서 등에 지고 두 손엔 브라운관 모니터를 손에 들고 그 위에 키보드를 얹어 주말이면 버스를 타고 친구 집에 게임을 하러 갔다.

왜 이렇게 네트워크 게임이 불편했냐고? 게임이 가장 많이 나오던 미국에서는 이런 멀티플레이가 문제가 되지 않았다. 그 나라에서는 각자 차에 싣고 온 자신의 컴퓨터들을 로컬 네트워크로 묶어 함께 게임을 하는 랜파티LAN Party라는 문화가 있었다. 고등학생만 돼도 운전을 하고 자신만의 컴퓨터가 있던 미국에서는 IP 주소 문제가 우리처럼 번잡하지 않았던 것이다.

하지만 어딜 가나 머리 좋은 사람이 있게 마련이다. '가변 IP가 문제라면, 고정 IP인 곳에서 하면 된다'라는 생각으로, 대학가를 중심으로 학교 전산실에서 게임을 즐기는 걸출한 인재들이 등장하기 시작했다. 대학은 공공기관이었으므로 인터넷 상에서 고정 IP를 할당 받았다. 아직은 IMF 이전, 대학을 졸업하면 어디든 취업하던 시절이었으니 비싼 등록금을 내고 하루 종일 게임만 하는 기숙사 폐인들이 등장하기 시작했다. PC통신의 게임 관련 동호회에 들어가 보면 학교 기숙사 컴퓨터로 게임 같이 할 사람을 찾는 게시물들을 흔히 볼 수 있었다. 그러나 1995년 전후가 되면 이조차 힘들어지는데, 학교에서 컴퓨터로 멀티플레이 게임을 즐기는 걸 막기 위해 전산실에서 관련 포트들을 막기 시작했기 때문이다. 이 시기를 전후로 서울의 대학가 근방에서는 PC방의 전신이라 할 만한 인터넷 카페들이 생겨나기 시작했다. 게임을 막기 위한 규제가 이후 붐이 될 거대한 PC방 문화의 단초를 만들어 준 셈이었다.

「윈도우 95」가 나오면서 가변 IP를 고정으로 할당 받는 프로그램이나 이런 복잡한 설정을 묶어서 대신해 주는 중계 서비스가 미국에 생겨났다. ID를 만들면 게임별로 통신 방식과 IP 정보를 알아서 공유해 주고 랜덤 매치를 지원해 주었으므로 친구와 게임을 할 수 있어서 많은 사람들이 애용했다. 당시 인터넷 게임은 지금과는 좀 달랐는데, 매칭을 기다리는 시간이 워낙 길어서 한 번 매칭 되면 꽤 오랫동안 서로 채팅을 하면서 몇 번씩 다시 게임을 했다.

덕분에 평생 가 볼 일 없는 오리건 주 대학생이나 토론토의 고등학생과 「커맨드 앤 컨커」를 했다. 당시만 해도 코리아가 어디에 있는지 모르는 사람들이 대부분이었다. 그래서 게임이 끝나면 말

평생 가 볼 일 없는 오리건 주 대학생이나 토론토의 고등학생과 「커맨드 앤 컨커」를 했다. 당시만 해도 코리아가 어디에 있는지 모르는 사람들이 대부분이었다. 그래서 게임이 끝나면 말도 안 되는 영어로 한국의 위치를 설명해 줘야 했다.

도 안 되는 영어로 한국의 위치를 설명해 줘야 했다. 당시 내 영어 성적은 100점 만점 기준으로 20점 전후였다. 그래도 개떡같이 말해도 찰떡같이 알아 들었으며, 게임이 끝나면 20분씩 떠들곤 했다. 데이트 매칭만큼이나 멀티플레이 매칭이 힘들던 시절이었다. 그래서 이렇게 잡담을 하며 한 게임 더하고는 네 전략이 좋았는지 나빴는지를 평하고 나서야 만날 일 없는 후일을 기약하며 접속을 끊었다.

물론 다 이랬던 건 아니다. 매칭이 빨랐던 「둠」이나 「퀘이크 Quake」 같은 게임은 지금과 다름없이 약어가 난무하고, 닥치고 빨리빨리 게임이나 하자는 분위기였다. 그나마 지금보다 나은 점이 있다면 아직 욕을 하는 사람은 많지 않았다는 정도다. 게임을 하다가 실수를 하면 부모님 안부부터 묻는 요즘 멀티플레이 게임과는 사뭇 다른 분위기였던 셈이다. 멀티플레이를 할 수 있는 게임도 많지 않았고, 하는 사람들이라고 해 봐야 그 사람이 그 사람이었기 때문에 아직 나름은 조심하는 분위기가 있었다. 물론 1996년「디아블로Diablo」가 나오면서 배틀넷Battle.net이 등장하고, 또 1997년「스타크래프트」와 함께 PC방이 나타나면서 모든 것이 바뀌었지만.

이 무렵 형을 처음으로 인터넷 카페에 데려갔다. 전역 후「울티마 온라인Ultima Online」을 권했다는 이유로, 다른 친구에게는「디아블로」를 소개해 줬다는 이유로 아직도 종종 원망을 듣는다. 지금까지 욕먹는 이유는 정작 소개해 준 나는 금방 시들해져서 거의 하지 않았기 때문이다. 당시엔 그저 얼굴도 모르는 남과 게임을 하는 경우가 별로 없었기에 처음에는 신기해서 해 봤고, 그 신기한 경험을 주변에 널리 소개해 줬을 뿐이다.

막상 신기함이 사라지자 내게 멀티플레이는 거북함 그 자체였다. 게임을 하면서까지 남을 신경 쓰고 싶지 않았기에 다른 사람과 게임을 하는 것은 늘 불편했다. 모르는 사람이니 신경 쓸 게 뭐 있을까 싶겠지만, 모르는 사람이기에 불편했던 것이다. 아는 사람이나 친구라면 플레이 도중 합이 맞지 않거나 실수를 해도 웃고 넘어갈 수 있지만, 모르기에 민폐가 되었다. 즉 게임을 하면서 스트레스 받고 싶지 않다는 이유로 정작 나는 일찌감치 발을 뺐다. 아직 군인 티도 벗지 못한 형은 그렇게 처음으로 인터넷 카페의 맛을 본 후 「스타크래프트」를 시작으로 「울티마 온라인」을 거쳐 「월드 오브 워크래프트」World of Warcraft 」까지 청춘을 온라인 게임과 MMORPG대규모 다중 사용자 온라인 롤플레잉 게임에 바치게 된다. 그리고 친구는 「디아블로」와 함께 학사 경고를 맞고 눈에 불을 켠 아버지란 악마를 피해 군대를 갔다. 나 역시 그 무렵 군대에서 박박 기고 있었다.

그사이 PC통신은 마지막 불꽃을 불태우고 있었다.

전역 후 마지막 PC통신을 한 건 네이트의 전신인 넷츠고라는 PC통신 서비스였다. 심야 정액 요금까지 책정해서 본격적으로 뛰어들었던 넷츠고는 인터넷과 PC통신의 하이브리드격 서비스였다. 이 무렵 천리안이 관리 부재로 막장화가 가속화되는 틈을 타 인터넷 서비스를 겸한다는 장점으로 빠르게 치고 올라왔다. 늦게 시작한 것 치고는 네이트의 전신답게 동호회 활동이 꽤나 활발했는데, 동호회 자료실에 불법 자료들이 엄청나게 많았기 때문이었다. 넷츠고는 가장 빠르게 성장하는 동호회 서비스를 자랑했는데, 나중에 도토리 장사로 대박 나는 모기업의 적극적인 지원 덕분이었다. 늘 유저 여러

PC통신부터 인스타그램
까지… '접속'의 변천사

분과의 약속이 어쩌고저쩌고하면서 들먹였는데, 나중에 네이트 라는 포털을 런칭 하면서 넷츠고 서비스를 종료해 버리는 바람에 유저들의 통수^{뒤통수}를 거하게 때리게 된다.

나 역시 PC통신으로 사람 만나는 재미에 빠진 것은 이때가 처음이었다. 1997년 영화 「접속」의 흥행 대박 이후 여성 유저들이 새로운 형태의 쿨한 로맨스를 찾아 PC통신으로 몰려오던 시절이었다. 군대 가기 전 PC통신이 극심한 남초^{男超}였던 시절과는 다른 새로운 시대가 온 것이다.

하루키의 단편소설 제목―당시만 해도 남자들은 거의 하루키의 소설을 읽지 않았으니까―으로 방을 만들고 세월을 낚는 강태공의 심정으로 채팅방을 파놓으면 밤새 이야기할 여자 사람 하나쯤은 만날 수 있었다. 하지만 끝내 사귀는 일 따위는 없었다. 그저 아침까지 쓸쓸한 밤 시간을 이런저런 이야기를 나눌 사람이 있다는 것만으로도 족했다. 아주 가끔 이야기가 정말 잘 통하는 사람과 직접 만나기도 했지만, 결과는 썩 좋지 못했다. 실제로 만나면 온라인에서 이야기를 나누던 그 사람인가 싶을 정도로 너무 달랐으니까. 아마 그 시절을 지나온 사람이라면 한 번 쯤 겪어 본 흔한 일이었다. 밝고 활달하며 유머 감각도 있고 좋아하는 음악 취향이 비슷해서 나갔는데, 정작 그 상대는 내 앞에서 신발 코만 보고 있는 그런 상황 말이다.

'아, 내가 마음에 들지 않는 건가?'

어쩌면 그냥 온라인과 오프라인에서의 성격이 달랐을지도 모르겠다. 하지만 그런 경험은 한 번 정도면 족했다. 그래서 나중에는 남녀노소를 가리지 않고 이야기할 사람을 찾아 동호회 활동을 시작했다. 영퀴방^{영화퀴즈방}에서 밤새 채팅을 하고, 글벗이라는 문학 동호회 오프 모임에 나가서 사람들을 만나고, 록 동호회에서 앨범을 추천 받고, 네오동^{네트고 게임 오락 동호회}에서 게임 공략집을 내려받았다.

시답지 않은 글 좀 쓰고 추천을 받는 재미도 알게 되고, 채팅방에서 전체 채팅 중 귓말로 알콩달콩 노는 재미도 느껴 보면서 온라인에서 느낄 수 있는 즐거움은 거의 이 시절 다 누려 본 것 같다. 물론 나뿐만이 아니었다. 시대가 그랬다. 한 선배는 족보를 외울 정도로 「퀴즈퀴즈」에 빠져 있다가 여자 친구를 만났고, 또 다른 친구는 아이러브스쿨에서 초등학교 동창을 만나 결혼까지 했다. 물론 좋은 일만 있던 건 아니었다. PC통신이 불륜의 온상이니 하는 기사가 사회면을 장식하기도 했고, 아이러브스쿨에서는 동창끼리의 사기 사건이나 혼인 빙자 간음 같은 문제가 터지기도 했다. 광풍이 불었던 「퀴즈퀴즈」는 족보 외우기 붐이 불면서 결국 고인물들에 의해 신규 유저가 차단되었고, 자연스럽게 망하고 말았다.

이때 처음 「윈엠프^{Winamp}」 라디오에 빠져 라디오 방송을 하기도, 듣기도 했다. 덕분에 내 취향이 얼마나 마이너한지 처음 깨달왔다. 신촌 향음악사에서 산 CD를 리핑 ripping 해서 영국이나 유럽의 인디 음악을 틀어 줬는데, 청취자 수가 스무 명을 넘은 적이 없었다. 이렇게 인터넷 라디오를 켜 놓고 세기말을 PC통신을 하면서 보냈다.

그리고 해가 바뀌자 PC통신에서 인터넷으로 온라인의 중심은 빠르게 이동했다. 특히나 검색 엔진을 가지고 있는 포털들의 약진이 두드러졌다. 넷츠고가 서비스를 종료할 무렵에는 이미 끝물을 향해 달리고 있던 PC통신의 동호회 서비스를 한메일로 뜨고 있던 다음 카페가 빠르게 먹어치웠다. 물론 다음은 이렇게 차지한 포털의 왕좌를 '온라인 우표'라는 자충수로 성장했던 것만큼이나 빠른 속도로 유저들을 놓쳐 버렸다. 대량으로 일제히 발송하는 메일에 요금을 부과하겠다는 신박한 아이디어였는데, 당시만 해도 엄청난 규모를 자랑했던 동호회들의 반발이 극심했고, 업무용으로 한메일을 이용하던 사기업들마저 발을 빼면서 네이버로의 대이동이 일어났다. 게다가 네이버가 '지식인'이라는 서비스를 시작하면서 포털의 패권을 사실상 장악하게 되었다.

물론 PC통신 종말의 수혜를 누렸던 건 포털만이 아니었다. 나만의 홈페이지를 만들어 준다는 싸이월드는 후에 수많은 사람들이 이불킥을 하게 될 허세글을 박제해 주었고—네이트는 이걸 지워 주는 서비스를 유료화한다면 아마 다시 살아날 수 있으리라—, '도토리'라는 캐릭터를 꾸미기 위한 수단이 실물 화폐만큼이나 온라인에서 엄청난 맹위를 떨쳤다. 사람들은 도트로 꾸며진 캐릭터의 옷을 사기 위해 기꺼이 돈을 지불했고, 배경음악과 기분 표시를 지르기 위해 지갑을 열었다.

이후 우리나라 최대의 커뮤니티가 될 디시는 노트북 인사이드와 디지털카메라 인사이드라는 소박한 리뷰 사이트로 출발하고 있었다. 그리고 PC통신의 붕괴와 함께 인터넷에 흩어진 유저들은 해당 기기의 리뷰 정보를 얻기 위해 자연스럽게 모여들었다. 때문에 이 커뮤니티들은 대체로 아직 PC통신 시절의 분위기가 조금 남아 있는 것이리라.

하이텔이나 천리안의 정치 관련 토론 게시판은 통신 서비스의 종말과 함께 노사모를 필두로 특정 정치인을 지지하는 커뮤니티로 분화하기 시작했다. PC통신의 정치 관련 게시판과 유사한 다음 아고라 같은 공공장소가 있긴 했지만, 인터넷 시대에는 보다 비슷한 성향의 사람들끼리 하나의 커뮤니티로 뭉쳤다.

당시 어린이들과 학생들은 프리챌로 대동단결했고, 많은 이들의 흑역사가 될 「하두리」 같은 화상 채팅 붐이… 쿨럭…. 어쨌든 오늘날 대형 커뮤니티 대부분이 이때 무너진 PC통신에서 흘러나온 인재들이 각자 주제를 가지고 이합집산하면서 자라나기 시작했다. 생각해 보면 모든 것이 꽤나 빠르게 변하던 시기였다.

이 시기를 거치며 깨달은 사실은, 내가 찌질한−사전적 표기

dcinside, '디시인사이드'의 줄임말

'지질하다'는 자장면의 경우처럼 너무 찌찔해 보여 쓰지 않는다ー인간이라는 사실이다. 나란 인간은 아무리 대범한 척해도 게시글에 달린 댓글 하나에 일희일비하며, 조울의 물결을 넘나드는 시답잖은 인간이었다. 이것은 처음 연애를 하면서 느꼈던 감정과 비슷한 것이었다. 내가 좀 더 헌신적이고 이성적이라 생각했던 어린 시절의 믿음과는 달리 실제 누군가를 만나자 한없이 찌질하고 이기적인 인간이 있었다. 나는 위선적이 되기보다는 차갑고 위악적인 인간이 되는 길을 택했다. 허세가 병이기도 했고, 위악이야말로 가장 자기방어적인 에고의 표출 방법이었으니까. 그렇게 그 무렵의 나는 발자국처럼 관계에 마침표를 찍으면서 앞으로 나아갔다. 그게 내 찌질함을 감추는 가장 좋은 방법이었으니까.

물론 그런 인간이 나뿐만은 아니었다. 온라인은 온갖 허세와 삽질 그리고 '뻘짓'이 스펙터클하게 펼쳐지는 곳이었다. 흑역사는 박제되었으며, 그것이 유저들 사이에서 공유되는 건 링크 하나만 따면 순식간이었다. 그나마 많은 곳이 익명이었으므로 흔적을 지우고 다시 시작할 수 있었다. 하지만 그 동안의 아이디를 버려야 한다는 측면에서 일종의 디지털 사망 선고나 다름없었다. 그래도 끊이지 않고 새로운 '찌질이'들의 관심병이 발병했고, 관심종자가 나타났다 빠르게 사라져 갔다.

참 한심했지만, 그래서 온라인이라는 공간에서 나름 위로를 받을 수 있었다. 그 보잘것없는 사람들이 모여서 온라인에서 복작복작한다는 것이 애틋하기도 하고 따뜻하기도 하다고 생각했다. 다들 그럴 듯한 얼굴로 세상을 살아가고 있었지만, 그 안에는 비루한 내면을 감추고 있는 것이다.

그리고 이때 이미 흑역사를 남기지 않기 위해 익명으로 지낼 수 있는 큰 그림을 그리기 시작했다. 어쨌든 20년 뒤 내가 쓴 글을 보고 이불킥 하긴 싫었으니까. 아이디는 검색 엔진 상위에 오르지 않는 아주 흔한 영어 단어만 쓰고, 싸이월드에 가입하는 대신 웹 호스팅의 계정을 사서 블로그를 직접 만들었다. 물론 싸이월드를 쓰지 않았던 이유가 이뿐만은 아니었다.

당시 나는 처음으로 디지털카메라를 샀고, 필름이 필요 없던 만큼 미친 듯 사진을 찍었다. 그 전까지만 해도 사진은 인정사정 없던 코닥 필름 가격에 비싼 인화비까지 부자들만의 취미였다. 그러나 디지털 시대를 맞이하여 일단 찍고 보는 저렴한 취미로 탈바꿈했다. 현상실에서 에칭이니 블리칭이니 화학 약품과 함께 씨름해야 했던 작업들이 컴퓨터에서 마우스 클릭 한 번으로 할 수 있는 간단한 작업으로 탈바꿈했다. 게다가 사이즈에 따라 가격이 천정부지로 치솟았던 인화는 거의 사라져 모니터로만 사진을 보게 되었다. 사진을 남에게 보여 주는 일은 갤러리란 이름의 게시판에 올리면 됐으니까. 디시에서 아직 '아햏햏'이란 단어가 만들어지기도 전이었다. 힘들게 찍은 사진의 레이아웃이 휴대폰 사진에 맞춰진 당시 싸이월드의 쥐 씨알만한 크기에는 도저히 만족할 수 없었다. 뿐만 아니라 싸이월드는 매킨토시 컴퓨터의 「MacOS」를 지원하지도 않았다.

그렇다. '애플 Ⅰ'이 만들어진 시절 태어난 나는 드디어 애플의 컴퓨터를 쓰기 시작한 것이다. 웹 표준을 쌈 싸 먹은 국내 인터넷 환경에서 맥으로 할 수 있는 일은 그리 많지 않았다. 그 대표적인 곳 중 하나가 싸이월드였다. 결국 싸이월드를 사용할 수 없다면 직접 블로그를 만들어 사진과 글을 업로드 하는 수밖에….

처음에는 소규모 블로그 서비스에서 익명 블로그를 만들었는데, 몇 달 만에 뷰어 순위 1위를 한 날 폭파해 버리고 말았다. 아아, 몇 년만 잘 참고 운영했으면 블로그 광고로 돈을 벌 수도 있었을 텐데…. 사적인 기록에 인파가 몰리는 데 당황한 나머지 지레 겁을 먹고 프라이버시를 지킨다며 블로그를 날려 버렸다. 결국 호스팅 서비스를 사서 비공개로 설치형 블로그를 운영하기 시작했다. 사용하진 않았지만 이 무렵 막 서비스를 시작한 페이스북 facebook에 아이디까지 만들었으니, 나름 SNS의 트렌드 리더였다고나 할까?

트렌드 리더는 개뿔! 이때 매킨토시 살 돈으로 애플과 페이스북의 주식이 샀다면….

이러저러한 이유로 컴퓨터를 조금 다룰 줄 알았던 나는 친구들, 친척들, 영화사 사람들에게 불려 다니면서 시도 때도 없이 수리 기사 노릇을 했다. 물론 대학 1학년 때 교양 과목인 컴퓨터 수업 전날 밤 여학우들이 내게 「윈도우 95」 사용법과 「아래아한글」 단축키를 배우기 위해 우리 집에 우르르 몰려와 밤을 새운 일도 있었다. 하지만 이렇게 알아서 뭔가 득이 된 일은 드물었다. 숨 쉬는 것도 귀찮게 여기는 내게 컴퓨터는 온갖 귀찮은 일을 만드는 주범이었다.

온갖 사람들에게 전화가 오고, 그들의 집에 불려가 컴퓨터에 조금만 관심을 가지면 해결할 수 있는 사소한 설정 같은 걸 – 심각한 문제는 고칠 능력이 안 된다 – 고쳐 줘야 했다. 가뜩이나 블루 스크린^{blue screen}으로 악명이 높았던 당시 「윈도우」는 심심치 않

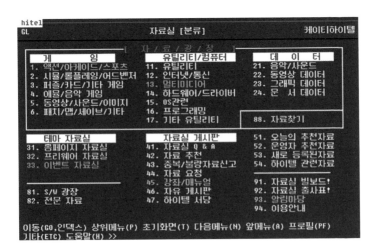

게 에러를 토해 냈는데, 이걸 고치는 가장 쉬운 방법은 「윈도우」를 다시 까는 것이었다. 「윈도우 98」은 98번을 다시 깔아야 한다는 자조적인 농담이 있을 정도였다. 아마 컴퓨터를 좋아한 사람이라면 나와 비슷한 경험이 수없이 많았으리라. 새벽 2시에 평소 전화 한 통 하지 않던 사람에게서 자기 컴퓨터가 인터넷이 안 된다며 어떻게 해야 되느냐는 하소연을 듣고 있으면 정말이지, 뚜껑이 열리려는 머리를 꽉 붙잡고 있어야만 했다.

　나는 열심히 아르바이트를 해서 IBM 호환 기종을 버리고 매킨토시를 샀다. 그리고 누군가 새벽에 전화해 컴퓨터에 대해 물어보면 이렇게 답할 수 있었다.

　"몰라. 나는 맥 쓰는데⋯."

　"그건 내 거랑 달라?"

　"응. 싸이^{싸이월드의 줄임말}도 안 되고, 은행도 안 돼. 인터넷 설정도 달라서 내가 못 도와주겠네."

　그러면 누군가는 늘 이렇게 말했다.

　"그딴 걸 왜 쓰는데?"

　왜 쓰긴, 이러려고 쓰지!

193

하루 종일 동시 상영

#토요명화 #스크린 쿼터 #예술영화 #대한극장 #시네필 #개봉관 #동시 상영

내게 동시 상영 영화관을 처음 소개해 준 사람은 형이다. 당시 고등학생이던 형은 일요일마다 공부한다며 학교에 나갔다. 어느 일요일 오후, 무슨 이유에서인지 형이 다니던 학교에 놀러 갔고, 형은 나를 동시 상영관에 데리고 갔다. 극장 앞에는 커다란 시멘트 화단이 두 개 있었고, 아마도 1950~60년대나 지었을 법한 낡은 극장이었다. 극장 이름도 실제로 안양2동에 위치했던 화단극장으로, 두 개의 화단과 유화로 그린 두 개의 극장 간판이 선명했다. 분명 두 편의 영화를 봤을 텐데, 정작 내가 기억하는 것은 딱

극장 이름도 실제로 안양2동에 위치했던 화단극장으로, 두 개의 화단과 유화로 그린 두 개의 극장 간판이 선명했다.
ⓒ e뉴스터치

한 편뿐이다.

장 자크 아노^{Jean Jacques Annaud}의 「베어^{The Bear}」란 영화였다. 극영화와 자연 다큐멘터리의 중간쯤에 있는 영화로, 당대 꽤나 많은 상을 수상한 작품이다. 이제 와 기억에 남는 것이라고는 울부짖는 곰의 모습과 엄마 곰을 따라다니던 아기 곰의 모습 정도밖에 없다. 하지만 이 일은 내게 놀라운 깨달음을 줬는데, 시간을 보내기 위해 동시 상영관에서 영화를 볼 수 있다는 사실을 알게 해 준 나름의 '사건'이었다.

1988년 KBS 「토요명화」
메인 오프닝

이전까지는 영화란 주로 TV에서 보는 것이었다. 우리 가족에게 「주말의 명화」나 「토요명화」 시청은 한 주를 마감하는 중요한 스케줄이었다. "빠바바밤 빠바바밤 빠바바밤"하며 「토요명화」의 오프닝 시그널 「Aranjuez, mon amour」가 울려 퍼지면 형제는 나란히 TV 앞에 앉았고, 엄마는 말했다.

"일어나! 일어나서 두 발 뒤로 가 앉아!"

물론 아주 가끔 친구들과 함께 극장에 가곤 했지만, 그것은 연례행사에 가까웠다. 학생들이 볼 만한 영화를 상영해야 했고, 친구들 간에 사전 정보로 충분한 취향의 공유가 이뤄져야만 했다. 그런 후에야 일요일 아침에 극장 앞에 모여 이뤄지는 의식 같은 것이 바로 영화 관람이었다. 하지만 형은 다른 친구 없이 홀로 동생을 데리고 극장에 갔다. 연년생으로 자란 내가 어린 시절 배운 몇 가지 사실 중 하나는 형과 함께 하는 일은 나 혼자서도 할 수 있다는 것이었다.

어쨌거나 형과 동시 상영관에 갔으니 이제 돈만 있으면 혼자 극장에 가서 영화를 볼 수 있는, 나름의 레벨 업이 된 셈이다. 문제는 돈이 없다는 것뿐이었다. 당시 중학생이던 내가 받는 용돈이라고 해 봐야 한 달 내내 한 푼을 안 써도 영화관 한 번을 갈까 말까 한 정도였다.

그래서 동시 상영관의 존재는 잠시 기억 속에서 잊혀졌다. 하지만 고등학생이 된 후 야간 자율 학습을 하면서부터 상황이 바뀌었다. 당시 어머니는 새벽같이 일어나 아버지와 나의 점심과 형의 점심과 저녁 도시락까지 네 개나 싸셔야 했다. 헌데 내가 저녁 자율 학습을 하면서 도시락이 다섯 개로 늘어나 버렸다. 어머니는 도시락 다섯 개는 도저히 쌀 수 없다고 선언하셨다. 덕분에 내 저녁은 급식을 먹는 것으로 결정이 났다. 당시 내가 다니던 고등학교는 미션 스쿨이었는데, 학교 내에 있는 교회 식당을 이용해 저녁 식사를 저렴하게 먹을 수 있었다. 기억하기로는 짜장면 한 그릇 조금 못 되는 가격으로 군대 짬밥 비슷한 급식을 먹을 수 있었고, 식대는 매달 학교 행정실에 접수하면 됐다. 아직은 지로나 온라인 계좌가 보편적이지 않던, 좋은 시절이었으니까.

즉 삥땅할 수 있는 돈이 생긴 것이다. 물론 이 돈을 다른 데 쓰면 저녁을 굶어야 했다. 아아, 저녁을 굶는다는 건 고등학생에겐 정말이지, 너무 가혹한 조건이었다. 흔히 돌이라도 씹어 먹을 나이라고 하지 않는가? 하지만 그 고난의 길을 택했다. 나도 뻥땅을 칠 수 있다는 유의, 사춘기 특유의 허세 같은 것도 있었으리라. 물론 굶을 수는 없었다. 그래서 이 무렵부터 과자들의 칼로리를 보는 습관이 생겼다. 가능하면 단위 가격당 칼로리 높은 것으로.

내 저녁은 다이제 비스킷과 트윅스 초코바, 치토스가 됐다. 세 과자 모두 당시 가격 대비 칼로리가 컵라면의 두 배를 자랑하는 가성비의 왕이었다. 그렇게 남은 돈 3일치를 모으면 동시 상영관에 한 번 갈 수 있었다. 저녁을 먹는 날이 5일이었으니, 내 용돈을 약간 보태면 일주일에 두 번 정도 극장에 갈 수 있었다. 그러면 주말 내내 동시 상영관에서 시간을 죽일 수 있게 된다. 이런 식으로 주말이면 나는 동시 상영관에서 하루 종일 영화를 봤다. 당시 안양 시내에는 동시 상영관 두 개가 격층으로 붙어 있는 곳도 있었는데, 그곳의 표를 하나 사면 하루 종일 네 편의 영화를 볼 수 있었다. 물론 네 편 중 한 편은 성인물이어서 청소년 관람 불가여야 정상이지만, 언뜻 보면 30대 초반의 노안을 자랑하던 나는 한 번도 극장 입구에서 저지당한 적이 없었다.

동시 상영하는 극장의 영화 구성은 늘 할리우드 영화 한 편과 홍콩 영화 한 편이었다. 네 편을 동시 상영하는 극장의 영화 구성은 할리우드 영화, 홍콩 영화, 성인물 그리고 개봉한 지 꽤 지난 영화 한 편이었다. 동시 상영관답게 프린트에 생긴 스크래치 탓에 화면엔 늘 비가 내렸고, 소리마저 튀곤 했다. 아마 당시 동시 상영관에 가 보지 않은 사람은 이 말을 잘 이해할 수 없을 것이다. 아날로그 필름들은 상영을 위해 프린트 본을 만드는데, 이 프린트의 가격이 한 편당 200만 원쯤 했다. 극장들은 프린트 본을 사서 영화를 상영했다. 입장료가 싼 동시 상영관들이 영화를 두 편씩이나 틀어 줄 수 있었던 것은 개봉관이나 주요 극장에서 상영이 끝난 영화의 프린트를 헐값에 사서 걸어 주기 때문이다. 아날로그 필름인지라 필연적으로 재생할 때마다 필름에 내려앉은 먼지로 인해 상처가 생길 수밖에 없었다. 즉 몇 달에 걸쳐 개봉관과 지방 상영관까지 순회하고 온 프린트는 필름 면에 온갖 흠집이 생기기 마련이다. 그러면 예의 비가 오는 화면이라고 말하는 수직 빗금이 가득한 필름이 되는 것이다. 영화 필름이 수직으로 감겨 돌아가기 때문에 그 방향으로 상처가 생기니까.

1980~90년대 서울의 주요 극장의 모습

덕분에 동시 상영관에서 보는 영화는 실제보다 조금 우울하고 훨씬 낡은 것처럼 느껴지곤 했다. 거기에다 동시 상영관은 낡고 오래되어 이상한 냄새까지 나곤 했다. 그런 곳에서 영화를 보고 있다가 나오면 세상은 꽤나 밝고 살 만한 곳처럼 느껴졌다. 너무 밝아서 눈이 시릴 정도였다.

딱히 영화에 열광한 건 아니었다. 그저 주말이면 대형 서점에서 서서 책을 읽거나 동시 상영 영화를 보면서 시간을 죽일 뿐이었다. 십대 시절의 나는 공부에 별로 관심이 없었고, 친구들과 노는 일이 죽고 못 살 정도로 즐겁지도 않았으며―비평준화 지역의 나름 괜찮은 고등학교였기에 나처럼 공부 안 하고 노는 친구도 별로 없었다―, 여학생을 만날 기회는 아예 없었던 탓에 이성에게도 시큰둥할 수밖에 없었다. 고등학생이 되자 야간 자율 학습까지 하루 열네 시간을 학교에 있었으므로 답답했고, 또 혼자 있는 공간이 절실했다. 그게 동시 상영관이었을 뿐이다. 영화는 어디까지나 그 공간에 딸려 오는 부록이었다.

마치 몇 년 뒤 여자 친구와 비디오방에 함께 갈 때 빌린 영화들은 대개 이미 본, 상영 시간이 가능하면 긴 영화인 것과 비슷하다고나 할까? 다만 그때와는 다르게 홀로 갔으므로 원하든, 원치 않든 간에 장르와 수준을 가리지 않고 닥치고 봐야 했다. 극장에서는 스크린 쿼터screen quota를 맞추기 위해 최대한 다양한 영화를 틀어 주었는데, 대충 만든 방화부터 할리우드 블록버스터, 홍콩의 액션물 그리고 유럽의 온갖 예술영화들을 극장 의자에 앉아 있다는 이유로 봤을 뿐이다.

이듬해 우리 집은 산본 신도시로 이사를 했다. 단순한 이사를 의미하는 게 아니었다. 아파트를 사기 위해 그동안 지고 있던 담보 대출을 모두 갚았다는 의미였다. 덕분에 생애 처음으로 내 또래와 비슷한 수준의 용돈을 받게 됐다. 대폭 인상된 용돈은 매달

CD 한 장을 사고 영화 서너 편을 개봉관에서 볼 수 있는 정도로 기억한다. 이 정도만 되어도 뭐랄까? 지금까지와 삶의 질이 완전히 달라진 수준이었다. 중학교 때는 사적으로 쓸 용돈이 필요하거나 군것질을 하고 싶으면 집까지 걸어오는 것으로 교통비에서 충당했다. 즉 과자를 하나 사 먹으려면 이틀을 걸어서 와야 했다. 그런데 이제 그런 궁상을 떨지 않아도 무언가 할 수 있게 된 것이다.

덕분에 일주일에 한두 번이었지만, 야간 자율 학습 시간에 월담을 해서 영화를 보고 올 수 있었다. 이것은 엄청난 변화였는데, 지금까지는 내가 볼 영화를 극장이 골라줬다면—갈 수 있는 극장은 정해져 있었으니까—, 이제는 영화를 직접 골라야 하는 상황이 된 것이다. 책이라면 이 무렵 이미 확실한 기준이 있었다. 첫 페이지를 읽어 보고 계속 볼지 말지를 결정했다. 하지만 영화는 이 방법이 통하지 않았다. 극장 앞에 가서 '5분만 보고 나올게요'라고 할 수는 없으니까.

내가 찾은 나름의 방법은 신문 지면에 실린 광고에서 개봉관의 이름을 보고 결정하는 것이었다. 이상하게 들리겠지만, 이게 그 어떤 방법보다 확실했다. 당시 영화를 개봉하는 방식은 이랬다. 수입사나 배급사에서 프린트를 가지고 소위 1급 개봉관을 소유한 극장주들을 대상으로 시사회를 열었다. 그러면 그들이 시즌별로 자신의 극장에 개봉할 작품을 결정했고, 다른 지방관이나 지역 영화관들이 개봉관의 흥행 추세를 보고 뒤이어 극장에 걸지 말지를 결정했다. 따라서 개봉관별로 나름의 영화 취향이 있었고, 각자의 안목이 있었다. 옛날 중국집별로 만두를 직접 빚던 시절에 주방장의 솜씨를 가늠하는 지표였던 야끼만두 같다고나 할까?

이 영향은 실제로 막대해서 당시 2차 판권 시장이었던 대여 비디오 케이스에는 늘 어느 극장 개봉작인지 큼지막하게 박혀 있었다. 나뿐만 아니라 많은 사람들이 당시에는 어떤 개봉관에서 개봉했는지를 나름의 선택 기준으로 삼고 있었던 모양이다. 물론 사람이 하는 일인 데다 스크린 쿼터까지 걸려 있어서 이 개봉관 기준을 전적으로 믿을 순 없었다. 당시 UIP United International Pictures를 필두로 한 할리우드 직배 시스템을 우리나라에 처음 들여오던 시절이었고, 연말연시 시즌에 대작을 걸려면 직배사에서 끼워팔기 하는 망작도 함께 돌려야 했다. 뿐만 아니라 스크린 쿼터에 맞추기 위해 '방화'라 부르던 형편없는 국산 영화도 억지로 돌려야 했다. 그러니까 한 개 극장의 성향만 보는 것은 어리석은 선택이었다. 중요한 것은 동시에 거는 개봉관의 조합이었다.

이를테면 서울극장과 대한극장에서 동시에 개봉하는 할리우드 영화는 일단 재미에선 보증수표나 다름없었다. 극장 간판에 '코아'라는 이름이 붙은 예술영화 개봉관에서 일제히 걸리는 예술영화 역시 작품성에서는 빠지는 법이 없었다. 동대문과 영등포에 많았던 홍콩영화 개봉관들에서 일제히 걸리는 작품이 있다면 그것역시 잘빠진 홍콩 액션물이었다. 따라서 신문의 영화 광고에 깨알

같이 박혀 있는 개봉관 이름과 그 리스트의 길이—그렇다. 얼마나 많은 곳에서 개봉하는가도 중요하다—가 작품의 재미를 보증하는 전투력 측정기 같은 것이었다.

물론 결국은 보게 될 영화였다. 지금처럼 프린트 순환이 빠르지 않던 시절이어서 영화들은 폭망하지 않는 한 극장에 제법 오래 걸려 있었다. 덕분에 나만큼의 수준으로 영화를 본다면 한 해에 개봉하는 거의 모든 영화를 볼 수 있었다.

그렇다고 나 스스로 영화광이라든가, 영화를 사랑한다고 생각한 적은 한 번도 없었다. 영화 좀 본다는 친구들처럼 배우나 감독

내 기준에 영화광이란 배우와 감독의 이름을 줄줄이 외우고 포스터와 팸플릿—지금은 상상할 수 없지만, 당시 극장별 팸플릿 수집은 영화광 덕력의 기준이었다—뿐만 아니라 티켓을 수집하고 『스크린』『로드쇼』를 사 모으던 친구를 칭하는 말이라 생각했다.

ⓒchamp76

의 이름도 알지도 못했으니까. 물리적으로 쏟는 시간만 해도 책과 만화를 보는 데 소비하는 시간이 월등하게 많았다. 어떻게 그리 많은 걸 볼 수 있을지 의심스럽겠지만, 학생이 공부와 연애를 안 하면 엄청나게 시간이 남아서 온갖 짓을 할 수 있다. 내 기준에 영화광이란 배우와 감독의 이름을 줄줄이 외우고 포스터와 팸플릿 – 지금은 상상할 수 없지만, 당시 극장별 팸플릿 수집은 영화광 덕력의 기준이었다 –뿐만 아니라 티켓을 수집하고 『스크린』 『로드쇼』를 사 모으던 친구를 칭하는 말이라 생각했다. 나는 그저 혼자 호젓하게 있을 수 있는 어둡고 먼지 가득하고 지저분한 공간이 필요했을 뿐이었다.

물론 계속 그렇지만은 않았다. 영화를 많이 보던 친구의 영향을 받아 작은 변화가 있었는데, 대작들이 개봉할 때면 서울 개봉관으로 원정을 가기 시작한 것이다. 영화광이던 친구 덕에 극장의 스크린이 모두 동일하지 않으며, 서울 개봉관들의 스크린은 만주 벌판처럼 광활하다는 것도 알게 되었다.

당시엔 토요일 아침에 영화를 개봉했는데, 기꺼이 큰 스크린에서 볼 만한 대작이 개봉하는 날이면 아침 7시에 안양에서 출발해 서울 중심가로 향하는 먼 여행을 떠나곤 했다. 그리고 아직 매표소도 열지 않는 극장 앞에서 줄을 서서 기다리곤 했다. 물론 우리가 아무리 서두른다 해도 서울에서 곧장 오는 영화광들을 이길 순 없었다. 우리가 도착할 무렵에는 이미 몇 백 미터 길이의 줄이 서

그 시절엔 명절이면 늘 아직 열지도 않은 개봉관 매표소 앞에 늘어선 사람들을 찍어서 보여주는 것이 TV 뉴스에서는 일종의 전형적인 꼭지였다. 그래서 대한극장 앞에 줄을 서면 거의 확실히 공중파 3사 뉴스 중 하나에 나올 수 있었다.
ⓒ newsbank

있기 마련이고—이를테면 「쥬라기 공원」 개봉 당시 대한극장 줄은 명동성당 근처까지 이어졌다—, 그날 오후 늦게나 저녁 마지막 타임에 간신히 볼 수 있었다. 대작들이 개봉하는 명절 연휴에 나의 서울행은 이내 연례행사가 되었다. 그래서 연휴 둘째 날 뉴스 시간이면 늘 친구에게서 전화가 왔다.

"야, 연휴 극장 앞 풍경에 너 또 나왔어."

그렇다. 그 시절엔 명절이면 늘 아직 열지도 않은 개봉관 매표소 앞에 늘어선 사람들을 찍어서 보여 주는 것이 TV 뉴스에서는 일종의 전형적인 꼭지였다. 그래서 대한극장 앞에 줄을 서면 거의 확실히 공중파 3사 뉴스 중 하나에 나올 수 있었다. 내가 대한극장에 갈 수밖에 없었던 건 그곳이 우리나라에서 유일하게 70미리 시네마스코프 스크린이 있는 곳이기 때문이다. 덕분에 인파 속에서라도 명절이면 늘 뉴스 한 꼭지를 장식하곤 했다. 카메라를 피한다고 해도 머리가 큰 탓인지 어쩌다 보면 명절 풍경을 전하는 기자의 뒤에서 얼굴이 큼지막하게 찍히곤 했다.

내가 뉴스 카메라를 피하려고 애쓴 나름의 이유가 있었다. 집에서는 공식적으로 독서실에 공부하러 간 것으로 되어 있었으니까. 명절이면 친척들은 큰집인 우리 집에 모여 있었고, 그런 친척들이 뉴스를 보고 있으면 마음이 두 근 반 세 근 반이 되곤 했다. 다행히 명절에 친척들이 모였어도 TV를 켜는 것은 잘못된 일이라 확신했던 아버지 덕분에 헤드라인 뉴스가 채 끝나기도 전에 TV는 꺼지곤 했다. 하지만 나를 봤다는, 뉴스에 나왔다는, 출세했다는 친구의 전화는 명절 둘째 날이면 종종 걸려 왔다.

그렇게 대한극장에서 본 대작 영화 중 하나가 「그랑블루Le Grand Bleu」다. 대한극장에서 '그랑부르'란 제목으로 늦깎이 개봉한 이 영화는 내 기억에 푸른 멍이 들 정도로 충격적인 이미지로 남아 있다. 70미리 시네마스코프로 극장의 가장 앞자리에서 본 쪽빛의 대향연은 내가 심연에 뛰어든 것처럼 숨을 쉴 수 없게 했다. 영화가 단순히 이야기나 보여 주는 것이 아니라는 걸 그날 처음 알았다. 극장에서 나온 나는 그저 "와…"와 "아…"를 반복할 뿐이었다. 극장 로비에는 「그랑블루」 포스터의 중심부를 프린트한 걸개가 큼지막하게 걸려 있었다. 덕분에 이후 몇 년간 「그랑블루」의 오리지널 포스터를 구하는 것이 나의 지상 과제가 되었다. 그 시절 영어판이 아닌 프랑스판 오리지널 포스터를 구하는 건 하늘의 별 따기였다. 이후 시네필cinephile 붐과 함께 여러 영화 포스터 숍이 생긴 이후에야 나는 전지 크기의 프랑스판 포스터를 구해서 대학 졸업 때까지 내 방에 걸어 놨다.

처음으로 극장에서 혼자 영화를 본 것도 이때였다. 여기서 혼자라는 말은 혼자 극장에 가서 본 영화가 아니라 극장의 관객이

「성스러운 피」라는 알레한드로 조도로프스키 감독의 영화였다. 내가 극장에서 혼자 봤다는 말에서 알 수 있듯이 극장에서는 매우 폭망했다.

나 혼자뿐이었던 영화를 말하는 것이다. 다름 아닌 「성스러운 피 Santa Sangre」라는 알레한드로 조도로프스키Alejandro Jodorowsky 감독의 영화였다. 내가 극장에서 혼자 봤다는 말에서 알 수 있듯이 극장에서는 매우 폭망했다 – 심지어 「클레멘타인」과 「성냥팔이 소녀의 재림」도 혼자 보는 이 위대한 업적을 달성할 순 없었다 –. 나중에 알게 된 사실이지만 이 영화를 수입한 사람이 바로 이준익 감독이었다. 이때 폭망해서 진 빚을 갚기 위해 영화감독이 되었다고 하니 어떤 면에서는 내가 위대한 감독의 탄생을 방해한 셈이었다.

이후로 서서히 좋아하는 영화와 그렇지 않은 영화가 구분되었다. 그 이전까지 내게 영화란 장소에 딸려오는 부속 같은 것으로서 재밌느냐 아니냐 정도의 것이었지, 좋아하고 말고 할 대상은 아니었다. 여전히 돈이 없었으므로 관람의 중심은 동시 상영관이었고, 덕분에 취향이라는 것이 두드러질 수 없었다. 돌이켜 보면 영화 안목의 성장기에 취향이나 장르를 가리지 않고 고른 영양분을 섭취하면서 자란 셈이었다. 반대로 내 몸은 초코바나 크래커 따위로 성장 저하가 일어나고 있었다. 그렇게 나는 성장기의 키가 되어야 할 저녁 식사를 제물로 열심히 영화를 봤다. 이 무렵 이렇게 영화를 보지 않았다면 키가 지금보다 몇 센티미터쯤 더 컸을지도 모르겠다. 원판은 그대로일 테니 지금보다 조금 더 크다고 해서 누군가의 사랑을 받거나 이성에게 인기가 폭발했을 것 같진 않다. 다만 지금처럼 영화로 먹고 살긴 힘들었을 것이 확실하니까 좋은 등가 교환이었던 셈이다.

그렇다 해도 엄밀히 말해서 내가 영화광이나 시네필이라 할 수는 없으리라. 그보다는 한국의 입시 스트레스가 싫어서 극장으로 도망친 자연인, 혹은 학생에 가까웠다. 좀 더 진지하게 영화를 보기 시작한 것은 극장이란 공간이 더는 내게 필요하지 않게 됐을 무렵이었다.

13

시네마테크의 시대

#시네마테크 #키노 #전함 포템킨 #비디오 가게 #출발! 비디오 여행

PC통신 채팅방에 가면 어디나 영퀴방이 있었다. 게시판에 들어가면 자칭 시네필들이 온갖 영화에 대한 글을 쏟아내고 있었다. 매주 어디에선가 PC통신 동호회 주도의 상영회가 벌어지고 있었고, 게시판에선 영화광들의 지식 배틀이 벌어지기 일쑤였다. 바야흐로 시네마테크Cinémathèque의 시대였다.

그 시네필 담론의 중심에는 영화 잡지 『키노』가 있었다. 영화평론가 정성일 씨가 이끌던 시네필의, 시네필에 의한, 시네필을 위한 잡지로 기억한다. 실제로 프랑스나 일본의 영화 잡지들과 기사 제휴를 하고, 이전 영화 잡지에선 다루지 않았던 감독 중심주의와 제3세계 영화에 주목하는 등 새로운 시도를 했다. 하지만 잡지로서의 『키노』를 평가하자면 한마디로 끔찍했다. PC통신에 올라오던 영화평에 철학 개론서를 적당히 섞어서 사회과학 용어를 몇 스푼 얹은 후 인문학 번역서 특유의 젠체하는 문체로 다시 적으면 『키노』의 기사가 튀어나왔다.

솔직히 정성일 씨가 권두에 쓰는 편집자의 글을 빼면 이걸 읽으라고 쓴 건지, 아니면 싸질러 놓은 것인지 알 수 없는 수준의 글이 대부분이었다. 실제로 국문과 선배들이 학보나 문집 종류의 글을 써야 할 때 입버릇처럼 하던 말이 있었다.

"응.『키노』처럼만 안 써 오면 돼."

하지만 이게 모두『키노』탓이라고 하기엔 가혹한 면이 없지 않았는데, 지식의 수입과 번역에 주력하던 당시 인문·사회과학계에서는 특유의 번역 투라는 형편없는 문장이 매우 일반적이었기 때문이다. 이런 문장을 현학적이라고 부르는 것에 개인적으로 동의하지 않는다. 어떤 이들은 이런 문장이 내용의 정확성을 위해 필수 불가결한 것이라고 주장하지만, 이 역시 동의하지 않는다. 글을 써서 먹고사는 입장에서 말하자면, 오히려 미숙함을 감추기 위해 의미 뒤에 숨는 비겁한 글—그런 글을 정말 많이 써봐서 잘 알고 있다—에 가깝다.

생각해 보라.『공산당 선언』의 첫 문장을 번역 투로, "사상적으로 정제되지 않은 필리포 부오나로티^{Filippo Buonarroti}적인* 블랑키주의^{blanquisme}**가 유럽 특정 국가들—주로 구 유럽의 왕조 국가—에 확산되고 있다" 따위로 썼다면 공산당은 시작도 하기 전에 쫄딱 망했으리라. (명문으로 꼽히는『공산당 선언』의 실제 첫 문장은 "하나의 유령이 유럽을 배회하고 있다"로 시작한다.) 따라서 의미를 정확히 정의하려는 글이라면 모를까, 대중을 대상으로 지식 소매를 하는 잡지에서 이런 글을 쓰는 것은 나태하거나, 부족하거나, 잘난 척하거나 셋 다일 수밖에 없는 것이다.

이렇게 까는 『키노』지만 당시엔 열심히 사 모았는데, 이유는 간단했다. 시네마테크에서 개봉하는 영화나 각종 일본 애니메이션 상영회 등의 정보를 제대로 담고 있는 거의 유일한 영화 잡지였기 때문이다. 기존의 잡지는 새로 나오는 할리우드 영화 소식과 스타의 근황이 반반씩 담겨 있었다. 하지만 어차피 보게 될 영화라 새 영화 소식은 읽을 필요가 없었고, 책받침도 안 사던 인간이 외국 스타의 근황에 관심 있을 리 없었다.

그리고 시네마테크가 있었다. 각종 문화 지원금과 영상 산업에 진출하려는 대기업의 자본, 그리고 갓 탄생한 소비 세대의 문화적 욕구가 맞물려 여기저기 소극장에서 예술영화를 걸기 시작했다. 대부분 경제적으로 자생할 수 있는 선순환 모델 같은 것은 없었지만, 일단 붐이었다. 이것이 얼마나 붐이었는지는 『키노』의 광고면

---

* '필리포 부오나로티'라고 쓰는 건 매우 중요한데, 그냥 '부오나로티적'이라고 쓰면 미켈란젤로와 착각할 수 있기 때문이다. 미켈란젤로의 후손인 필리포는 당시 프랑스 혁명가에 의한 유혈 혁명 정권 수립을 주장하던 인물로, 로베스피에르Robespierre의 정신적 후계자이면서 평등자협회의 설립자다.

** '루이 오귀스트 블랑키'Louis Auguste Blanqui는 혁명 급진주의자로 부오나로티의 사상적 계승자다. 계급 투쟁과 비밀 결사를 중시하고 노동 운동과 사회주의 정치경제학을 결합한 독특한 저서를 남겨 마르크스에게 영향을 끼쳤다. 자코뱅파Jacobins와 연합해 파리 코뮌La Commune de Paris을 결성하기도 했다.

그 시네필 담론의 중심에는 영화 잡지 『키노』가 있었다. 영화 평론가 정성일 씨가 이끌던 시네필의, 시네필에 의한, 시네필을 위한 잡지로 기억된다. @ 한국영상자료원

을 보면 알 수 있었다. 당시 『키노』가 수주하던 광고의 수준은 동시대 패션지를 압도했다. 이 현상을 쉽게 설명하자면, 재미없기로 소문난 『문학동네』나 『창작과 비평』 같은 문예지에 『마리 끌레르Marie Claire』나 『엘르Elle』에 게재되는 시계나 화장품, 패션 브랜드의 광고가 실리는 것에 비견할 수 있으리라. 상상해 보라. 이런 문예지에 에르메스Hermès 광고가 실리는 일을. 그런데 당시 『키노』에서는 그런 일이 벌어지고 있었다.

아무리 생각해 봐도 '세상에! 무슨 일이 벌어지고 있는 거지?' 하고 의아해 할 일이다. 물론 내게는 좋은 일이었다. 대학 생활을 동숭동에 새로 생긴 시네마테크와 함께 시작할 수 있었으며 – 원

서 접수하는 날 곧장 가서 영화 「나쁜 피Mauvais Sang」를 봤다 –, 시간
만 나면 시네마테크에 들렀기 때문에 처음으로 반복 관
람하는 영화들도 생겨났다. 신사동 한복판에서 「전함 포
템킨The Battleship Potemkin」을 개봉하던–무성에다 그 재미없
는 영화가 평일 만석이었다– 이상한 시절이었다. 프로
젝터의 보급과 함께 목요일이나 금요일이면 대학가 카
페에서는 검정 천을 창에 두르고 상영회를 했고, 대학가 서점 옆
대자보에는 상영회 프로그램 정보가 붙곤 했다.

현대 영화의 기초를 쌓
은 작품으로 평가 받는
고전 영화 「전함 포템킨」

하지만 시네마테크보다 혁신적인 변화는 비디오 가게였다. 구
하기 힘든 비디오테이프라 해도 어떻게든 구해서 빌려준다는 '으
뜸과 버금'이라는 비디오 대여 체인점이 처음으로 등장
했다. 「출발! 비디오 여행」이란 제목으로 대여 비디오
를 위한 TV 프로그램도 생겼고, YMCA인지 어딘지 비
슷한 사회단체에서 예술영화를 전문적으로 구해 주기
도 했다. 무엇보다 미국식 메가 비디오 대여점을 모델로

역사 속으로 사라져가는
비디오 가게에 대한 뉴
스 기사

한 비디오 대여점들이 우리나라에도 등장하기 시작했다. 즉 규모
의 경제로 최대한 넓은 지하 같은 공간에 비디오 숍을 열어 신작
영화는 십여 개를 쭉 늘어놓고 2천 원에 빌려주고, 구작은 500원
에 빌려주는–나중엔 300원까지 떨어졌다– 거대한 회원제 비디
오 대여점들이 등장한 것이다. 아아, 극장에 한 번 갈 돈이면 영화
를 열 편이나 빌려볼 수 있는 시대가 열린 것이다.

이것을 나는 '대여 수렁' 혹은 '대여 지옥의 시대'라 부르고 싶다. 이유는 간단하다. 늘 같은 패턴으로 몰려 버리기 때문이다.

싼 김에 많이 빌린다. → 빌린 양에 비해 볼 시간이 부족하다. → 하루 종일 비디오를 본다. → 반납한다(이런 대여점들의 특징은 반납 지연료가 대여 요금보다 비쌌다). → 반납하러 간 길에 싼 맛에 다시 빌린다. → 빌린 양에 비해 볼 시간이 부족하다. → 이하 상동

이렇게 이어지는 무한 루프에 빠져 버리는 것이다. 그 덕에 영화에 대한 열정이 없는데도 무슨 한이라도 맺힌 것처럼 미친 듯 계속 영화만 보게 되는 이상한 삶을 살게 됐다. 생각해 보면 궁상도 그런 궁상이 없을 것이다. 고작 300원이나 500원이 아까워서 강제 영화광이 된 셈이었으니까. 지금 같으면 보지 않고 그냥 반납하거나 연체료를 냈을 텐데…. 그렇게 보기 시작한 영화였으니 나중에는 고르는 것도 귀찮아 영화를 장르별로 몰아서 보기 시작했다.

덕분에 「토마토 공격대Attack of the Killer Tomatoes」로 시작되는 B급도 아까운 F급 영화부터, 타르코프스키Андрей Тарковский의 「잠입자Сталкер」까지 좋아하는 영화의 스펙트럼이 장르와 수준을 가리지 않고 지극히 광범위하게 형성됐다. 당시 누군가 내게 좋아하는 영화를 물으면 아주 길고 긴 리스트를 말할 수 있었다. 누군가에게 배운 것도

아니고 영향을 받는 일도 없이 그저 반납 연체료의 압박에 시달리며 반강제로 영화 마니아가 되었지만 말이다.

뭐, 그래도 장점이 없진 않았다. 아마 누군가의 추천을 받거나 계보를 타고 가면서 봤다면 알지 못했을 영화들을 많이 만나게 됐다. 당시 이렇게 보면서 발견하게 된 감독 중 하나가 알렉스 데라 이글레시아Alex De La Iglesia 감독이다. 그의 첫 영화 「액션 뮤탕트 Accion Mutante」를 보고 반해서 「야수의 날The Day Of The Beast」에 열광하면서 다음 영화가 나오길 손꼽아 기다렸다. 쌈마이한-싸구려 또는 B급- 설정에 과감한 전개 그리고 특유의 유머 감각까지 모두 내 취향이었다. 하지만 그의 후속작들은 꽤 오랫동안 볼 수 없었다.

B급도 아까운 F급 「토마토 공격대」
@wikipedia

217

그의 영화가 더는 수입되지 않았으니까.

어느 날 갑자기 시네필의 르네상스가 끝나 버린 것이다. IMF 외환 위기로.

앞서 말했듯 대부분의 시네마테크들은 전혀 자생적이지 못했다. 소비자들은 지갑을 닫았고, 대기업들이 영상 사업에서 빠르게 발을 빼면서 정부 지원을 따내지 못한 시네마테크들은 등장 때처럼 빠르게 문을 닫았다. 동시에 예술영화를 수입하던 중소 수입사들도 빠르게 청산 절차를 거쳤다. 비디오 대여 시장은 어려워진 경제 사정과 맞물려 한동안 더 성황을 누렸다. 하지만 주요 영화제에서 상을 받거나 큰 수입사에서 들어오는 알려진 예술영화가 아니라면 대여 시장을 노려 '묻지 마'로 번역되어 들어오는 모험은 더는 하려 들지 않았다.

나중에 영화 일을 하는 친구와 이 시기에 대해 이야기를 나눈 적이 있다. 알고 보니 이 붐은 단지 우리나라에 국한된 것만은 아니었다. 세기말이기 때문이었을까? 영화 100주년의 은총이었을까? 지금은 거의 만들어지기 불가능한 영화들이 우리나라뿐만 아니라 전 세계적으로 만들어지던 시기였다. 자투리 필름으로 영화사에 남을 영화들이 탄생했고, 각국에서는 작가주의 감독들이 자국 문화의 특이성을 필름에 담아냈다. 당시 영화를 둘러싼 담론이 '예술인가, 산업인가'—이런 담론의 답은 무조건 '둘 다'라고 하면 된다. '빛이 입자인가, 파장인가'와 같은 질문이니까─였기 때문일까? 아니면 포스트모던의 절정기였기 때문이거나 그저 영화 산업이 자본에 의해 재편되고 고도화되기 전 반짝였던 마지막 섬광 같은 것이었을까?

모르겠다.

PC통신에서 사람들이 영화 역사의 족보를 따지고 화석과도 같은 고전영화를 학교 앞 카페에서 틀어 주던 때가 있었다. 영화평이라면 아무 데나 푸코Michell Foucault와 데리다Jacques Derrida, 들뢰즈Gilles Deleuze─놀음 섰다로 비유하자면, 당시 담론 배틀에서 푸코가 나오면 장땡, 데리다는 일삼광땡, 들뢰즈는 삼팔광땡 같은 것이었다. 물론 장 보드리야르Jean Baudrillard라는 구사 다시도 있었다─를 갖다 붙이기도 했다. 또 영화 보는 일이 엄청난 고급 예술이라도 되는 것처럼 목에 힘을 주고, 만드는 사람들 역시 영혼을 갈아 넣을 듯한 기세로 꾸역꾸역 찍어 대던 시기였다.

그때가 그립다는 것은 아니다. 영화의 황금기가 끝났다는 혹자의 의견과는 달리, 영화란 본질적으로 대중 예술이며, 지금은 촬영 장비의 대중화로 인해 영상 문화의 중심이 스크린에서 유튜브나 1인 방송국 같은 형태로 더욱 일상화 되고 다원화 되는 변화의 시기에 있다고 생각한다. 그리고 지극히 개인적인 경험상 돈을 가진 사람이 예술이라고 말할 때에는 돈 없는 이의 노력을 예술이란 이름으로 착취하는 경우가 많았다. 그래서 이 단어 자체가 언급되는 것을 반기지 않는 편이지만, 어쨌든 전 세계적으로 이상할 정도로 예술영화가 빛나던 시기였다.

그 시절 20대들은 「전함 포템킨」을 줄을 서서 보러 갔지만, 지금 20대들을 강당 같은 데 몰아넣고 틀어 준다면 아마 자신의 스마트폰으로 트위치Twitch의 「배틀그라운드Playerunknown's Battlegrounds」 영상이나 유튜브의 새로운 화장법 영상 같은 것을 보고 있으리라. 그렇다고 당시 20대가 지금보다 진중하고 더 대단했다는 말을 하는 건 아니다. 당시도 극장에 줄을 서서 들어갈 뿐 실제로는 태반이 상영 중에 자고 있었으니까. 뭔가 믿을 수 없는 일이 번쩍하고 일어난 뒤 끝나 버렸다는 이야기를 하고 싶을 뿐이다.

이 짧고 반짝였던 세대의 유산은 적어도 우리나라에서는 오래도록 남았다. 오늘날 영화 산업의 현역에 종사하는 이들은 직간접적으로 이 시기를 거쳐 갔고, 부산국제영화제나 부천국제판타스틱영화제도 이때 탄생해 한국 영화의 르네상스를 이끌었다. 실제로 IMF 사태가 터지고 시네필들의 경제적인 멸종이 선언됐던 그해에 영화 「쉬리」가 나와 한국 영화의 상업적인 가능성을 보여 줬다. 동시에 그 성공을 이룬 삼성영상산업단은 구조조정으로 해체되어 각자의 영화사를 차리게 되었다. 이로써 충무로로 대변되는 구세대 영화계가 저물고, 체계적이고 지속 가능한 상업 모델들이 한국 영화계에 자리 잡기 시작했다. 방화의 시대가 종말을 고하고, 한국 영화의 시대가 찾아온 것이다. 짧게 보면 3년, 길게 보면 5년 남짓의 황금기였지만, 그 유산은 아직도 이 업계의 기반으로 남아 있다.

물론 다시 이런 붐이 불기는 힘들어 보인다. 이 짧은 붐의 시기는 사상적으로도 시대적 화두—모던이냐, 포스트모던이냐—가 있던 마지막 시기였다. 또 이념적으로나 문화적으로는 공산주의의 몰락과 함께 개방적이고 자유로운 화해 무드가 사회 전반에 흐르고 있었다. 경제적으로도 아직 신자유주의의 파고가 고용계를 휩쓸어 모두를 불안에 떨게 만들기 전으로 서민들이 마지막으로 풍요롭던 시절이었다. 많은 학자들이 거대 담론의 시대는 이미 종언을 고했다고 주장하고, 이념이 사라진 자리에는 낯선 것에 대한 경계심이 자리 잡았다. 신자유주의의 파고가 휩쓸고 지나간 자리에는 젊은 친구들이 고용 난민이 되어 떠돌고 있다. 그러니 이 글을 읽는 내 또래 연배들은 요즘 애들은 우리 때와 달리 생각이 없다느니, 문화 수준이 떨어진다느니 하는 헛소리를 하지 않았으면 좋겠다. 그저 그 시기를 거쳐 간 우리가 운이 좋았을 뿐이다.

그리고 그 덕분에, 시기를 잘 잡은 덕에 아직도 문화 말석에서 먹고 살고 있다.

감사하고 미안할 따름이다. 아무렴.

14

looser, yourself

#힙스터 #학생영화 #폐인 #꼰대 #루저 #스트리밍 라디오 #리얼플레이어 #오지라퍼

얼마 전 한 영화의 VIP 시사회에 다녀왔다. VIP 시사회라니 뭔가 대단해 보이지만, 절차상 꼭 필요한 시사-기술 시사나 내부 시사 같은-가 다 끝난 후 개봉 직전 홍보를 목적으로 하는 시사가 VIP 시사회다. 해서 영화사에 아는 사람 하나쯤 있으면 누구나 초대 받을 수 있는 행사다. 영화는 내 돈 주고 보는 게 제맛이라 믿는 쪽이라-돈과 시간을 사용하는 소비자의 입장이 되어 볼수 있는 기회다- 좀처럼 시사회에 가지 않는 편인데, 그날은 누굴 만나러 간 자리라 뒤풀이까지 따라가야 했다. 배우와 스태프들이 가득한 넓은 뒤풀이 자리에서 만날 사람은 아직 도착하지 않았고, 아는 사람은 단 한 명도 없었다. 결국 다른 자리에서 한 번 본적 있는 배급사 직원과 합석했다. 당연히 어색했고, 딱히 할 말도 없었다. 산발적으로 이런저런 이야기를 하다가 우연히 그녀가 대학 시절 단편 영화를 찍었다는 말을 들었다.

"'학생영화' 찍으셨던 건가요?"

"학생영화요?"

"일단 우울하거나 불행한 주인공, 자살 혹은 방황, 밑도 끝도 없는 파국적인 상황, 알 수 없는 회상, 뻔한 이미지 샷, 피상적인 불행에 대한 묘사, 그리고 열린 결말이나 비극적인 결말로 된 단편이요. 단편영화제에 가면 열 편 중 아홉 편이 이랬거든요."

"아, 저도 학생영화였어요. 근데 그런 말은 누가 만든 거예요?"

"모르겠는데, 저는 친구한테 들었어요. 친구가 영상원 다닐 때 동기나 후배들의 단편을 보러 다녔는데, 어땠냐고 물으면 늘 그랬거든요. '응. 학생영화야.'"

"아, 저도 하여간 찍었습니다. 학생영화!"

"왜 학생들은 단편 영화를 그렇게 찍는 걸까요? 사실 단편도 정말 재밌게 찍을 수 있잖아요. 형식 자체도 재밌게 짜고, 여러 가지 실험을 해 볼 수 있잖아요?"

사실 비슷한 질문을 학생영화라는 이야기를 처음 해 준 친구에게 물었던 적이 있다.

"왜 늘 학생영화는 비슷할까? 누가 그렇게 만들라고 시킨 것도 아니잖아. 신기하지 않냐?"

친구는 후배들의 졸업 영화를 보고 온 자리였고, 둘 다 약간 술에 취해 있었다.

"야, 씨…. 그렇게 따지면 한국 단편 소설들은 왜 다 비슷한데! 얼마 전 XX문학상 작품집 샀더니 다 거기서 거기더만."

내가 단편을 별로 쓰지도 않았고, 친구가 말한 문학상 수상 후보에 오른 작가들도 모를 뿐 아니라 앞으로도 영원히 그 상과 무관한 삶을 살겠지만, 단지 작가라는 이유로 이 상황을 해명해야 했다.

"니가 인마, 제대로 안 읽어서 그렇지 다 나름의…"

"됐고! 다른 작가가 썼는데 다르기야 하겠지. 근데 그렇게 따지면 학생영화도 마찬가지 아니야? 전반적인 소설의 성향이 전부…"

"아마 올해 심사위원들이 취향이 명확했던 모양이지."

"야, 내가 그걸 올해 처음 사 보냐? 아무리 내가 책을 안 읽어도 그 책은 매년 사 본다고."

"상을 주는 미학적 기준이 명확하다는 이야기네."

이야기가 길어질 것 같아 나는 화제를 바꿨다. 덕분에 학생영화들의 놀랄 만한 유사성에 대한 답을 듣진 못했다. 이번엔 직접 찍어 봤다는 그녀에게 이유를 물었다.

"20대 때 안 그러셨어요?"

"뭘요?"

"대학생이잖아요. 그땐 그렇잖아요. 자신이 실은 찌질하다는 걸 처음 알게 되고, 그 찌질함을 멋있게 포장하고 싶어 하고, 그래서 불행에 어떤 나름의 의미가 있다고 믿는… 뭐, 그런 거…"

무슨 말을 하는지 알 것 같았다. 10대나 20대 초반엔 막연히 그런 생각을 하곤 한다. 내가 뭔가 대단한 사람인 거 같고, 뭔가 훌륭한 일을 할 거 같고, 혹은 그렇지는 못하더라도 최소한 형편 없지는 않을 거라 확신한다. 내가 어릴 때 어른들에게 들었던, 젊은이는 패기가 있어야 한다고 말할 때의 그 패기가 아마 이런 것이리라. 유감스럽게도 대부분은 머지않아 첫 좌절을 겪는다. 단순히 실패를 말하는 것은 아니다. 자신이 실은 평범 내지는 특별하지 않다는 걸 깨닫는 순간이 찾아오는 것이다. 그녀는 학생들이 그런 경험을 자신이 처음 찍어 보는 영화로 만들고 싶어 한다고 말하고 있었다. 충분히 수긍이 가는 주장이었다.

"그런 거구나."

"작가님은 그런 경험 없으세요?"

없을 리 있나? 하지만 그런 경험이 내게 딱히 인상적이지는 않았다. 내 쪽으로 말하자면 패기보다는 폐인이었기에 떨어질 낙차가 남들보다 적었다. 바닥에 있었으니 실망스러운 자신에 대해 실망하지 않았다고 해야 하나? 또래 친구들이 청춘을 만끽하는 시간에 나는 방구석에서 혼자 연체가 코앞으로 다가온 비디오를 보며 지냈으니까. 그래서 불행하거나 우울했던 건 아니다. 주로 자신의 감정보다는 타인의 행복과 불행을 보고 읽으면서 청춘을 보냈을 뿐이다. 세상엔 클럽에서 친구들과 노는 걸 좋아하는 사람도 있지만, 늦은 밤 공사장 앞에서 멍하니 서서 엘리엇 스미스를 듣는 걸 좋아하는 사람도 있기 마련이다. 나는 후자, 즉 내향적이라 부르는 부류에 속하는 인간이었을 뿐이다.

그렇다고 겸손하거나 조용한 사람이라는 건 아니다. 혼자 있는 게 좋았던 이유는 다른 사람들과 있을 경우 내가 얼마나 자기 과시적이고 소심하고 오만하고 제멋대로인지 알고 있기 때문이었다. 알고 있으니 크게 실망할 일은 없었다. 그리고 알고 있으니 혼자인 게 편했다. 영화도 혼자 보러 다녔고, 여행도 혼자 다녔다. 심지어 롤러코스터 타는 걸 좋아해서 놀이공원에도 혼자 다녔는데, 「CSI 라스베가스」에서 그리섬^{Grissom} 반장이 우울한 사건을 해결하고 나서 혼자 롤러코스터를 타는 장면을 보면서 '동지여!'라고 외친 적도 있었다. 자신이 특별하지 않다는 걸 인정하면 삶이 편해진다. 낙관, 자기 계발, 외향성의 신봉자들은 이런 삶이 향상성 없는 실패한 삶이라 말한다. 그리고 늘 성공을 외친다. 그러나 더 나은 것을 하려는 동기가 꼭 성공하기 위한 욕망일 필요는 없다.

「CSI 라스베가스」에서 롤러코스터를 혼자 타는 그리섬

유감스럽게도 한국 사회는 내향적인 사람들에게 절대 우호적인 곳이 아니다. 일단 밥을 혼자 먹는 것만으로도 아싸^{아웃사이더}나 루저로 자동 분류되는 곳이니 말이다. 문제는 이 분류가 그저 나누는 것에서 끝나지 않는다는 것이다. 오지라퍼^{오지랖이 넓은 사람}라 불

227

리는 계몽 혹은 꼰대주의적 세계관의 신봉자들이 깜빡이도 켜지 않은 채 타인의 삶에 끼어드는 일이 벌어지기 때문이다. 이걸 '관심'이란 이름을 붙여서 말이다. 나 혼자 살기도 바쁜 세상, 정말 관심이 있어서 신경 써 준다면 고마운 일이다. 그러나 유감스럽게도 많은 경우 이 관심이라는 것은 그저 궁예의 관심법 수준일 뿐이다. 상대를 멋대로 재단해 원치도 않는 처방을 내려 주는 이들의 태도는 대상의 상황을 전혀 고려하지 않는다는 측면에서 동물들이 서열을 확인하기 위해 하는 일종의 마운팅^{mounting}에 가깝다. 루저로 살면 한국 사회에서는 마운팅을 하고 싶어 환장하는 일련의 오지라퍼들을 만날 수 있다. 이들을 견디기 힘든 이유는 마운트 때문도, 오지랖 때문도 아니다. 자신의 행동을 선의라 믿는 그 뻔뻔함 때문이다.

그러나 세기말에는 나 같은 루저들을 위한 음악이 있었다. 바야흐로 인터넷 세상이었고, 리얼미디어^{RealMedia} 라디오가 붐이었다. 이전까지는 들을 수 있는 라디오라면 국내의 FM, AM 방송이 전부였지만, 인터넷 세상에 들어가면 「리얼플레이어^{real Player}」 파일 '.rm'로 된 라디오 방송들이 있었다. 리얼미디어는 세기말 가장 각광받던 스트리밍 파일 형식이었다. 윈도우 미디어 오디오^{Windows Media Audio}를 밀던 마이크로소프트사가 경쟁사의 「리얼플레이어」와 「퀵타임^{QuickTime Player}」을 죽이기 위해 「인터넷 익스플로러^{Internet}

^{Explorer}」에 에러 코드를 심기 전까지 – 이 일로 마이크로소프트는 천문학적인 보상금을 지급한다 – 인터넷 스트리밍 세상을 사실상 평정했던 것이 바로 이 리얼미디어였다. 300선 전후의 동영상과 32~64Kbps 정도로 압축된 음성 파일을 스트리밍으로 볼 수 있는 당시로서는 획기적인 서비스였다.

오늘날 팟캐스트의 전신이라고 할 만한 스트리밍 라디오의 등장으로 전 세계 음악을 실시간으로 듣는 게 처음으로 가능해졌다. 따라서 웹사이트 몇 곳을 돌아다니면 주소를 얻어서 빌보드에 밀려 존재감을 찾지 못했던 음악도 들을 수 있었다. 뿐만 아니라 당시 영국과 미국의 마이너에서는 루저들을 위한 음악이 붐이기도 했다. 무한 경쟁 사회에서 밀려난 일군의 젊은이들이 도시 외곽이나 중소 도시에 모여 반자본주의적이고 인문학적이고 친환경적이며, 자신들이 멋지다고 생각하는 이른바 '쿨한' 문화적 코드에 열광적으로 몰두하기 시작했다. 그리고 이 소비층을 겨냥한 음악이 본격적으로 태동하기 시작했다. 후에 '힙스터^{hipster}'라 불리게 될 하나의 문화적인 흐름이 바로 그것이었다.

물론 이러한 흐름은 한국에 살면서 당시엔 아직 해외에 나가 본 적도 없는 내게는 알 바 아니었다. 여기서 힙스터 음악에 대해 설명할 수도 있을 것이다. 피치포크 미디어^{Pitchfork Media}와 포틀랜드에서 있었던 인디신^{indie scene}들의 흐름, 그리고 스코틀랜드의 챔버

팝chamber pop들에 대해서도 말할 수 있다. 하지만 이런 것들을 알게 된 것은 비교적 최근의 일이다. 따라서 당대에는 그런 사회적인 흐름이 있다는 것도 몰랐다. 힙스터란 내게 그저 벨 앤 세바스찬Belle And Sebastian의 노래 가사에 나오는 알 수 없는 단어일 뿐이었다. 가사 속에서도 주인공 소년이 또래 친구들에게 힙스터 여왕처럼 차려입었다고 놀림을 받는 내용이니, 좋은 의미로 쓰이진 않았을 것이다.

그 시기 우리나라는 시대적으로 1세대 아이돌 음악의 태동기였고, 주류 음반 산업은 모두 아이돌 음악을 중심으로 돌아가고 있었다. 뿐만 아니라 음반사를 겸한 대형 기획사에서—음반사 중심의 기획사 시장은 이후 붕괴되었다— 완성도는 높지만 비슷한 내용을 담은 유행가를 백만 장씩 팔아 치우고 있었다. 그런 음악이 맞지 않았던 내게는 헤드폰에서 흘러나올 노래가 필요했고, 그것이 마침 스코틀랜드 글래스고의 한 인터넷 라디오에서 흘러나오는 음악이었을 뿐이다. 당시엔 힙스터가 뭔지 인디 음악이 뭔지도 몰랐다. 그저 반젤리스Vangelis의 OST에서 시작된 우울한 음악적 취향이 엘리엇 스미스를 거쳐 벨 앤 세바스찬으로 흘러 그런 음악을 틀어 주는 인터넷 라디오를 발견했을 뿐이다. 한때 심야 라디오를 들었던 것처럼 이번에는 컴퓨터를 켜고 인터넷 라디오를 들었을 뿐이다.

이 시기는 그저 일련의 음악가 목록으로 기억하고 있다. 레드 하우스 페인터스Red House Painters, 몽골피에 브라더스The Montgolfier Brothers, 요 라 탱고Yo La Tengo, 트래비스Travis, 스타세일러Starsailor, 선길 문Sun Kil Moon, 더 내셔널The National, 엘리엇 스미스, 카메라 옵스큐라 Camera Obscura, 마이크로폰즈The Microphones, 인터폴Interpol, 수프얀 스티 븐스Sufjan Stevens, 벨 앤 세바스찬…. 아마 작정하고 적기 시작하면 훨씬 길어질 아주 긴 리스트가 있었다. 얼굴을 본 적도 없고 뭐하 는 사람인지도 모르겠지만, 이들은 방에 처박혀 뒹굴뒹굴하는 내 게 쉴 새 없이 노래를 불러 주었다. 물론 몇몇 음악은 당대 최고의 음악 잡지로 꼽히던 『서브Sub』의 샘플러 CD에 포함되어 있기도 했 다. 하지만 돈이 없어 『서브』를 사지 못한 내게는 그저 비트레이 트 64K의 한없이 더러운 음질의 음악일 뿐이었다. 디지털 노이즈 가 섞여 나온 노래 가사의 반은 삶의 우울함을, 나머지 반은 루저 로 살아가는 삶에 대한 애정을 담고 있었다. 그런 음악을 들으며 생각하는 것이다.

'아, 나는 평범하게 살 수 있을까?'

그렇다. 그 무렵 또래들이 패기를 부리다가 문득 특별하지 않 은 자신을 재발견하고 있을 때 나는 '남들만큼 살 수 있을까'를 걱 정하고 있었다. 취직은 평생 못할 것 같았고, 결혼 역시 마찬가지 였다. 예감은 틀리지 않아서 역시나 결혼은 못했고, 취직도 못했 다. 그 즈음에 한때 비슷한 길을 걷고 있던 친구가 꿈을 버리고 취업하기로 결정한 후 어떻게 돈도 안 되는 그 길을 흔들리지 않고 걸을 수 있는지를 내게 물었다.

"응. 나는 너처럼 안 했던 게 아니라 못하는 거거든. 이 바닥 아니면 갈 곳이 없다."

그 말에 친구는 웃었다. 그 날은 취직을 결정한 친구가 밥을 샀다. 모처럼 내 돈이 들지 않는 외식이었으므로 나는 그저 최대한 꾸역꾸역 먹었다.

혹자는 가난한 건 불편한 것이지, 부끄러운 게 아니라 말한다. 아마 이 말을 만든 사람은 가난해 보지 않았거나 고작 잠깐 가난해 보았던 것이리라. 돈이 없다는 것은 사람을 비루하게 만들고 한없이 사소한 것, 이를테면 구멍 난 양말 같은 것으로 한 인간을 수치스럽게 만든다. 재화는 힘이고 가능성이다. 가난은 불편할 뿐만 아니라 궁상맞고 종종 부끄럽게 만든다. 바꿔 말해 수치와 비루함을 견딜 수 있다면 적어도 자신이 하고 싶은 일을 하면서 원하는 삶을 살 수 있는 것이다. 적당한 '멘탈' 관리만 할 수 있다면 많은 것을 포기하더라도 단 하나의 자유를 누릴 수 있는 셈이다.

나중에 알게 된 사실지만, 동시대 서구 젊은이들은 이것을 쿨한 삶이라 치장했다. 그래서 낡은 옷을 입는 것은 빈티지 패션이었으며, 쓰레기통을 뒤져 폐기 식품을 먹는 것은 친환경적인 삶이며, 스쿠터를 타는 일은 화석 연료를 경멸하고 지구를 생각하는 멋진 행동이었다. 그리고 얼마나 '마이너 하고' '인디 한' 예술적 취향을 지녔는가를 두고 수준의 층위를 만들었다. 그것을 '힙하다'고 표현했다.

힙스터란 대단한 것이 아니다. 경쟁에서 낙오한 일군의 무리들이 자본주의 경쟁이 강요하는 노동과 자기 계발에서 열외 되는 대가로 남은 시간에 자신의 문화적인 취향을 발전시키고 복잡한 자신들만의 코드를 만들어 예술적 취향으로 이뤄진 층위의 세계를 만든 것이다. 예전, 그러니까 세기말 이전에는 잉여의 시간이 넘쳐나던 귀족이나 가능했던 교양의 위계화를 문화적 취향으로 바꿔 재현한 무리가 이들이었다. 그들은 경쟁에 뛰어든 이들을 경멸했으며, 문화적 세련됨으로 자신들만의 힙한 코드를 만들었다. 세상이 그들을 이해하지 못해도 상관없었다. 세상은 우리처럼 힙하지 않으니까. 그들에게 세상 사람들은 그저 욕망과 성공에 눈이 먼 채 맹목적으로 인생을 질주하는 누 떼 같은 것이었다.

그 힙스터가 2010년대에 들어서자 SNS에서 홍대를 중심으로 붐을 이루고, 나중에 주류로 올라와 놈코어 룩 Normcore look이라는 패션 붐까지 이어졌다는 걸 생각하면 어안이 벙벙해진다. 심지어 그것은 우리나라에 국한된 것이 아닌 전 세계적인 붐이었다. 이 글은 힙스터 붐이 불기 십여 년 전에 트렌드를 앞서 나갔던 내 취향을 자랑하려는 것이 아니다. 나같이 밀려난 루저들이나 즐기던 일종의 정신 승리적인 삶의 방식이 훨씬 광범위해진 것에 대한 우울함에 대한 것이다.

나는 내가 택한 삶이 그저 세련된 아큐[阿Q]라는 걸 알고 있었다. 또래의 다른 젊은이들이 영위할 수 있는 삶의 방식—취직, 결혼, 출산—에서 이미 밀려났으므로 그저 남는 시간에 영화를 보거나 책을 읽거나 음악을 들었을 뿐이다. 그것이 결혼하거나 아이를 낳거나 집을 사는 것보다 훨씬 쌌으니까. 포스트모던한 오오바 요조[大庭葉藏]—『인간 실격』의 주인공—랄까.

힙스터란 아무리 그럴 듯하게 포장해도 주류에서 열외로 밀려난 자들이 탈자본의 세계를 꿈꾸면서 취향으로 이뤄진 코드의 계층을 만들고 그 세계에 처박히는 것이다. 물론 삶의 방식에 대한 나름의 선택이기는 하다. 꼭 자본주의에 적합한, 적응한 삶만이 바람직한 인생은 아니니까. 다만 그것은 다른 선택이지, 더 우월하거나 계층적 가치를 부여할 만한 대안은 아니다. 주류의 삶은 그것이 바람직하건 않건 간에 적어도 실물 세계에서 생산 활동에 기여하고 있다. 그것을 인정하지 않고 우리가 더 낫다고 믿는 것은 그야말로 믿음일 뿐이다. '힙한' '더 멋진' '더 나은'이란 접두사는 아이러니하게도 그들의 선택이 일종의 패배로 밀려나서 택한 선택임을 보여 주고 있다. 비교 없이는 성립할 수 없는 독립적이지 못한 기준인 셈이니까.

어느 날 수용소에 힙스터란 간판이 붙고 네온사인도 달리고 수

많은 젊은이들이 "이게 유행이라며?"라고 떠들면서 몰려온 격이 랄까? 힙하고, 쿨하고, 자신만의 취향이 어쩌고저쩌고 하는 어떤 미사여구나 그럴 듯한 단어를 붙인다 해도 수용소는 결국 수용소 일 뿐이다. 힙스터가 붐일 수 있다는 건, 바꿔 말하면 신자유주의 가 나 같은 패배자나 정신 승리자들을 양산했다는 이야기다.

물론 지금의 힙스터들은 내가 들었던 음악을 듣지 않으리라. 나는 피치포크 미디어나 『서브』 시대의 올드스쿨–구식의, 클래 식한– 루저일 뿐이니까. 사실 글은 쓰고 있지만, 요즘 힙스터가 뭘 하는지는 SNS를 쓰지 않기 때문에 나도 잘 모르겠다. 뭐, EDM 이나 힙합 같은 걸 듣겠지.

내가 기억하는 것은 그저 힙스터인지, 햄스터인지 리스트 속 음악들은 CD를 구하기 더럽게 힘들었다는 것과 (아마존^{amazon.com} 이 생기기 전까지는 신촌 향음악사 매장에 가거나 미국으로 어학 연수를 가는 친구들에게 부탁해야 했다. 특히 몽골피에 브라더스 의 CD는 구할 길이 없어서 결국 뉴욕 사는 친구 동생이 윌리엄 스버그에 있다는 CD 매장까지 사러 가야 했다.) 「리얼플레이어」 의 허접한 음질뿐이다. 음악 취향이 로파이^{Lo-fi}나 이지 리스닝^{easy listening} 계통인 건 아마도 한창 음악을 듣던 시기에 접하던 음악들 의 통로가 비트레이트 32~64K 사이의 더러운 디지털 음질이었 기 때문이 아닐까? 당시 우리나라 인터넷의 해외 회선 사정이 좋지 못해서 낮은 비트로 듣는 해외의 라디오마저 뚝뚝 끊기곤 했다. 그렇게 보자면 나는 정말 짧은 시간 존재했던 디지털 로파이 세대인 셈이다.

몇 년 전 지산 밸리 록 페스티벌에서 벨 앤 세바스찬이 첫 내한 공연을 한 적이 있다. 둘째 날 오후 공연으로 기억하는데, 햇살이 미친 듯 쨍쨍해서 그들의 노래가 도저히 어울릴 것 같지 않았다. 그래도 꽤 많은 과거의 루저들이 모여 메인 스테이지 앞자리가 북적북적했다. 숲 어딘가에 텐트를 쳐 놓거나 얼토당토않은 가격에 민박을 빌려 근처 어딘가에서 밤을 보내고 온 사람들이었다. 후줄근한 패션에 '떡진' 스타일을 한 사람들의 머리 위로 「Sleep the Clock Around」의 전주가 울려 퍼지기 시작했다. 그 순간 한 아가씨가 울음을 터뜨렸다. 그냥 울음이라기보다 대성통곡에 가까웠다.

2010년 지산 밸리 록 페스티벌에서 벨 앤 세바스찬의 공연

이해할 수 있었다.

아마도 한창 그들의 음악을 듣던 시절, 세상의 오지라퍼들에게 "그 꼴이 뭐냐?" "쓸모없는 놈" "젊은 놈이 할 일이 얼마나 많은데…" 같은 소리를 들으며 자괴감에 견딜 수 없는 불면의 밤을 지새웠을 그들에게 벨 앤 세바스찬은 시계가 한 바퀴 다 돌 때까지 깨지 않는 깊은 잠을 자는 것에 대해 노래를 불러 주었을 것이다.

벨 앤 세바스찬은 시계가 한 바퀴 다 돌 때까지 깨지 않는 깊은 잠을 자는 것에 대해 노래를 불러 주었을 것이다. 그리고 그 순간에 그 노래가 그녀의 삶에 유일한 위안이지 않았을까?
@wikipedia

그리고 그 순간에 그들의 노래가 그녀의 삶에 유일한 위안이지 않았을까?

'외향성, 낙관주의, 경쟁, 승리, 성공'

세상이 바람직하다고 말하는 삶의 방식이 있다. 그리고 그렇게 살지 못하는 이들에게 세상은 꽤나 가혹하다. 힙스터를 설명하는 많은 텍스트에서 '구분 짓기' 그 자체가 그들의 존재 목적인양 이야기한다. 그러나 스노비즘으로 무장한 이들의 구분 짓기는 본질적으로 도피에 불과하다. 그럼에도 정해 놓은 삶의 방식을 벗어난 이들에게 루저라는 딱지를 붙이는 세상에서 자신들의 취향으로 새로운 유배지를 만들고 그곳으로 도피했다고 해서 그것을 비난할 수 있을까?

힙스터가 '힙하다'는 건 신화에 가깝지만 – 그들도 그저 여느 사람들과 다름없는 좋은 놈도, 형편없는 놈도 있는 흔한 사람들일 뿐이다-, 그들을 싸잡아 쿨병 환자라든가 부심병 환자라고 보는 것도 그저 다른 형태의 몰이해일 뿐이다. 다만 힙스터들도 알아야 할 것이 있다. 취향이 당신의 정체성을 만들어 줄 수 없다는 것을 말이다.

앞서 말했던 것처럼 모든 문화적인 행위들은 본질적으로 쓸데없는 것이다. 그럼에도 많은 사람들이 꽤 오랫동안 그 쓸데없는 짓이 우리를 남과 구분 짓고 자신을 정의할 수 있다고 믿어 왔다. 왜냐하면 꼭 필요하고 생산적인 무언가는 모두가 하는 일이기에 우리를 타인과 구분 짓게 할 수 없는 것처럼 보이니까. 다름이 우리를 남과 구분하지만, 꼭 필요한 무언가 역시 우리의 일부다. 따라서 '다름'뿐만 아니라 다른 사람과 '같음' 역시 자신의 정체성을 정의하는 중요한 지표인 것이다.

따라서 취향만으로 한 인간을 정의할 수는 없다. 취향을 끌고와 타인의 감수성을 재단하는 것은 취향의 수용소로 그들을 쫓아냈던 오지라퍼들과 같은 방식으로 타인을 대하는 문화적 파시즘일 뿐이다. 쓸데없는 것들의 훌륭한 점 중 하나는 굳이 우열을 정하거나 우위를 가릴 필요가 없다는 것이다. 분명 예술적 수준과 미학적 완성도의 차이는 있다. 하지만 반드시 더 뛰어난 것을 택할 이유도, 그것을 택했다고 해서 더 나은 인간이 되는 것도 아니다. 한정식을 싫어하고 국밥을 좋아한다고 해서 더 못한 인간이 아닌 것처럼 말이다.

힙스터가 취향으로 계층을 만드는 이들이라면 오타쿠는 취향의 코드로 자신만의 세계를 구축하는 이들이다. 탈현실의 세계에서 한 쪽은 대안적이고 미학적인 권력 구조를 만들었다면, 또 다른 쪽은 정말로 자신의 취향만으로 이뤄진 대안적 세계를 구축한 것이다. 그렇기에 한 쪽은 라이프 스타일에 집착하고, 다른 한 쪽은 세계를 디테일하게 만들 대상을 수집하는 데 몰두한다. 세기말을 지난 이후 신자본주의 시대에 이런 이들이 대두되는 것은 단순한 우연이 아닐 것이다. 이것에 대해 보다 학술적 분석이 있다면 좋겠지만, 유감스럽게도 나는 학자가 아니다. 내가 하고 싶은 말은 그저 이들이 택한 삶의 방식이 시대적인 변화와 무관하지 않으며 조금은 슬픈 일이라는 것이다.

이런 글의 정석이라면 여기서 이 유배자들에게 희망과 위로의 말을 하나쯤 해야겠지만, 그냥 끝낼 것이다. 섣부른 위로조차 오지랖일 뿐이라는 걸 이미 알고 있으니까.

15

어떻게 해야 작가가 될 수 있어요?

#작가와의 만남 #소설 쓰는 법 #결여감 #노동자 #김소진 작가

스태프로 참여해 영화를 찍으면서 배우 누구에게 사인을 받아 본 적 없고, 소설 역시 어릴 때와 달리 딱히 좋아하는 작가가 없다. 인터뷰하면서 제일 곤란한 질문 중 하나가 좋아하는 작가가 누구냐는 것이다. 사적으로 아는 작가가 몇몇 생기면서 좋아하는 작가가 있긴 하지만, 그저 사람이 좋고 우연히 같은 직업에 종사할 뿐이다. 작품 때문에 작가를 좋아한다는 건 내게는 익숙해지지 않는 개념이다. 작품이 마음에 들면 작품을 좋아했지, 작가가 작품과 관련 있는 존재라고 생각해 본 적은 거의 없었다. 물론 개인적으로 영향을 받은 작가가 있긴 하지만, 그 영향은 작품 외적인 것이다.

실제로 대학을 다니면서 작가론이라는 걸 처음 배울 땐 이걸 왜 하나 싶었다. 그럴 수밖에 없었다. 그때까지 책을 보면서 누가 썼는지 관심을 가져 본 적이 한 번도 없었으니까. 작가가 무슨 생각으로 썼는지 독자에게 무슨 상관이란 말인가? 심지어 '책날개에 왜 저자 약력을 적어 놓는 걸까? 아무도 안 볼 텐데'라는 생각을 대학생 무렵까지 하고 있었다.

그러면 읽을 책들은 어떻게 찾았냐고? 서점에 가서 첫 페이지를 읽어 보고 괜찮으면 사는 식으로 책을 골라 왔다. 느리지만 확실한 방법이었다. 물론 지금은 이런 무식한 짓을 하지 않는다. 딱히 고르지 않아도 글을 쓰기 위해 읽어야 하는 책이 밀려 있으니까. 그런 이유로 소설을 쓰게 된 후 사람들이 책을 가지고 와서 사인해 달라고 할 때면 매번 당황스럽다.

'나 같은 인간에게 도대체 왜? 글씨도 못 쓰는데, 어째서?'

더구나 사인에는 대개 몇 마디 문장을 덧붙이는 게 당연한 예의처럼 받아들여지는 시대라 처음 본 사람에게 일종의 축문을 써 줘야 한다는 것은 매번 패닉에 빠지게 만든다. 만난 지 10초도 안 된 사람에게 뭐라고 글을 써 줘야 한단 말인가? 모 인기 작가님은 내 고민에 대해 이런 간단한 답을 주셨다.

"문장 20개 정도만 외운 다음에 돌려 써. 그게 최고지."

나는 기쁜 마음으로 '늘 행복하시기를 기원하며, 만나 뵙게 되어 즐거웠습니다' 따위의 문장을 20개 만들었다. 물론 속으로는 이런 생각을 했다.

'늘 행복한 삶이라…. 정말 끔찍하겠네. 엄청 지루할 거 아니야. 이거 혹시… 일종의 저주?'

생리적으로 예의상 하는 이런 말들이 마음에 들진 않았지만, 어쨌든 외웠다. 그렇게 열심히 외웠지만 머지않아 더 근본적인 문제가 있다는 걸 깨달았다. 쓸데없고 장황한 수사뿐인 글을 쓰느라 꽤나 오랫동안 사인 열에 독자들을 붙잡아 둔다는 걸 말이다. 사실 혼자 사인회를 한 적도 별로 없고, 사인을 받을 만큼 유명한 작가도 아니다. 무엇보다 누군가의 시선을 정수리로 받으면서 그 사람의 책에 악필로 축문 같은 걸 쓰고 있으면 피해자 앞에서 무언가 형언할 수 없는 몹쓸 짓을 저지르는 악당이 된 기분이다. 책 페이지에 내가 쓴 글자들보다 종이에 튄 얼룩이나 오물이 차라리 깨끗해 보일 지경이었으니까.

시적인 문장으로 유명한 작가님은 내 고민을 듣고 이렇게 말씀하셨다.

"가능하면 모호하고 짧게 써. 그런 거 좋아한다고. 독자들은."

아하, 하지만 아무리 시집을 뒤적거리고 모호한 문장을 떠올리려 해도 누군가에게 사인을 하기에 적합한 시적인 문장은 펜 끝에 잡히지 않았다. 그다지 문학적이지 못한, 가능한 일상문으로 글을 쓰려 하는 작가의 비애이리라. 미문을 싫어하는 건 아니지만, 내가 쓰면 오글거려서 견딜 수 없었다.

문학상을 연달아 수상한 한 작가님과 함께 행사에 참석한 자리에서 사인을 캘리그래피 수준으로 하는 걸 보고 정말이지, 쥐구멍에라도 들어가고 싶었다. 감탄하는 내게 작가님은 말씀하셨다.

"아, 이거요? 연습하면 누구나 할 수 있어요. 저도 이거 며칠간 연습한 거예요."

별일 아니라는 듯 이렇게 말하는 작가님께 차마 말할 수 없었다. 내 끔찍한 글씨는 1년 반이나 서예 학원을 다닌 결과물이라는 걸. 1년 반의 서예 학원은 나를 붓 씻기와 먹 갈기의 달인으로 만들어 줬을 뿐, 악필은 벗어날 수 없었다.

결국 나는 누군가 사인을 부탁하면 사인만 하기로 했다. 그나마 내 책에 내가 저지르는 끔찍한 테러 피해를 최소화하기로 한 것이다. 사연을 모르는 독자들은 나를 오만한 작가로 욕하겠지만, 덕분에 장수하면 기쁜 일이겠지.

그런 내게도 독자들은 때때로 질문을 한다. 고백하건데 대개는 자발적인 질문이 아니다. 작가를 초청하는 행사를 진행하면 으레 마지막에 질의문답 시간이 있기 마련이다. 물론 독자들의 사랑을 받는 유명 작가라면 이 순간만큼 소중한 시간이 없다. 독자들에게는 자신이 사랑하는 작품에 대해 작가에게 묻고 싶은 게 얼마나 많겠는가? 하지만 인지도 없는 나 같은 작가는 이 순간이면 오랜 친구를 만나게 된다. '정적'이라는 이름의.

그러면 마음속으로 콧노래를 흥얼거리게 된다.

"Hello darkness, my old friend."*

내겐 익숙하기에 그다지 어색하지 않지만, 오히려 독자들이 견

디지 못한다. 어색하다 못해 숨 막히는 조용한 시간에 떠밀려 누군가 의례적인 질문을 하곤 한다. 보통 그런 질문들은 놀랄 만큼 유사하다.

인기 없는 작가로 두 번째 많이 받는 질문은 이것이다.

"소설을 쓰고 싶어요? 소설은 어떻게 쓰면 되나요? 소설 쓰는 방법 좀 알려 주세요."

조금씩 다르지만 결국은 같은 질문이다. 작가가 유명하지 않으면 않을수록, 작품을 읽어 보지 않은 사람이 많으면 많을수록 이런 질문을 받는다. 그러니까 이건 명절에 친척들이 묻는 "결혼은 언제 할래?" "공부는 잘하고 있니?" "취업은 어디에 했니?"와 같은 부류의 질문이다. 그러나 이 질문이 친척들에게 듣는 이야기처럼 싫지는 않다. 적어도 독자들은 화제를 이어가거나 질문해야 할 의무 같은 건 없으니까. 그러니 설사 할 만한 질문이 없어서 했다 해도 질문 자체는 진심인 것이다. 내 답변은 이렇다.

"쓰세요. 그냥 쓰면 됩니다."

"소설 쓰는 방법 같은 게 있지 않나요?"

당연히 있다. 하지만 그 방법이 거창한 게 아니다.

＊「The Sound of Silence」의 가사.

내가 하고 싶은 이야기가 무언인지 생각해 보고,

그것을 어떻게 표현하면 좋을지 생각해 보고,

그 다음에 쓰면 된다.

물론 이걸 좀 더 체계적이고 복잡하고 구체적으로 설명하는 방법도 있다. 문예창작과에 가면 그런 수업을 잔뜩 들을 수 있다. 하나같이 체계적이고 훌륭한 이론들이다. 하지만 이런 창작 이론은 일종의 공구 사용법과 같은 것이다.

여러분이 책장을 만들려 한다고 생각해 보자. 톱을 쓸 줄 안다고 책장을 만들 수 있는 것은 아니다. 일단 나무가 있어야 한다. 이 나무는 바로 당신이 하고 싶은 이야기다. 그리고 그 나무를 잘라서 못질하고 붙이는 것이 소설에서의 여러 가지 장치적인 기법을 사용하는 것이다. 당신이 아무리 공구를 잘 사용하고 못질과 톱질에 능통해도 결국 문예 창작 이론들이 당신에게 나무를 만들어 주진 못한다. 이것이 글을 잘 쓰는 많은 친구들이 훌륭한 문장에도 불구하고 소설을 쓰지 못하는 이유라고 할 수 있다.

보통 살면서 가슴에 뿌리내린 나무 한 그루쯤은 있기 마련이어서 이 나무를 잘라다가 책장을 만들 수 있다. 이 경우 많은 작가들에게 있어서 데뷔작이 곧 대표작이자 유작의 길을 걷게 된다. 만약 나무가 충분히 크다면 의자도 만들 수 있고, 테이블도 만들 수 있다. 하지만 결국은 나무가 떨어지는 순간이 온다. 혹자는 이들을 반짝 작가라느니, 이름만 작가라느니 하면서 나쁘게 말하지만, 이런 창작을 부정적으로 평가하고 싶지 않다. 단 한 편뿐인 작품이라도 한 인간을 구원할 수 있다면 좋은 작품이다. 무엇보다 가슴에 뿌리내린 나무를 베는 일 자체가 자신에 대한 치유 과정이 되기 때문이다. 대개 이런 질문을 하는 분들은 가슴에 뿌리내린 나무를 베어 버리기 위해 글을 쓰고 싶은 사람들인 경우가 많으니까.

단, 계속 소설을 쓰는 작가가 되고 싶다면 결국 나무하는 법을 배워야 한다. 자주 가는 산을 정해 놓고 갈 수도 있고, 좋아하는 수종을 정해 놓고 벨 수도 있다. 늘 책장만 만들 수도 있고, 늘 테이블만 만들 수도 있다. 요는 결국 나무를 구해야 뭐가 됐든 시작된다는 것이다.

나무를 구하는 방법을 알려달라고? 유감스럽게도 그것은 누군가가 해 줄 수 없다. 당신의 인생이 걸린 문제이기 때문이다. 당신의 숲에 어떤 나무가 사는지 내가 알 순 없다. 개인적으로 나를 만나서 이런 글을 쓰고 싶다고 한다면 그 나무를 베는 법을 조언해 줄 순 있다. 그러나 여기에 일반론은 없다. 아마 문예 창작에서 소재를 발견하는 일에 대한 이론이 그토록 빈약한 것은 이 때문일지도 모르겠다. 어떤 사람들은 이걸 영감이나 깨달음 같은 것으로 표현하곤 한다. 다만 일반론을 만들기 힘들 뿐이지, 신비화할 일인지는 잘 모르겠다.

만약 완벽히 행복하고 불평할 것 없고 결여된 적 없는 행복한 삶을 산 사람이라면 결코 나무를 구할 수 없을 것이다. 왜냐하면 나무 한 그루 없는 경치 좋은 카리브 해 바닷가에서 살고 있기 때문이다. 물론 그렇다고 소설을 쓸 수 없다고 단언하기는 힘들다. 그런 삶을 살아온 사람이라도 글을 쓰고 싶은 열망으로 열대 우림이나 냉대 침엽수림으로 가서 나무를 구할 수도 있다. 이것을 두고 취재가 됐든 체험이 됐든 뭐라고 부르든지 간에 일종의 나무를 구하는 일이 되는 것이다. 중요한 것은 나무를 구하려는 마음인데, 나무를 구하려는 절실함은 심리적으로 일종의 결핍이다. 큰 것이 됐든 작은 것이 됐든 어떤 형태의 결여감이 나무를 찾아 떠돌게 만든다.

중요한 것은 주저앉아 있으면 나무가 뚝 하고 떨어지지 않는다는 것이다. 결국 많이 읽고 세상에 관심을 갖고 그들의 희로애락에 귀를 기울이는 것이 그나마 나무 구하는 일의 일반론이 될 것이다. 문예 창작 이론에서 이 분야에 대한 체계화가 매우 부족한 편이어서 오히려 우리는 전업 작가의 상당수가 전공과 무관한 것을 발견하게 된다. 하긴 결여감을 만들어 주는 학문이 존재한다는 게 이상하긴 하다.

흔히들 작가란 타고나야 한다고 말할 때 대부분 글 쓰는 재능을 생각하지만, 개인적으로 선천적인 영역의 재능이 가장 필요한 것도 이 지점이라 생각한다. 소설을 쓰는 일은 굳이 따지자면 – 인간 만사가 그렇지만— 즐거운 것보다 괴로운 게 더 많은 법이다. 그 불구덩이로 계속 뛰어들도록 만드는 것이 바로 나무를 구하고자 하는 열망이다.

일단 나무를 구하고 나면 나머지는 비교적 쉽다. 정말 쓰기만 하면 되니까. 내가 좋아하는 스코틀랜드 밴드 벨 앤 세바스찬은 그들이 만든 OST 앨범 『Storytelling』의 곡 「Storytelling」에서 어떻게 이야기를 끌어가면 되는지를 노래 한 곡으로 설명한다. 곡의 가사 전문을 싣는 것은 저작권 문제가 생길 수 있으니 핵심만 설명하면 이렇다.

벨 앤 세바스찬의
「Storytelling」

당신을 사로잡는 어떤 이미지에서 출발해서 그 이미지를 이루는 캐릭터를 만들고, 만들어진 캐릭터들에 구체성을 부여하면 캐릭터들이 살아 움직이기 시작하면서 사건들이 만들어진다.

대략 이런 내용이다. 여기에 필요한 것들은 거의 다 들어 있다. 정말 소설을 써 본 사람이라면 '어떻게 저렇게 핵심만 골라서 설명할 수 있을까' 하고 감탄할 정도로 중요한 건 다 알려 준 셈이다. 이걸 잘 이해할 수 없다면 일단 써 보라고 조언하겠다.

아마 천재가 아닌 다음에야 확실히 망할 것이다. 하지만 망했다고 결코 그만둬서는 안 된다. 똥이 되든 쓰레기가 되든 일단 끝까지 쓰는 것이 가장 중요하다. 쓰다 만 걸작 한 편보다 완성된 쓰레기 하나가 지금 당신에게 가장 필요하기 때문이다.

물론 끝까지 쓰고 나면 괴로울 것이다. 자기 비하와 우울의 파도가 당신을 덮칠 것이고, 작가가 될 재능 따위는 실은 없었다는 걸 깨닫게 될 테니까. 하지만 정말 그런 감정이 든다면 적어도 작가가 될 수 있는 재능 두 가지는 확실히 발견한 셈이다. 하나는 자신의 작품을 냉정하게 볼 수 있는 눈을 가진 것이고, 또 하나는 작품을 끝까지 완성할 수 있는 엉덩이를 가진 것이다.

어쨌든 쓰고 나면 이 쓰레기로 뭘 할 수 있을지 당황스러울 것이다. 이때가 바로 훌륭한 문예 창작 이론들이 필요한 순간이다. 앞서 말했던 것처럼 창작 이론이라는 건 도구 같은 것이다. 당신이 기술자 지망생이고, 기술자가 되기 위해 도구 사용법을 배워야 한다면 가장 멍청한 학습법이 도구의 매뉴얼만 읽는 것이다. 대개 작가가 되고 싶다면서 문예 창작 이론을 공부하는 사람들이 저지르는 가장 큰 실수가 이론만 수능 시험 준비하듯 공부하는 것, 즉 주구장창 매뉴얼만 읽는 것이다. 하지만 도구를 잘 쓰려면 실습을 해야 한다.

다행히도 여러분 앞에는 마음껏 실습을 할 수 있는 따끈따끈한 쓰레기 하나가 있고, 여러분이 배운 도구를 가지고 마음껏 잘라 붙일 수 있다. 이 시점이 되면 많은 걸 깨닫게 된다. 곧 나에게 모든 도구가 필요한 것이 아니라 어떤 도구들은 내가 원하는 작품을 위해 고쳐 사용해야 한다는 것이다. 또 나에게 잘 맞는 도구가 있고, 유난히 손에 안 붙는 도구도 있다는 걸 알게 된다. 이 도구의 사용법을 배우면서 가장 명심해야 할 것이 있다면, 당신이 쓴 글을 가지고 도구를 사용해서 무언가를 만들 때 그 결함이 근본적인 것이라면 처음부터 다시 출발하는 걸 두려워해선 안 된다는 것이다. 이 단계에선 완성된 쓰레기를 만드는 것이 중요하지 않다. 책꽂이를 만들려고 했다면 어쨌든 책을 꽂을 수 있는 형태를 만드는 것이다.

이 지난한 과정을 거치면 어쨌든 당신 손에는 책꽂이 하나가 들려 있을 것이다. 책꽂이를 만들 생각이었는데, 의자가 들려 있거나 테이블이 있을지도 모르겠다. 물론 열에 여덟은 지금까지의 과정에서 길을 잃어버릴 가능성이 크다. 어떤 부분에 작품이 잡아먹힐 수도 있고, 어떤 부분에 사로잡혀 전체적으로 엉망이 될 수도 있다. 그런 순간이 올 때면 길잡이가 될 수 있는 건 '당신이 무얼 만들고 싶었는가' 하는 것이다. 글의 주제니 어쩌고저쩌고 하는 게 독자에게 필요한 것만은 아니다. 길을 잃었을 때 나침반 역할을 하는 것이 결국 '어떤 이야기를 하고 싶었나' 하는 최초의 생각이다. 당신이 책꽂이를 만들 생각이었다면 아무리 멋지고 아름다운 팔걸이가 있다 한들, 쓸모없는 사족일 뿐이다. 그렇다. 이 순간에는 필요 없는 것을 포기하는 법을 배울 차례다. 물론 이렇게 되물을 수도 있다.

"팔걸이가 너무너무 훌륭해서 절대 포기할 수 없는데, 어떡하죠?"

그렇다면 답은 하나다. 책장을 만드는 일을 포기하고 의자를 만드는 수밖에. 그래서 책장을 이루고 있던 것들을 다 버리고 의자에 필요한 나무를 잘라 다시 재단하고 만들어야만 한다. 요는, 무언가 포기하는 법을 배우지 못하면 팔걸이가 달린 책장이나 앉을 수 없는 의자나 기울어진 테이블이 탄생한다는 것이다.

여기까지가 내가 소설을 쓰고 싶다는 분들을 위해 해 줄 수 있는 이야기의 전부다. 개인적으로 권하고 싶은 것은 마감과 하루 작업량을 일정 정도 정해 놓고 시작하는 것이다. 영감은 찾아오는 게 아니라 멱살을 잡고 끌고 와야 한다. 완벽하고 훌륭하며 예술적인 작품이 당신에게 어느 날 우연히 찾아올 거라 믿는다면 그 믿음을 부정할 생각은 없다. 다만 그것이 오지 않는다면 평생을 그렇게 기다리다 말 것이냐고 되묻고 싶다. 앞에서 말했듯이 쓰다 만 명작보다 완성된 쓰레기가 낫다.

나는 작가란 직업이 노동자라 생각한다. 노동은 필요하니까 하는 것이다. 문학이 예술이라 믿으며, 많은 것들을 모호함에 두고, 우연성을 예찬하고, 신비함을 숭배하고, 혼을 따지고…. 뭐, 그럴 수 있다. 그렇게 작가가 되고 좋은 작품을 쓸 수 있다는 걸 부정하는 말이 아니다. 다만 소설을 쓰고 싶은데 어떻게 쓰는 거냐고 묻는 사람이라면 일단 그렇게 해서 작가가 될 수 있는 부류는 아니다. 당신이 예지적이고 천재적이며, 신비한 예술적 능력을 지닌 작가라면 이딴 글을 읽고 있을 시간에 이미 걸작을 쓰고 있을 것이다.

한 편의 걸작이 탄생하기 위해서는 백 편의 수작과 천 편의 범작과 만 편의 불쏘시개가 필요하다. 이 글은 어쨌든 소설을 쓰고 싶은, 나와 함께 범작과 불쏘시개를 뽑아낼 노동자 동지들을 위한 것이다. 마르크스가 말하지 않았던가?

"만국의 노동자여, 단결하라."

작가가 노동자란 개념이 이상하다고? 그건 아마 내가 가장 많이 받아 본 질문으로 답할 수 있을지도 모르겠다. 내가 가장 많이 받는 질문은 이것이다.

"어떻게 해야 작가가 될 수 있어요?"

그러면 나는 답한다.

"작가가 별거 있나요? 누군가가 읽을 만한 글을 꾸준히 쓴다면 그게 작가죠."

내가 불성실하게 답한다고 생각할지 모르겠다. 아니면 작가가 되기 위한 무공의 비급 같은 걸 감추고 있다고 믿고 있거나. 아니, 불성실한 건 사실이니까 틀린 생각은 아니다. 다만 작가가 되는 비밀을 감추고 있는 건 아니다. 저 답은 정말이지, 짧기는 해도 내가 할 수 있는 범위에서 성의껏 한 답이니까.

누군가 읽고 싶을 만한 글을 계속 쓰고, 그것을 위해 계속 노력하면 그게 작가다. 물론 여행작가부터 소설가까지 작가의 종류도 많다. 전업이냐 아니냐, 또는 사람들이 많이 아느냐 존재도 모르냐에 따라 천차만별로 다를 것이다. 하지만 당신이 단 한 명의 독자를 위해서라도 무언가 읽을 만한 걸 쓰고 있다면 그 사람을 나는 작가라 생각한다.

어떤 사람은 등단을 해야 작가가 된다고 믿는다. 실상 등단이 어떤 공인된 자격 요건은 아니다. 그저 문단이란 곳에 소속되려면 등단이라는 걸 해야 한다는 믿음이 구전처럼 전해져 왔을 뿐이다. 등단이란 공인이 꼭 필요하다고 믿는 사람도 물론 있다. 하지만 진지한 궁서체로 답하자면 '−가*'가 붙는 직업은 그런 게 아니다.

화가를 예로 들어 보자. 고흐는 생전 단 한 점의 그림을 팔았다. 그의 그림을 이해해 주는 사람은 동생 테오뿐이었고, 그는 죽을 때까지 동생 돈에 얹혀 살면서 미치광이처럼 그림을 그렸을 뿐이다. 그는 어디에서 화가로 인증을 받거나 그림을 그려 경제적으로 스스로를 부양할 능력이 없었다. 사회적으로 인정받지 못했음에도 어쨌든 그는 화가였고, 화가이며, 화가일 것이다. 물론 그런 삶을 산 건 고흐뿐만이 아니었다. 모르긴 해도 단 하나의 고흐가 알려지기 위해선 수백 수천의 비슷한 삶이 있었으리라. 그들도 당연히 화가였다. 그림을 그렸으니까. 역사에 남느냐, 남지 않느냐라는 차이 정도가 있긴 하지만, 어차피 그것은 당신이 죽고 난 뒤 남의 손에 의해 결정되는 문제. 지금 당장 앞당겨 당신이 고민할 일은 아니다.

만약 작가가 공인되어야 한다면 작사⁽⁾라고 불러야 할 것이다. 적어도 우리나라에서 공인된 자격을 가진 직업에는 모두 '−사' 자가 붙으니까. 그렇게 된다면 작가도 결혼 시장에서 등급이 높아질까?

1996년은 문학의 해였다. 어째서 문학의 해였는지 잘은 모르겠으나 어쨌든 문학의 해였고, 거창한 문학 관련 행사들이 많았다. 그 해가 문학의 해였다는 걸 대부분 사람들은 모르고 있었고, 나 역시 마찬가지였다. 그래서 그저 긴 여름방학을 밤새 호러 영화 네 편쯤 연달아 보고 나서 늦잠을 자고 있었다. 그 무렵 영화의 장르를 정해 매일매일 몰아서 보고 있었다. 그날은 아마 「좀비오 Re-Animator」 시리즈를 연달아 봤을 것이다. 그런 내 엉덩이를 걷어차며 어머니가 말했다.

"일어나! 일어나서 '문학의 해, 문학 캠프'에 가라고!"

나는 나오지도 않는 목소리를 쥐어짜며 물었다.

"문학의 해? 그게 뭔데요?"

255

"캠프."

"그러니까?"

"문학 캠프."

"아니, 그걸 내가 왜 가냐고요?"

"내가 신청했으니까."

모르겠다. 어머니가 무슨 생각으로 날 문학 캠프에 보냈는지는. 이제와 생각해 보면 자신이 가고 싶었던 것 같다. 그 해 어머니의 문화센터 친구들은 차례로 등단했다. 마지막 남은 사람은 어머니뿐이었다. 분명히 어머니가 글을 못 쓰는 건 아니었다. 내 기준에선 호흡이 조금 길게 느껴지지만 특유의 유려한 문체도 있었다. 다만 어머니의 단편들은 초등학교 국어 책에 나올 법한 작품들이었다. 따뜻하고 밝고 감동적이고 좋기만 한 이야기들 말이다. 소설에서 이야기의 전개는 내적이든 외적이든 캐릭터의 갈등이 서사를 끌고 가야 하는데, 이쪽에는 영 소질이 없었던 것이다.

아마 초조하기도 하고 절망도 하셨을 것이다. 그래도 계속 습작을 하고, 여전히 문학을 사랑하셨다. 문학 캠프의 존재조차 모르고 있던 나와 달리 직접 전화를 걸어 접수까지 하셨다. 아마 당시 접수원은 참가하는 사람의 이름을 물었을 것이다. 그 순간 고민하시다가 비디오를 빌려 밤새 영화만 주구장창 보고 있는 아들 내미 이름이 홀쩍 튀어나와 버린 것은 아닐까? 아니면 그저 방학 내내 주침야활을 하고 있는 폐인 같은 자식놈을 집 밖으로 쫓아내고 싶었는지도 모르겠다.

주섬주섬 이스트팩 짝퉁 배낭에 면 티 몇 개와 반바지 몇 벌, 속옷을 챙겨 집 밖으로 쫓겨났다. 날씨는 흐렸고, 공기는 습했다. 내 손에는 어머니가 쥐어 준 '문학의 해, 문학 캠프' 참가 접수증이 들려 있었다.

집합한 장소는 국립민속박물관 앞 주차장이었는데, 옆에서는 광화문 복원 공사가 한창이었다. 나는 늘어선 관광버스 앞에서 책상을 놓고 접수를 받는 직원에게 어머니가 준 종이 쪼가리를 내밀었다.

"어, 이거 아닌데…. 본인 맞아요?"

"네. 제가 임성순인데요."

"아, 이거 어떻게 하지? 저기요. 이런 경우는 어떻게 해야 하는 거예요?"

접수를 받던 직원은 갑자기 다른 직원들을 불러모았다. 한참을 자기들끼리 이야기를 주고받은 후 내게 이렇게 말했다.

"뭔가 오류가 있었던 모양인데요. 숙소 방 편성이 여자 방으로 되어 있으시네요."

'좋은 오류다'라고 생각했지만, 짐짓 걱정하는 듯한 얼굴로 되물었다.

"그래서요? 어떻게 해야 하는데요?"

"늦게 온 분과 문제가 생긴 분들만 모아서 남녀 합반을 만들 생각인데, 괜찮으시겠어요?"

"어쩔 수 없죠."

그렇게 나는 문학 캠프의 자투리반에 들어가게 되었고, 우리
반은 시인 장석남 선생님이 담당하시게 됐다. 문학 캠프는 생각보
다 다양한 연령대의 사람들이 모여 있었다. 의외로 내 또래는 서
울대 국문과 출신의 누나 한 명이었고, 다들 삼촌, 고모, 어머니,
아버지 또래였다. 인원 구성을 보면서 문학이 사양 산업인 것 같
다는 생각을 했다. 그렇다. 문학이 각광 받던 시대는 이미 지나 있
었다. 그래서 올해가 문학의 해였구나! 이를테면 5공 시절의 '정
의사회 구현' 같은 거라고 생각했다.

시카고에서 왔다는 할머니도 한 분 계셨는데, 말이 엄청 많은
데다 붙임성이 좋으셔서 우리는 모두 '미국 할머니'라 불렀다. 그
분은 문학 캠프에 참가하기 위해 귀국하셨다고 했는데, 정말인지
아니면 입담이 센 할머니의 구라였는지 끝내 알 수 없었다. 어쨌
거나 그 정도로 각별한 문학 사랑을 자랑하는 분들은 대체로 격
동의 1950~60년대를 거쳐 온 사람이 대부분이었다. '나 대신 어
머니가 왔으면 좋았을 텐데.' 차창 밖을 보면서 잠시 그런 생각을
했다.

급조한 반답게 행사 참여율은 바닥을 기었는데, 여기엔 담당이
었던 장석남 선생님도 크게 한 몫하셨다. 버스에서 자신의 시집

『지금은 간신히 아무도 그립지 않을 무렵』을 나눠 주신 선생님은 숙소에 도착하자마자 자리를 잡으셨다. 선생님의 자리는 아직 붉은 뚜껑을 자랑하던 진로 박스였다. 그날 사람이 그렇게 술을 많이 마실 수도 있다는 걸 처음 알았다. 그분은 2박 3일 일정 중 2박을 소주 박스 위에 앉아 꼬박 밤을 새우며 마셨다. 박스에서 일어나신 건 화장실 갈 때뿐이었다. 시는 알코올로 쓰는 것인가, 새떼들에게로 망명했던 건 술 취해서였던 걸까, 선생님을 보면서 이런 감탄을 할 수밖에 없었다.

장석남 선생님이 이처럼 술과 물아일체가 되신 덕에 반별 행사가 진행될 때마다 우리 반은 유령처럼 숙소를 떠돌았다. 당시 숙소가 치악산 기슭에 위치한 유스호스텔인데 고속도로로 막혀 있어서 도망칠 구석도 없었다. 하지만 우리 반 아저씨 아줌마들은 격동의 시기를 살아오신 분들답게 없는 길을 뚫어 치악산 등산을 가셨다. 그 덕에 나는 문학 캠프를 온 것인지, 등산 캠프를 온 것인지 헷갈려 하고 있었다. 우리를 불쌍히 여긴 진행요원은 옆방 선생님께 남아 있는 우리를 맡겼다. 그분이 김소진 선생님이었다.

김소진 선생님은 정말이지, 반에서 늘 1등 하는 학생 같았다. 늘 단정하고 바른 생활을 할 것 같은 학 같은 느낌의 학생 말이다. 그 반에는 중년의 아줌마들이 주로 많았는데, 대부분 아주머니들이 선생님의 팬이었다. 휴머니즘이 넘치는 작가라는 칭송이 주를 이뤘는데, 그때마다 선생님께서 부끄러워하시는 것이 눈에 보일 지경이었다. 무슨 생각이었는지 나는 그 팬덤 앞에서 감히 "선생님 소설이 그렇게 마냥 따뜻한 것만은 아닌 거 같다. 늘 보면 소설 속 화자들과 대상 간에는 보이지 않는 선 같은 게 있는 것처럼 보인다"라는 지적질을 했다. 그때나 지금이나 분위기 파악 못하는 건 알아 줘야 한다. 섶을 지고 불에 뛰어든 격이라고나 할까? 한 분은 목소리를 높여 내게 글을 읽을 줄도 모른다고 성토하셨고, 다른 분은 네가 어려서 인생을 모른다고 일장 연설을 하셨다.

그때 김소진 선생님이 나섰다.

"저의 은사도 비슷한 이야기를 하셨어요. 아무래도 제가 아버지에 대해 갖는 감정이 애증이고, 이웃에 살았던 달동네 사람들에 대해 가지고 있는 기억도 마냥 좋은 것만은 아니었거든요. 초등학교 고학년 때부터 저는 달동네 친구들 사이에서 그냥 모범생 부류로 외떨어져 그 친구들과 거리감을 느끼기 시작했죠. 아마 그런 게 글 속에서 보이는 게 아닐까 싶네요."

조심스럽게 운을 떼며 내 편을 들어 주셨다. 그렇게 자다가 엉덩이를 걷어차여 여기까지 오게 된 한 청년을 구해 주신 것이다.

행사가 끝나고 숙소로 돌아가는 길에 아줌마들은 졸리다고 먼저 들어갔고, 우리는 유스호스텔 진입로 한가운데 앉아 술판을 벌였다. 같은 반에 있던 서울대 누나는 작가가 될 생각이었는지, 김소진 선생님에게 "선배님, 선배님" 하면서 이것저것을 많이 물었다. 그때 예의 그 질문도 있었다.

"어떻게 해야 작가가 될 수 있나요?"

김소진 선생님은 잠시 침묵하셨다. 그리고 이렇게 말씀하셨다.

"저는 작가가 노동자라 생각합니다. 공장에서 라디오를 만드는 거랑 똑같다고 생각해요. 공장에서 일하는 노동자가 좋은 라디오를 만들려고 노력하는 것처럼 그저 열심히 일하는 거죠. 지금은 어떻게 하면 등단을 할까 이런 게 중요해 보이겠지만, 작가가 된다는 건 좀 더 넓게 봐야 한다고 생각해요. 직업이고 생활인이니까요."

아마 그 누나가 원하는 답은 아니었을 것이다. 나는 그저 막걸리가 맛있네 하면서 고개를 끄덕일 뿐이었다.

지금은 왜 김소진 선생님이 그런 답을 하셨을지 미뤄 짐작하고 있다. 작가를 지망하는 사람들이 가장 흔히 하는 착각은 등단만 하면 내가 아는 '그 작가'처럼 될 수 있다고 믿는 것이다. 하지만 그 작가가 '그 작가'가 된 이유는 등단했기 때문이 아니라 그 이전에나 이후에도 쉼 없이 좋은 작품을 쓰기 위해 노력했기 때문이다. 등단이란 결코 목적지가 아니다.

우리는 해가 뜰 때까지 진입로에 앉아 막걸리를 마셨고, 캠프는 그렇게 끝났다. 장석남 선생님은 차 안에서 이틀 연속으로 술을 마시느라 밀린 잠을 몰아 주무셨고, 서울대 누나는 내게 학교에 한 번 놀러오라며 삐삐 번호를 알려줬다. 하지만 나는 그 메모지가 든 바지를 세탁기에 넣고 돌리고 말았다. 메모지는 잉크가 번진 채 작은 공 모양이 되어 버렸다. 아직도 종종 궁금하다. 그 서울대 누나는 등단했을까, 원하던 작가가 되었을까?

   김소진 선생님께 더 자세한 이야기를 듣게 된 것은 그 해 가을 이었다. 학교에서는 축제가 있었고, 나는 군 입대를 앞두고 일반 휴학을 군 입대 휴학으로 바꾸기 위해 학교에 갔다. 일반 휴학으로 말하자면 2학기가 시작되는 개강 첫날 강의실로 올라가는 경사로를 오르다 힘들어서 바로 옆에 있는 대학본부에 들어가 휴학을 해 버렸다. 그런데 문학 동아리에서 김소진 선생님을 모시고 특강을 한다는 플래카드가 진입로에서 펄럭이는 게 아닌가? 이미 늦은 시간이었고 어차피 특강이 끝날 무렵이었지만, 인사나 드릴까 하고 특강이 진행되는 강의실로 갔다.

   무슨 강의를 하셨는지는 잘 모르겠다. 내가 갔을 무렵엔 이미 마지막 질문에 답을 하고 있었으니까. 강의가 끝나자 선생님께 인사를 드리고 집에 갈 생각이었지만, 선생님은 절박한 표정으로 날 붙잡으셨다. 그 날 처음 알았는데, 선생님은 낯을 가리시는 편이었던 것 같다. 곧 뒤풀이에 갈 예정이었는데, 낯선 성대 학생들 사이에서 내가 유일하게 아는 얼굴이었다.

   그래서 정작 행사를 진행한 동아리 학생들을 두고 – 내가 소속된 동아리도 아니었다 – 선생님 옆에 앉아 대작을 했다. 선생님은 지난달부터 몸이 좋지 않다고 술을 거의 드시지 못했다. 선생님은 내게 작가로 살아가는 일이 얼마나 팍팍한지, 가족을 부양하기 위해 얼마나 많은 잡문들을 써야 하는지, 그럼에도 좋은 작품을 쓰고 싶은 마음이 얼마나 간절한지를 이야기하셨다. 얼핏 다음에 쓰려고 하는 글에 대해서도 이야기하셨고, 아마도 그것이 아버지에 대해 쓰는 마지막 작품이 될 것이라고 말씀하셨다. 왜 내게 이런 이야기를 하셨는지 아직도 잘 모르겠다.

술자리의 마지막에 동아리 학생들과 나는 위대한 작가인 함정임 선생님을 위해 건배했고, 김소진 선생님은 크게 웃으셨다.

맑은, 아이 같은 웃음이었다.

그리고 군에 입대해 자대 배치를 받은 후 어머니에게서 온 편지 안에는 깔끔하게 오려진 작은 신문 기사 하나가 들어 있었다. 김소진 선생님의 부고였다.

'아아…'

당시엔 선생님께 들은 이야기의 의미를 알지 못했다. '작가가 어떤 태도로 글을 써야 하는가' 같은 것은 당시 내게 너무나 먼 이야기였으니까. 하지만 내가 선생님보다 많은 나이가 되고, 나 역시 작가가 되고 나서야 비로소 무슨 말씀을 하고 싶으셨는지 어렴풋이 이해할 수 있을 것 같다. 작가란 대단한 것이 아니다. 당신이 직장에 출근하고 학교에 등교하는 것처럼 그저 글을 쓸 뿐이다. 예술이라고? 인간만 할 수 있는 위대한 거라고? 내가 살아 있는 동안 소설을 쓰는 인공지능이 나온다 해도 놀라지 않을 것이다. 그리고 예술은… 예술일 뿐이다. 예술이 모든 문제의 알파와 오메가가 아니다.

그래서 가능하면 여느 직장인들처럼 글을 쓰려고 노력한다. 그들이 매일 직장에 나가 일정 시간을 일하는 것처럼 나도 글을 쓰려 한다. 작가란 직업의 노동자니까. 당신이 출근하는 것처럼.

그것이 내 직업이고, 단지 그뿐이다.

| 나가며 |

Ballad of Big Nothing

우리 세대란 단어를 들으면 한 장면이 떠오른다. 예전에 문학 상을 받았을 때 술자리에서 누군가가 내게 이렇게 말했다.

"좆같은 386세대 이야기는 지긋지긋하니까, 우리 세대 이야기 좀 써 봐."

술에 취한 그는 내 양손을 잡은 채 큰 목소리로 외쳤다. 별로 세대를 의식하지 않고 살아온 나는 이 양반이 무슨 뜬금없는 소리 를 하는가 싶었다. 심지어 그날 처음 본 사람이었다.

세대란 말은 내게 이상하게 들린다. 동시대와 공유하는 동질감 같은 것은 거의 없기 때문이다. 아니, 그 시절에 대한 추억팔이 글 을 쓰면서 그게 무슨 소리냐 싶겠지만, 이것은 과거의 기억에 대 한 글이지 세대에 대한 글이 아니다. 사실 PC통신을 하던 시절, 내 가 주로 채팅하던 사람들은 형이나 아저씨였다. 오프라인 모임에 가서도 스무 살 많은 아저씨들에게 직장생활의 어려움 같은 이야 기를 듣고 있었다. 결코 같은 세대라 할 수 없는 사람들이었다. 동시대 친구들이 아이돌 음악에 열광하는 동안 우울한 아저씨들의 노래를 들었고, 동기들이 공부하는 동안 386세대들의 후일담 소설을 읽고 있었다.

물론 이 글 전체가 세대와 전혀 무관한 것은 아니다. 이를테면 기묘한 건축물을 보면서 로봇이 나올 것 같다고 생각하는 건 우리 세대만의 특징이라 생각한다. 어린 시절 TV 만화계를 강타했던 거대 로봇물들은 늘 수영장이나 테니스장, 돔 천장 등을 가르고 지하 기지에서 출동했고, 따라서 대학 건물이나 청동상에서 비상시 반으로 갈라지면서 무언가 튀어나온다는 이야기는 비슷한 만화를 봤던 세대만 공유할 수 있는 정서였다. 친구들의 대학 축제에 놀러 가면 "이 건물은 비상시에…"로 시작하는 농담을 한 번쯤 들을 수 있었다. 「마신 3부작」을 보고 자란 세대가 대학을 다니던 시절, 어느 캠퍼스나 변신하는 건물 하나쯤은 있었다.

하지만 이것은 세대라기보다 살아왔던 시대에 관한 이야기고, 메이저라기보다 지극히 마이너한 이야기다. 유감스럽게도 나는 주류의 삶을 살아본 적이 없으니까.

세대라는 개념이 전혀 존재하지 않는다는 이야기가 아니다. 10대 후반이었을 땐 우리를 X세대니, 오렌지족이니, Y세대가 어쩌고저쩌고 떠들어댔지만, 그런 구분보다는 태어날 때부터 소비자로 자란 첫 세대라 말하고 싶다. 그런 구분 자체가 소비자들의 주머니를 털기 위한 상술이었으므로 "우리가 X세대예요"라고 말하는 건 어쩐지 호구 같은 느낌이다. 아날로그의 쇠퇴와 디지털의 시작을 함께했고, 이데올로기와 거대 담론이 무너지는 시기를 목격하기도 했다. 하지만 그 모든 일이 우리 세대만 겪었던 것은 아니다. 무엇보다 세대란 이전과는 다른 젊은이들이 등장했다는 의미에서 그 구분을 위해 만들어 낸 말일 테다.

엄밀히 말하면 '새로운 세대의 등장'은 어떤 일로 비롯된 현상이지, 그것 자체로 인과의 원인은 아니다. 우리가 소비자로 자랐던 데에는 한국의 자본주의가 내수시장에서 장사를 할 수 있을 정도로 성장했기 때문이고, 정보화 시대가 열린 건 컴퓨터가 개인이 소유할 수 있을 정도로 싸졌기 때문이다. 디지털 시대가 열린 것 역시 그 비슷한 맥락이다. 우리 세대가 이데올로기를 끝장낸 것도 아니고, 거대 담론을 무너뜨린 것도 아니다. 이런 일들이 우리에게 영향을 끼쳐 새로운 세대가 등장한 것이지, 세대라는 개념이 획득해 얻은 타이틀은 아닌 것이다.

그런 의미에서 386세대가 대한민국에서 큰 목소리를 내는 것도 이해는 간다. 이를테면 현상으로 등장한 세대가 아니라 쟁취한 세대처럼 보이니 말이다. 하지만 엄밀히 말하자면 그들 역시 현상이었다. '자유민주주의'라는 타이틀을 걸고 코스프레를 하고 싶었던 독재자들이 만든 이상과 현실의 괴리가 젊은이들이 뛰쳐나오게 만들었으니까.

결과적으로 어떤 세대의 특징은 그 세대 자신들보다 전 세대와 전 시대의 많은 것들이 상호작용해서 만들어 내는 결과물이다. 따라서 한 세대는 이후에 등장하는 세대들에 대해 일정 정도는 책임감을 느껴야 한다. 한 마디로 정리하자면 우리 세대는 어쩌고저쩌고로 시작하는 꼰대 짓 좀 하지 말라는 이야기다. 세대란 대단한 벼슬이 아니다. 당신을 그 세대에 던져 놓으면 눈앞에 있는 마음에 안 드는 그 놈처럼 똑같이 행동할 것이다. 더구나 당신 눈에 하잘것없는 요즘 것들의 쓸데없는 무언가는 그 세대들이 당신의 나이가 되었을 때 지금 당신이 추억하는 무언가가 되어 있을 것이다. 그러니 그들의 무모하고 의미 없어 보이는 어린 것들의 잉여 짓에 조금은 관대해질 필요가 있다.

이쯤에서 당대의 문화사를 정리하고 교훈적인 비전을 보여준 후 이 시대에 대한 역사적이고 그럴듯한 한 마디를 덧붙이는 게 이런 책의 정석이겠지만, 그런 주제넘은 짓을 하고 싶지는 않다. 내가 무슨 시대 평가를 내려 줄 정도로 대단한 시대정신을 가진 인간이 아니며, 이 책이 성공한 이의 성공담이거나 역사서도 아니다. 굳이 따지면 어린이 대백과류를 읽고 자란 친구들에게 보내는 추억팔이일 뿐이다. 이 글을 읽으며 의미를 찾는다면 그건 독자의 몫이다. 이 책으로 자신의 과거를 돌이켜 무언가 발견하게 된다면 기쁜 일이겠지만, 누가 읽는지 모를 내 입장에서는 별로 해줄 수 있는 말이 많지 않다.

그렇다. 이것은 쓸데없는 것에 대한 이야기다. 책받침이 얼마나 쓸데없었나에서 시작해 문화적 계층화가 얼마나 무의미한가로 이어져 이 쓸데없는 것들을 만드는 일 역시 생활인의 노동일뿐이라는 내용으로 마무리되는 좀 허무한 이야기다.

국민학교 2학년 때까지 증조할머니가 살아 계셨다. 시골집에 놀러 가면 증조할머니는 늘 안방에서 대청마루로 난 쪽창으로 장죽으로 된 곰방대를 물고 계셨는데, 그 자세 그대로 구한말의 사진 같은 분이었다. 늘 칼칼한 목소리로 담배 연기를 내뿜은 후 할머니와 엄마에게 이런저런 일을 시키시던 기억이 난다. 그다지 말이 많거나 살가운 분은 아니었는데, 내가 대여섯 살 무렵엔 무슨 생각이었는지 갑자기 옛날이야기를 들려주셨다. 특유의 걸걸한 톤으로 '옛날 옛적에'로 시작하는 이야기는 매번 흐지부지 마무리되었다. 이미 팔순이 넘은 증조할머니는 이야기의 뒷 내용을 기억하지 못하셨다. 그래서 이 구전 동화는 중반에 서둘러 "그렇게 잘 먹고 잘 살았대"로 어이 없이 마무리되곤 했다. '옛날 옛적에 녹두 장군이 고개를 넘다 호랑이를 만났는데…, 그렇게 잘 먹고 잘살았다'는 식이었다. 나도 대단했던 게, 그때마다 이렇게 말했다.

"또 다른 이야기 해 주세요."

그러면 증조할머니는 곰방대의 재를 긁어내며 이렇게 말씀하셨다.

"그만."

"왜요?"

"옛날 얘기 좋아하면 가난하게 산다."

"왜요?"

"쓸데없는 사람이 되니까."

그리고 '그 아이는 자라는 쓸데없는 것들을 사랑하는 쓸데없는 사람이 되어 잘 먹고 잘살았습니다'로 마무리하면 되는 것일까?

옛날 것이 더 좋았다는 퇴행적 이야기를 하고 싶지 않다. 「Mdir」은 내가 써 본 것 중 가장 훌륭한 유틸리티이지만, 다시 쓰고 싶은 마음은 눈곱만큼도 없다. 「갤러그」는 내가 해 본 게임들 중 손꼽을 만큼 충격적이었지만, 다시 할 생각은 쥐뿔만큼도 없다. 다섯 시마다 국기 하기식을 하던 순간이 좋았다 생각하지도 않고, 회현지하도상가까지 가서 일본 애니메이션을 복제하던 시대가 그립지도 않다. 스크린 쿼터를 위해 2주 만에 찍은 방화를 하품하면서 동시 상영관에서 보는 일도 하고 싶지 않으며, 도심에서 바람만 불면 눈물과 콧물이 나던 시절이 그립지도 않다. 내가 바라는 것은 내 기억에 비춰 당신의 과거와 당신에게 소중했던 쓸 데없는 것을 떠올리기 바랄 뿐이다.

당신의 첫 컴퓨터는 나와 같은 모델이 아니다. 당신이 들었던 음악적 취향은 아마 나와 다를 것이며, 그 음악들을 들으며 떠올리는 이미지 역시 나의 그것과는 완전히 다를 것이다. 취향이란 정말이지, 하늘의 별만큼이나 제각각이니까. 내가 여섯 살 땐 도심에서도 은하수를 볼 수 있었다. 전구 하나가 달린 골목의 가로등이 50미터마다 하나쯤 있을까 말까 하던 시대였다. 덕분에 도시의 밤에는 더 많은 별이 있었다. 민방위 훈련을 해서 등화관제라도 하는 밤이면 천궁을 따라 긴 은하의 팔이 드리워져 있었다. 은하수는 그저 별이 모여 있을 뿐이지만, 그리고 그것들은 우리의 삶과 사실상 무관하지만 그래도 아름다웠다. 취향의 별이 모여 이루는 은하 역시 그렇다는 걸 나는 오디오갤럭시에서 배웠다. 그런 의미에서 다시 음악 이야기로 돌아가 보자.

키르케고르의 책 『이것이냐 저것이냐』에서 따온 엘리엇 스미스의 동명의 타이틀 『Either/Or』 앨범에는 「Ballad of Big Nothing」이란 곡이 실려 있다. 엘리엇 스미스는 벌겋게 충혈된 눈으로 마약상을 찾는 중독자의 입을 빌어 이렇게 노래한다.

엘리엇 스미스의 「Ballad of Big Nothing」

당신이 원하는 걸 해. 어느 때든 할 수 있어.

당신이 원하는 걸 해. 어느 때든 할 수 있어.

그게 아무것도 의미하지 않는 거대한 무[※]에 불과하더라도.

그렇다. 쓸데없는 것들은 그 쓸데없음을 쓸데없이 사랑하지 않을 수 없다.

참 쓸데없이 말이다.

츤데레 작가의 본격 추억 보정 에세이
잉여롭게 쓸데없게

초판 1쇄 인쇄 2019년 1월 4일
초판 1쇄 발행 2019년 1월 15일

지은이 임성순
펴낸이 임태순

펴낸곳 도서출판 행복
출판등록 2018년 5월 17일 제 2018-000087호
주소 경기도 고양시 덕양구 무원로 63번길
전자우편 hang-book@naver.com
전화 031-979-2826   팩스 0303-3442-2826

© 임성순, 2019

ISBN 979-11-964346-1-8 03810

값 14,800원

| 도움을 주신 분들 |

이 책을 제작하는 데 도움을 주신 분들에게 진심으로 감사드립니다.

챔푸 | 황경록 님
추억은 방울방울 (champ76.blog.me)
※추억의 보물상자 같은 다량의 자료를 제공해 주셔서 감사드립니다.

1959cadillac | 정희섭 님
캐딜락의 블로그 (1959cadillac.blog.me)
#spc-1000 소방구조대게임

agape0410 | 서경숙 님
옥삼바리 cafe JK (okcafejk.tistory.com)
#새로 이사온 동네구경

babylove500 | 류수 님
아애수의 블로그 (blog.naver.com/babylove500)
#내 친구 땡비

chacha | 차승우 님
※초상권에 대해 흔쾌히 허락해 주신 차승우 님께 감사드립니다.

SELENE | **SELENE 님**
#GMF 2009의 이런저런 이야기
※SELENE님과 연락이 닿지 않아 선 게재 후 허락을 요청드립니다.

RYUTOPIA | **이지원 님**
류토피아(RYUTOPIA) (Ryunan9903.egloos.com)
#반포치킨 (반포동/구반포역)

Sagaemperor | **김지석 님**
SAGA's TOY EMPIRE (https://blog.naver.com/sagaemperor)
#아카데미 조립식 인형만들기

zakka | **김작가 님**
Groove Tube (zakka.egloos.com)
#GMF 2009의 이런저런 이야기

한상일 기자님
e뉴스터치 (www.enewstouch.com)
#옛 화단극장(안양2동) 모습